天狗文庫

司马辽太郎

1923—1996

毕业于大阪外国语学校，原名福田定一，笔名取自「远不及司马迁」之意，代表作包括《龙马奔走》《燃烧吧！剑》《新选组血风录》《国盗物语》《丰臣家的人们》《坂上之云》等。司马辽太郎曾以《枭之城》夺得第42届直木奖，此后更有多部作品获奖，是当今日本大众类文学巨匠，也是日本最受欢迎的国民级作家。

司马辽太郎作品集
SHIBA RYOTARO WORKS

马上少年过

[日]司马辽太郎——著
王星星——译

しばりょうたろう
SHIBA RYOTARO WORKS
馬上少年すぐ

重庆出版集团 重庆出版社

图书在版编目（CIP）数据

马上少年过 /（日）司马辽太郎著；王星星译．—重庆：重庆出版社，2021.12
ISBN 978-7-229-16074-6

Ⅰ．①马…　Ⅱ．①司…　②王…　Ⅲ．①长篇小说—日本—现代
Ⅳ．① I313.45

中国版本图书馆 CIP 数据核字（2021）第 196111 号

马上少年过
MA SHANG SHAONIAN GUO
［日］司马辽太郎　著　王星星　译
责任编辑：许宁　魏雯
装帧设计：谢颖设计工作室
责任校对：廖应碧

重庆出版集团　重庆出版社　出版

重庆市南岸区南滨路162号1幢　邮政编码：400061　http://www.cqph.com
重庆出版社艺术设计有限公司 制版
重庆豪森印务有限公司 印刷
重庆出版集团图书发行有限公司 发行
E-mail:fxchu@cqph.com　邮购电话：023-61520646
全国新华书店经销

开本：890mm×1230mm　1/32　印张：10.25　字数：186千
2021年12月第1版　2021年12月第1次印刷
ISBN：978-7-229-16074-6
定价：59.80元

如有印装质量问题，请向本集团图书发行有限公司调换：023-61520678

目录 / Contents

前言 ——写给文库版

司马辽太郎

这句话或许说来有些冒昧，一提起奥州，我就涌起一股只有自己方可体会的诗兴。

奥州自古以来就与母系制地位强势（因此也带上了猥杂）的濑户内海文化确然不同。我曾一直觉得，日本社会的深处大概还横陈着南方的母系制社会，而随着思想见识的增长，我也了解到，日本还存在着如大蛇盘踞粗梁一般岿然难撼的家父长制。家父长制成熟于江户时期，自然也存活在西日本，而我是在读《平家物语》与《太平记》中有关东国武士的章节后，方了解到了东国社会中家父长制的原像：本家的家父长管理一家老小，家父长的弟弟就相当于古代所说的仆从（下人），弟弟的儿子，儿子的儿子成为家中各司其职的随从。我断无投身这种社会的想法，只是觉得它迥异于我所了解的日本。

上古时代，东西日本以逢坂关为界。后来，东西交界改换为不破之关（关原），奈良朝初期又移至远江一带，不久后信浓以东则为东国地区，随后，关东被用来指代东国地区，作为东国的别称固定下来。对像我一样不了解关东，或是对边疆寄予了超出现实的想象的人来说，东国地区的风土活力能给人一种蓬勃明亮的感受。比如在《万叶集》中，我最喜欢的就是东歌的质朴特色。（不过江户时期之后，有四百年国都历史的江户·东京已具备其独有的文化，它们又进一步吸收国内外的地方文化，时时加以升华，自然难以与我所说的东国概念等同。）东国的余影应该留在奥州。

从东京文化的视角看东北地区时，我们常常会极其简单地以观念进行定义。东北地区的大体印象就变成“落后，乡间的象征，延续了古代农民的奸猾，与奸猾不匹配的慢性子、纯朴，因冬季的漫长与父系社会的稳固而精神压抑，旨在从压抑中解放自我的独特幽默与小小狡猾，又或是不断受天灾与政治灾难摧残的地区”等等。

自然，发生在当今东北的人类现象中，这些印象特征可能仍旧屡屡适用，然而当我们将适用于全日本的特征特意强加到东北头上时，这些特征或许才愈加鲜明。

江户幕府成立之初，本文集中《马上少年过》一篇的主人公伊达政宗拥有了六十二万石领土，少于伊达势力在战国的膨胀时期所领有的土地。政宗还废去了长子秀宗的嗣子之位，立次子忠宗为继承人。

个中理由十分简单。长子秀宗因政宗的政治考量，曾当过秀吉义子，获秀吉赐名“秀”字，住过伏见城与大阪城，是秀吉之子秀赖的玩伴。及得德川掌权后，政宗急忙改立次子忠宗为继承人，让忠宗谒见德川家康与德川秀忠，获赐秀忠名字内的“忠”字。由是长子秀宗身份尴尬，德川氏探得个中微妙，另赐秀宗伊予宇和岛十万石领土，相较建立伊达氏的别家、分家，此举更像是让秀宗另立门户。

因此，一大帮仙台人随秀宗同行，移居到了南伊予，连御用商人也在其列。伊予文化本从属上方文化圈，唯有宇和岛融合了东国文化与母系社会文化，不管是方言还是风俗习惯都十分新鲜有趣。（顺带解释一下，这里频繁提到的，存在于西日本的“母系”并不完全与西日本的母系概念等同，只是与其大有相似。毕竟在长久的历史发展中，父系要素也充分融入其中。）

伊予宇和岛城内，有座名为天赦园的名园。从城山的西南麓直走三百米左右就到了一片平地，天赦园就在此处。它似是江户初期，经由填埋海岸附近湿地建造而来。幕末时已经退隐的第七代家主宗纪（明治二十二年病逝，时年一百）在此处建造了隐居住所，是为天赦园。在历代宇和岛伊达家家主中，他或许是唯一一个建造了这种奢华别邸的人。

天赦园是座周游式庭园，占地五千坪左右，周围树木枝繁叶茂，尤以樟树长势良好，远远望去如同绿云涌动。庭园一隅有木造的旅店，是昭和二十五年宇和岛市与伊达保存会出资建造的，昭和三十八年前后，我曾投宿于此。

我看着庭内池塘里的水菖蒲，突然想到庭园这个怪名的由来：啊，莫非是从政宗的诗中获得了灵感？我想起了“残躯天所赦”一句，却怎么都想不起来前后两句。在旅店各处查找一番后记忆终于苏醒过来。马上少年过，这句里的“少年”自然是指年轻，正处在巅峰的时期，表达了在马上度过那段时期的感慨，可与政宗的另一首诗作“四十年前少壮时”联系起来看。这句的下一句拙作也有引用，感怀自己暗中期待建功立业，心存天下，然而如今年事已高，忘却了战场上的一切，只在春风桃李中举杯。这句诗与天赦诗里那句“年纪增长是上天对自己的赦免，身体已是失去了壮志的空壳，但还是得享受当下，否则又能如何”一句就像两张同色系而浓淡不同的胶片，可以放在一处鉴赏。

在来这里之前，我还去过仙台。或许是因为仙台这个都市规模实在太大，我并未在身边感受到伊达政宗的气息，自然也没想写下自己对于政宗的感想。而在伊达家分家所在的南伊予的小城镇上，我反倒突然感受到了政宗的气息，连我自己都觉得奇怪。正如先前提及，我所成长的风土环境与伊予相同，或许正因如此，我才能随意自在地生活在城镇一角，并因而得以感受到政宗的气息吧。突然间接触到本应与这里的风土截然不同的政宗形象，反而令我感到新鲜。

我是从诗人这个形象开始触及政宗深处的。

在政宗所处的时代，全国的战国武将中，大概无一人能作出可与政宗诗作媲美的作品（或许还包括士卒在内）。虽是好容易才出了个上杉谦信，但对剩下的大多数人来说，能写信就算极为难得了。并且政宗的诗还不是对古诗的模仿练习，他对汉诗的规则信手拈来，能自如地抒发自己的感怀。有一种观点认为，政宗一人即代表了战国时期奥州的文字文化。

沙沙阵雨　萱野之雨　无声而来　打湿身体

一说此为伊达军军歌，是政宗所作。政宗丰富的诗藻还延伸到和歌，敕撰歌集《集外歌仙》中，有几首歌据传为政宗所作。

既临逢坂关　无锁亦难过　夜半大雪起　深埋锁关户

归路且不顾　进山从何处　对月相问起　荒原武藏野

歌的形式虽与新古今和歌如出一辙，音调却足够优美。形式上的对应或许是政宗意识到和歌要入敕撰歌集，因而刻意为之的，从政宗的性格来看，恐怕事实就是如此。读政宗作下的辞世歌，我感到它并没有受到刻意追求形式对应的限制，仍将政宗的感怀咏出了十二分：自己曾为守护得到的果实——封地而殚精竭虑，苦心经营，如今想来却不知该报以自嘲还是怜悯。

政宗的一生充满阴谋谲诈，以及繁复却易于看透的自导自演。政宗此人的复杂性就在于，他的恶并非衍生自性格里的阴暗面，而是出自一种作恶的才华，且这个人整体看来活跃开朗。如果他给人的印象是与其所作所为相称的阴郁，大概也就不会有人追随他，一直抑制他的秀吉和家康也定不会仅止于此。

这本文集中的《马上少年过》是以我在宇和岛的天赦园感受到的情感为核心，写出的对政宗作品的解读。下一次，我还想转换思想，花时间思考政宗其人。

（昭和五十三年十月）

英雄儿郎

若在江户求学，当世首推古贺茶溪先生所办学塾。闻此，安政六年，十六岁的铃木虎太郎离开伊势国津，入了这家学塾。

虎太郎此人后来潜心禅宗，舍下俗世，以在俗之身先后跟随镰仓圆觉寺的宗演、京都建仁寺的默雷等人修禅，号曰“无隐”，晚年定居三重县津市乙部三十九番地，明治三十二年殁。接下来要讲的故事便多承自无隐居士的遗叙。

古贺茶溪先生乃是大名鼎鼎的古贺精里之孙，时任幕府儒官。

汉学者出身的他却罕见地亦对兰学有所涉猎，由此被任命为幕府藩书调所[1]的总管。虽身为官儒，却有着洞察时势的敏锐眼光，在攘夷思想盛行的时代，他反其道而行，大力提倡“三大要务”：一、当今我国之军备唯以利用火器为先；二、当今理财之途唯以通外国贸易为先；三、我国四面环海，富强上策唯以通船舶之利为先。

他将学塾命名为“久敬舍”。

各国年轻的有志之士仰慕古贺茶溪的盛名，争相进入他的学塾求学。

十六岁的无隐便是其中之一。

私塾就设在古贺的宅邸内，占地约五十坪[2]。

古贺茶溪先生是幕府臣僚，身负藩书调所总管之职，因而十天都未必能亲授一次课。自然而然地，学塾内便由学监组织阅读讨论之类，初学者则跟随早先入塾的门生学习。

进行阅读讨论时，每个学生都有自己固定的坐席。坐在无隐身旁的是一个三十岁左右的人，就私塾学生来说，他的年纪实在是过大了些。

这个人的长相令人一见便忍不住暗忖他的来历。

他的睫毛是有如胎毛般的褐色，突出的眼球深处闪着光亮。眼含异彩大概就是说的这种面相吧。

他的眼睛明明很大，有时却会眯缝成细长的一条，仿若睡着时的样子。在无隐的想象中，这或许就是明治维新后人们所说的近视。

他的鼻子也很大，鼻孔幽深，嘴巴虽够大，却紧抿得严严实实。一言以蔽之，这是一副令人臣服的长相。

他是个沉默寡言的男人。

然而因他相貌过于与众不同，无隐早在入塾之初便向他自报家门，试图探听一些他的事情。

“我是势州[3]人，大家都叫我铃木虎太郎，号无隐。我喜欢别人叫我无隐。”

听得此话，男人目不转睛地看向无隐，良久后笑了起来。他一笑，那张脸上便显出与年龄不符的可爱。

“你叫无隐啊。”

男人这么说着，似乎“十六岁，叫无隐”十分好笑一般。然而他似乎很喜欢这几句招呼，续道：“我号苍龙窟。越后国长冈人氏，名字是河井继之助。”

入塾数日后，这个男人的来历也基本浮出水面。他是一位身份显贵的长冈藩藩士。长冈藩虽藩地狭小，俸禄低微，其藩主集团却似乎颇有些来历。他看起来生活宽裕，衣着也很是华贵，并不似一般学生，就连佩刀的刀饰亦是精巧非常。

这个男人虽是地方武士，据说从前却也曾出走外地，拜入斋藤拙堂、佐久间象山门下，当时也曾在久敬舍呆过一段时间，可谓是再度回到久敬舍的“新”门生。

他的学业十分糟糕。

说是糟糕，其实倒不如说是他太沉迷于自己感兴趣的学问。

（可真是个别具一格的人。）

学塾里给学生们布下作诗的课业后，无隐便在心里这么想道。门生们需根据学塾给出的题目作诗。

这个时候，年纪堪当无隐叔辈的河井继之助便对无隐说道："无隐。我花十六文请你吃烤红薯，你帮我作诗吧。"无隐听了十分吃惊：进入学塾不就是为了学习诗文吗，况且自己还只是个十六岁的黄毛小儿，诗文方面也仅是刚刚习完了入门级的"诗语粹金"与"幼学便览"罢了。

"万万不可。要是把我作的幼稚的诗充当成你的给老师过目，你会蒙羞的。谢谢你请我吃烤红薯的一番好意，但我不能这么做。"

"你可真糊涂，"叔辈的河井继之助频频眨眼，"诗也罢，文章也罢，在这些方面的能力即便再是拙劣，也并不能就此预示出人的价值。汉学者都说擅作诗文之人便是出色的学者，世人连同他们自己皆深以为然。若果真如此，天下间又有何事能成？"

这个差生似乎对学问一词有着异于常人的定义。不得已之下，无隐替他作了诗。

有时，在无隐依靠注释阅读《三国志》时，这个差生就会感到十分惊讶：无隐这个小家伙学习起来竟丝毫不觉枯燥乏味。惊讶到最后，他问无隐："你为何能学得如此专注？"这个问题问住了无隐，他老实地回答道："因为我觉得学习很有趣。”听闻此言，河井便说道：“若是为有趣而读书，那倒还不如去曲艺场或戏院玩，岂不是更有趣。”无隐闻得此言，不由在心里想道：“这个人说的话倒真是特别。”

日复一日的相交中，无隐渐渐被这个差生折服，最后更唤他为老师。在这间学塾里，学生们都要从先入塾的前辈中选出人来直接指导自己。年少一辈中出类拔萃的无隐竟认这个年纪过长的差生作了老师。

这位老师极不擅长写字，学塾里对他是这样评价的：

“河井的字并非写出来的，而是刻出来的。”

无隐觉得确实如此。河井写字时似乎颇为费力，像极了木版匠刻版的姿态。明明不擅书写，他却总是乐此不疲地写字，因为他有誊抄书籍的嗜好。

在这个男人看来，须能助力自身之物方可称之为学问。

一次，河井的大腿长出肿包，微有动弹便疼痛难忍。无隐劝他：“要不休学去治疗如何？”他回道：“我这是在考验自己的学问。”似乎与肿包带来的剧痛斗争亦是学问。他曾说：“学问应为扩展自身实践能力之物。”这便是说，对诗文与古典作品的那些微末解读都可谓一无是处。

他醉心于“阳明学”的行为主义，这种思想与天宝之乱年间大盐平八郎的思想如出一辙。当时贵为官学的朱子学倡导先明理，后行为。相较于人的实际行为，它显然更侧重知识塑造。而王阳明解读的儒学则认为知行一体，知识须得指导行为，而铸就行为主体，亦即自我的便是学问。有一耳熟能详的名句便是源自王阳明所言。

“山贼易破，心贼难挡。”

这个与肿痛作斗争的越后人便是在践行阳明派所谓的“学问”吧。

他的思想倒真是独特。

学塾里的学监姓小田切，这个男人总是故作豪爽大气，真正要给钱时却无半分爽利。一日，小田切与继之助、无隐在内的八名学生去新宿前方，一片白雪皑皑的地方赏梅，大家在一家小店内喝酒。

到了结账时，小田切翻了翻钱袋，说道：“唷，我这只有二分金[4]的整钱。谁有碎钱就先给了吧。”

河井立即接上话：“那就我给吧。”

他把店里的女佣叫来结酒钱。“不过，小田切，我可不会结你的那份。”河井说道。他把小田切一人留在店里，催着其他学生一起回去了。这种行为似乎也是出自“阳明学式的批判”。

无隐渐渐对河井起了兴趣，恰好他结识了一个与河井来自同一藩的男人，便刨根问底地向那人打听河井的事情。

“不过是个不值一提的人。”这便是无隐得到的回答。

河井的家在长冈城下町的长町一丁目，入了他家正门，两旁便是些苍郁老松。河井就是在那里成长起来的。

河井的父亲对这个独生子的顽劣厌学感到心烦意乱，九岁时便让他习武。当时教他马术的是三浦治部平，教他剑术的是鬼头六左卫门，都是在藩内颇负盛名的高手。

长大后的继之助仍常言“弓马剑枪之流乃武士末技”，对其嗤之以鼻，自初学之时起便不屑于效仿师父教授的技法，坚持自成一派。马术师父三浦但有叱责，他就会回以“能驱马跑动便足矣”一句，面对剑术师父鬼头，他则会报以恶意嘲笑“剑术无非劈斩而已”。

归根结底，他生性过于自我，他所奉行的道理及学问观似乎都是为了合理地阐释自己的言行。

无隐后来曾到访长冈，拜会那些知晓继之助的人，想探听许多有关继之助的事情。然而每个人都说：“那人直到中年也没什么值得一提的地方，我们也没特别注意过他。”

无隐也曾去河井家拜访，据河井之父代右卫门、母阿贞、妻小菅所言，十八岁时的河井曾依照儒礼在庭院前设下祭坛，杀鸡滴血，他还向天起誓，说了些慷慨之言。

十六岁的无隐在久敬舍求学之时，与继之助相处的时日仅止六个月。那一年六月，继之助道：“备中松山有我赏识之人。”便离开了学塾。

无隐此后一生都未再体尝过当时的孤寂之感。临别之际，无隐问了继之助两件事。

“河井先生在此间学塾有何所得？”

“倒是读了本奇书。”

一日，继之助在书库寻书时发现了多数学者都未曾听闻过的《李忠定公集》全十二卷。越往下读便越是狂喜，他花十个月的时间誊抄下了全本。

李忠定[5]乃宋末名臣。徽宗晚年，异族金人入侵，其时朝中一片议和之声，李忠定却极力主战，力证议和终致亡国。高宗时期他受到重用，无论在朝为政抑或率军出征，他都是一派勇猛强悍之势。

继之助所处的时代正是世道动乱的幕末时期。

他暗下决心：“我之一生定要如那李忠定一般。”这个男人只读合自己心意的书籍，不过似乎也再无何书能如《李忠定公集》那般令他深铭肺腑。

无隐接着又问：“学塾中跟随谁学习比较好？”

“土田衡平。”河井回道。

无隐很是惊讶。土田的学业比河井还差。他年已三十，竟仍不能阅读汉文典籍。据传土田二十五岁时去了京都，师从后来成为天诛组[6]首领的藤本铁石，铁石训斥他不学无术之后，他才开始读书。土田是出羽人氏。

继之助离开江户后，无隐便向土田俯首行礼，恳请他指导自己。土田对此十分吃惊：“河井真非常人。我在学塾内从未与他共处言谈，他却能说出这番话。我也曾周游天下，见识过各式人物，却未曾有谁如河井这般。我见过他下将棋，那种酣畅之感真是生平仅见。”

据土田所言，继之助下将棋时浑不在意胜负，出棋迅速果决，不料最终却仍能胜出。“他可能是百年难得一遇的英雄人物啊。可叹长冈藩却仅止七万四千石。”

土田又略沉吟一番，“家业还是过小了。小藩里出了那种人物，是藩地之幸抑或不幸，也只有上天知道了。”他像是预言般地说出了这番话。

及至后来，河井继之助在北越地区卷起天翻地覆的动乱狂潮，彼时土田衡平却再没有机会验证自己的预言。他参与了筑波之乱，转战各地，最终在向磐城国中村奔逃，试图重整旗鼓之时被捕，为幕府官吏所杀。

总而言之，河井此人非同一般。无隐不太明白他到底在想些什么，又意欲何为。

在久敬舍求学期间，河井爱去吉原狎女寻欢，偌大年纪的他还以玩拉枕游戏为乐。这种游戏的玩法是用三根手指拈住箱枕两端，然后将其拉合到一起。此外他还沉迷于盯蜡烛这种孩童爱玩的游戏，玩法是将蜡烛点燃，能紧盯烛火不眨眼的一方便算获胜。

玩起这些游戏，学塾里没人能赢过河井。

众人甚至对他如此议论：

——河井就算是瞪着太阳看也不会眨眼吧。

求学期间，河井曾毫无预兆地收拾好书桌及灯笼，带上装好的书籍和被褥离开学塾。当时大家都很惊讶，就问他："你要退学了吗？"他回道"差不多便是如此"。据其后了解到的情况来看，当时是安政六年，日本正因条约通过与否的问题陷入紧张的对外关系。幕府命各藩分负起在江户周边沿岸警戒的任务，当时长冈藩须向横滨派出警备队，河井继之助就被任命为警备队队长。

因此当时河井便似乎是要暂且退学了。然而数日后，不知何故他却再度带着书籍、被褥、灯笼、书桌等行李回到了学塾。

无隐问道："这是怎么回事？"

河井却一言不发。

之后无隐从另一名与河井同样来自长冈藩的学生那里了解了事情经过。受命队长一职时，河井曾向江户的家老确认："我既已为横滨的警备队队长，那便该与战时一般，尽掌队内的生杀予夺大权了吧？"家老听闻后十分震惊。深感受挫的河井便即说道："那我不做队长了。"

河井暂且回到了学塾，然而数日后江户那边又唤他前去。他去了之后，江户家老对他说："你的要求确实在理。我将队员的生杀予夺大权交付于你，请你就此受命队长一职。"继之助便应承下来。

河井骑在马上，带领队内兵士离开了位于爱宕山的边远藩邸[7]。行至品川的妓院"土藏相模"门前时，他下马把缰绳交给马夫，然后对随行的士兵说："队伍如何处置全听凭于我，现在我决定不去横滨了。想回江户的现在就能回，想同我一道进这家妓院的就随我来。"说完就进去了。

翌日一早，他回到久敬舍，此时自藩邸那边过来的使者早已脸色发青地等候多时。河井大喝道："连生杀予夺大权都委以我手，队伍解散与否就更该由我决定。"这个男人甚而振振有词地对藩之上的幕府破口大骂，抒发自己的见解："外国不过是虚张声势而已，根本不会发起战争。对方明明并无战意，我们自己却风声鹤唳，出兵横滨，实是有损一国威严。"

河井最终还是离开了久敬舍，前去备中拜访松山藩的参政，同时亦是实用学者的山田方谷，请求拜入他门下。

方谷名为山田安五郎，是一位天下闻名的藩制改革家。

他出身平民，少时才学之名便传遍四方，得藩主板仓周防守资助去京都、江户求学，后任藩学校长，此后又历任财务官、郡奉行、参政之职，大大充盈了松山藩财政。

河井前去拜访之时，方谷正位居参政之职。他离了自己位于城邑的宅邸，居住在西方村一片名为长濑的开垦区，在那里指导下级藩士进行开垦。

河井便在此地生活了一年有余，其间几乎不曾读书。一日，深感惊愕的方谷问他："你为何不读书?"河井沉默以对，片刻后回道："我是为见识您在任上何为而前来此地的。"

及至后来，河井出任长冈藩参政后，未几便扭转了藩地的财政赤字，转贫为富，使得长冈这个小藩完成了高度武装，这似乎多有仰赖他当时的见闻。

停留在备中的一年间，河井游历了长州、佐贺等一批早已向现代产业国家形态转变的西国诸藩。当时与长州藩规模相间的藩地既定俸禄为三十余万石，然而长州藩的实收却已超出了百万石。

由此来看，北陆、关东、东北诸藩仍停留在战国时代以农业为中心的经济形态，这些藩地的财政年年衰败，势头无力挽回。

在河井继之助的游历之地，东西各藩间难以跨越的贫富差距已显现出来，其程度之甚直教人怀疑它们是否同在日本境内。

“总有一日，西国强藩的富足会以武力形式压制东国、北国。”河井想道。他进而去了长崎，又雇了一个翻译，时常去西洋人家拜访，探听外国的形势。万延元年四月七日，他将写下的游历西国的感想寄送给长冈城下町的妻兄椰野嘉兵卫。

一、天下形势终不免一场浩劫。如今的世界形势正如战国时代。彼得大帝坐镇的俄国及其他各国威势超出我等想象，日本攘夷乃鲁莽之举。

二、京都与关东亦关系堪忧。萨长[8]一帮人居于此间，挟带私心，有试图离间之举。关东切不可中他们的计谋而轻举妄动。

三、开国乃必然趋势。然而上有公卿（京都）霸府（幕府），不可操之过急。吾等应致力上下一统、富国强兵。或有言关东现有的德川治世将千秋万代，此实为肤浅之见，可悲可叹。

四、长冈藩终乃小藩，实无力引领天下大势。可为之事不过整顿藩政、养精蓄锐、看清大势、不误大事。

万延元年初夏，河井离开了方谷门下。曾为其师的方谷后来茫然摇头对人言道：“那男人身处长冈之流的小藩，却不知是藩之利或不利。”

回到江户后，河井三度入了久敬舍。

他并无治学之态，只闭居房内，将皮革质地的文卷匣当作枕头，有时整日都躺在床上。

无隐感到担忧，问他："你不回长冈的家吗？"

无隐觉得河井的妻子有些可怜。河井在文卷匣上转过头，瞪大眼睛看着无隐："小孩子懂什么。"

学塾中便有人言："河井的妻子真是可怜。"还有人义愤填膺："多半是河井这男人说要去下江户，他妻子问他江户离长冈多远，他就信口说沿信浓川上游走就能到江户，想见他就直接过来，于是他妻子才安下了心。真是个可怜人。"

一日，同塾的学生邀无隐去堀切赏菖蒲，据他们说那处是江户名胜，于是无隐便决定同去。当无隐为出门作着种种准备时，河井就在房中意味深长地看着他，"回来后给我讲讲那儿风景如何。"

无隐出门去了。然而他极不擅辨认方位，回来时一行人把他拉进了吉原，他还懵懂不知。

"这是哪里？"

话音未落众人便齐声笑了起来："这可是天下的不夜城。"

"你还是童男吧。这种时候就该好好向兄长请教。"

尚只十七岁的无隐感到恐慌。这种恐慌源自他那出于孩童的稚嫩畏惧，然而其间还有另一件事令他害怕：要是河井知道自己去了这种地方，他又会如何呢？

无隐挣开一群人回了学塾，一到学塾他便立刻去河井的房间，把这件事告诉了河井。河井一下下地点着头："你做得很好。我本想告诉你那群人并非善类，还是不要与他们同去为好，但转念又想你也已经十七岁了，自己有辨别能力，就没有多说。我买了很多豆包，你吃吧。"说着就递过一只小包来。

无隐受到赞许喜不自胜，不禁要落下泪来，他自然坚信河井此人绝不会流连于那种地方，然而数日后，无隐听闻：论去妓馆行乐，河井无人能及。

无隐感到愤怒，庆幸前几日的豆包还剩了两三个，便去找河井，打算把豆包还给他。

河井头枕在文卷匣上，未有半分惊讶。

河井的头脑实在不可思议，他似乎能如下将棋般预知事态发展。他早知无隐去堀切赏菖蒲后会发生何事，亦早知从吉原回来后，无隐必定会来自己这里，正因如此他才会预先备下点心。而从他现在的样子看来，他应该更进而预知到了无隐听闻传言后会来还回豆包。

河井淡然自若地伸出手，拿起豆包放入口中。他悠然地咀嚼着咽下豆包，然后翻了个身，昂起脖子打开文卷匣，从中取出了一本小册子。

“这是什么书?”

“吉原详览。”

无隐拿过书翻开来看，里面详细记载了吉原三千八百七十五名妓子的身价、评价等等。

“这个标记是什么意思?”

无隐指着妓子花名上，似乎是河井所作的红色标记问道。

“曾与我有过一夜之欢的人。”

从标记来看，河井几乎曾与所有名妓都有过交往，实在令人惊叹。

这些标记分“△、○、◎”三种，还有些已经被抹去了。

无隐让河井细说每种标记的具体含义，河井却只噙着笑，未多作解答，只道：“这些都是我交往过的人，不过‘◎’表示该名女子堪为男子大敌。我过去只当沉迷女色的尽皆懦弱之辈，实际却并非如此。真正的懦弱之辈或许是沉迷于‘△○’类女子的人。反观‘◎’，愈是英雄豪杰就愈易拜倒在‘◎’类女子的裙下。他们虽亦算沉迷女色，却能得‘◎’级女子青眼相待，为之披上外褂，轻拍后背，因而不可对其滥加指点。‘◎’类女子情意婉转，自有难以名状之意，男子便往往在不自知中丢盔弃甲，英雄豪杰则更易如此。”

“……”

“于是我亦有所尝试，万般游走下来，终觉女子之好，每思及此甚至心内战栗。现在我也仍然这么认为。”

河井变了眼神，大概是想起了某个“◎”标记下的女子。

“因此我便不再去妓馆。”河井道，“我已大致谋划好了自己的一生。诚然，我家俸禄微薄，出身的藩地也仅为小藩，然而正因其小，将来它才须仰仗于我。世人同渡一生，为女人动摇意志或许也不失为一大乐趣，然而人之一生，鱼与熊掌不可兼得，我必须按自己的谋划而活。”

河井所说的谋划，恐怕便是要以己之力，自成英雄。

“十七、向天起誓，全心辅国。”正如河井的这句诗所言，这个男人为达此目标，简直苦心孤诣。

其后不久，河井继之助就回到了家乡——越后国长冈藩。文久二年八月二十四日，长冈藩藩主牧野忠恭被任命为京都所司代。

忠恭于次月十五日离开长冈，当月二十九日入住位于京都二条的官邸。

此时河井尚身在长冈。一日，不知是否在城内有所耳闻，他奔回家中，“小菅，给我汤泡饭。”妻子小菅立刻着手泡饭，问继之助：“这次又准备去哪里？”

“你倒真懂我。”

狼吞虎咽的继之助停下了筷子。小菅静静地微笑着，她与河井夫妻多年，从丈夫的神态便能知悉一切。

“我要上京。”

河井又开始扒起饭。小菅苦笑，立刻着手为他作出行前的准备。自从十六岁从椰野家嫁过来，丈夫安心呆在家的日子从未超过一年，小菅似乎就是为了给继之助作出行准备才嫁进门的。继之助去了京都，他一进所司代官邸就提出要拜谒藩主，藩主应允了。

继之助劝忠恭辞去职务。

“幕府声势如日中天之时，所司代一职曾是何般光景不得而知，不过现今它已不为时势所需。当前萨长两藩据守门户，借朝廷威严蔑视幕府，城内浪人跋扈，奉行所形同虚设。此等世态下，欲镇护京都唯有持百万石兵威。而以我等当下实力，充其量不过七万四千石而已，颓败之势已可想见。”

“岂可无礼！”一旁的参政三间安右卫门将折扇竖在膝上呵斥道。

然而继之助对他置若罔闻，安右卫门又加大声音怒喝，继之助这才像是刚注意到他一般向他看去，最终却也只略歪了歪头，“莫不是真当只要喝止人言，时势就会有所变动?”

继之助很快就回藩去了。

藩主深感继之助所言非虚，便于翌年七月辞去京都所司代一职，回了长冈。然而幕府却又将其任命为了老中。

听闻此事时，继之助正在吃午饭。

“真是糊涂。”

他一气之下把筷子掷到地上，小菅拾起来问道：“又要出门去了吗?”

“不，我要入城。”

继之助入城求见，言道当下小藩的大名不宜就任老中之位，“万请务必辞去老中一职。”

依继之助所见，长冈藩的富国强兵之事方为急务。当前幕府倒台在即，藩主即便有阁老之尊，终究也只是徒有其名，枉费气力。

“我已受命此职。”

忠恭令这个面有异相的男人退下了，却就此对继之助留下了深刻印象。忠恭刚到江户就任就立刻提拔继之助为御用人兼公用人，命他在江户供职。

此番破格提拔前所未有。

继之助欣然于江户就任，此次他便借公务之机每日进出藩主跟前游说，规劝藩主辞任。继之助的劝告暗藏深意：如今辅佐衰微的幕府不过徒劳，致力于长冈藩的富国强兵才是大事，这终归也是为了整个日本。

忠恭最终听从了他的劝告，告病闭居。

然而幕府却看出忠恭乃是装病，便命令隶属长冈藩的常州笠间领主牧野贞明，前去辰之口的老中宅邸探望忠恭，对忠恭言明辞任不当。

忠恭无奈，只得从其所言，此时继之助也在场。

继之助从不顾及驳斥对象的身份。他力驳牧野贞明所言，甚至当场谩骂起身为藩主同宗的笠间侯来，为此被喝令离席。继之助即刻写下请辞书，在任仅五个月就回了长冈。

小菅在家门前迎回任上去留频繁的丈夫。

继之助归家当晚，其父代右卫门感触良多地对老妻阿贞言道："真是苦了小菅啊。"

小菅的苦，不单在于丈夫不知何时又要去往何处。细想来，自小菅十六岁嫁与其时二十三岁的继之助以来，继之助就从未安心在家呆满过半年。

——那样岂不是连生儿育女的时间都没有。

家中已有人暗地里说些闲话。夫妻两人现在仍膝下无子。

“我怎会生出此子。”代右卫门苦笑道。

“弃苦守丈夫的妻子于不顾，把家当成累赘。每次封了官职，他又总是立马辞任。他这一生到底作何打算啊。”

嘴上虽如此说着，代右卫门却并未对这个儿子感到不满。

“继之助这个人太有主见了，总想让长冈藩依循他的设想。这样的人不适合在藩地上当个小官，而一旦他身处要职，恐怕又会引发冲突。他唯有出任首席家老了。”

“然而这不过是痴人说梦。”代右卫门自嘲道。

河井家并非豪族，继之助根本就没有位至家老的资格，遑论首席家老。双亲离世后，他终将孤身一人了却残生。

“那样也好。”

代右卫门对此奇子早已无甚指望。河井一支虽俸禄微薄，然而除却领地，先祖还买下了许多田地，纵然身无一官半职，家中的财产也足够悠闲度日。

“随他去吧。”

自江户归来后，继之助每日只沉迷于射击。

这个男人曾去佐久间象山处登门拜访，掌握了有关西洋枪炮的丰富知识，然而此时的长冈尚无洋枪。为此，他令人特制了口径为十文目的火绳枪，扛着枪去了长冈的试射场，在距离五十间[9]处设下标靶射击，结果发发命中，无一弹落空。

继之助甚而对人言："西洋有种带刺刀的枪。若是让我率领一支有此配置的千人队伍，那何等坚阵都能为我所破。"不单嘴上如此说，他还幻想起自己指挥这样一支队伍的英姿，并作诗以表：

剑铳千兵破坚阵

他请家中一位擅作书法之人写下此句，装裱后挂在书斋。每见此句，必心下想象自己于硝烟中指挥西式步兵之姿。

继之助走在城内，没有佩刀，表情怡然自得。

但逢有人对其指责，他便借机论述己见。

"武士的佩刀已一无是处，它对今后的战斗能有何用？"继而又道："人称武家须世代精于弓箭之道，此种说法已是无益。今后的武家须精炮船之道。"

这便是说，只有那些通晓枪炮用法，深谙航海技能的人方可称为武士。

未几，藩主忠恭辞任老中，回到长冈。

他一回长冈就立刻叫来继之助，询问今后的藩政方针。

忠恭早已听闻"剑铳千兵破坚阵"的传闻，便以为继之助会提及藩地的军备西化一事，未料继之助却道："当下首要之事便是充盈藩地财力。余下一切须得有了钱之后再作考虑，除此之外的一应措施暂无须提及。”

长冈藩的既定俸禄为七万四千石，不过据传实收至少已达二十万石。然而，藩内冗费繁多，借债如山，财政愈难维系。

藩主接着询问继之助财政之事，继之助畅谈己见。数日后，继之助被委以郡奉行的要职，他立即实行改革，严禁各地方官员收受村中贿赂，并罢免了数名与村长勾结，在贡米一项上暗作文章的恶官。

藩主对继之助出人意料的行政手腕很是满意，便于其后的庆应二年兼命他为町奉行，更于庆应三年令他兼管钱币的铸造发行一事。

藩地财政自此大有起色，不仅尽数还清了旧债，到庆应三年年末，国库中甚至还余留下九万九千九百六十余两，数额之多前所未见。

继之助曾言：“我虽为武士，却也望在理财之事上堪与越后屋[10]掌柜比肩。”他过去寄居在备中松山藩的山田方谷处，便是为了学习此道。

而这段过往如今派上了大大的用场。

藩主忠恭大喜，库中盈余下九万九千九百六十余两的翌年，亦即庆应四年（明治元年）四月，他任命继之助为家老，又于当年闰四月将其升任为执政（首席家老）。自就任郡奉行以来，继之助在短短四年时间内连连晋升，实在史无前例。其妻小菅高兴地对人言道：“他近来是不会再去往别国了，真是太好了。”

继之助独揽了长冈藩大权。小菅因丈夫“已不大可能再出远门”而感到欣喜，殊不知七万四千石的长冈藩恐怕此时已走上一条出人意料的命运之路。

河井继之助大权在握之时是庆应四年闰四月，就在这一年正月，鸟羽伏见之战拉开序幕，幕府军主力向江户转移。二月，讨伐德川氏的诏书下达。三月，东征大总督入主骏府。四月，江户城被接管。到了闰四月，德川氏治下三百年间一度被废止的丰臣秀吉神号——“丰国大明神”再度复活。

继之助却并不认为时势已变。他虽是一位出色的政治思想家，到底却并非革命家。

之所以如此说，是因为这个天下间对时势最为敏锐的男人从未抱持过“以京都朝廷为中心建立统一国家”的政治概念。

他将此次动乱视作“萨长联盟的阴谋”。而实际上，时势至此，萨长联盟可能早已“阴谋”用尽，且此“阴谋”并非家康灭丰臣一门此般曾于战国时代盛行的阴谋，它的目的不是要将岛津氏、毛利氏推上将军之位，而是要建立一个崭新的统一国家。

继之助并未参透此点，原在情理之中。即便是掌控了幕末第二大政治圈（以江户为第一大政治圈，第二大政治圈则以京都为中心）内两大势力之一的萨摩藩领袖西乡吉之助，也同样在幕末之时的萨长密约当前疑虑难消，认为盟友长州意图谋取将军之位。身为北越人的继之助如此断定就更是不足为奇了。

兼之长冈藩不仅是世代侍奉德川的名门，祖上牧野康成更是德川十七将之一。其子即藩祖忠成便出身于德川一族的发迹地——三河牛久保。如此藩士一系中自然多有祖籍为三河者，藩士集团也一直自诩为三河武士团。

继之助的头脑便是受制于他所处的这种环境。若这个男人出身在萨摩、长州、土佐，他或许会超越西乡、桂、坂本等人，成为扭转乾坤的核心人物。

自闻得东征大总督由京都出征之时起，继之助便时常听闻其行军速度有如背生双翼。他也积极行动起来。

“横滨的通商口岸若落入萨长手中，则万事休矣。”继之助如此说道。他昼夜兼行，赶在政府军东下之前急速奔赴横滨，购入了大量西洋兵器。

在当时的横滨，各国武器商借由日本内乱之机争相进驻，然而英国商人还是占了压倒性优势，且他们受到英国公使馆的暗中唆使，向以萨长为首的西国诸藩兜售武器。

向关东、东北诸藩出售武器的，主要是一个生于瑞士的荷兰籍商人，名叫爱德华·斯内尔。

继之助去了斯内尔位于英国旅馆旁的办事处，照旧没有佩刀。

“我乃长冈藩的河井继之助。”他把名片递给了那里的日本少年。

继之助被领进了会客室。

继之助此人习惯事先探查，在来办事处之前，他已将斯内尔其人查得一清二楚。

如同所有的荷兰商人一般，斯内尔熟知日本官吏的通病，听说他会向负责武器购买事宜的官吏行贿，以便高价出售武器。尤为恶劣的是，在对方完全不懂武器的情况下，他还会向其大力兜售落伍过时的旧枪型。

除南部藩外，东北其余各藩都深受其害，多数藩地被骗购进了已遭欧美所有陆军弃用的盖贝尔步枪。各藩的官吏又完全不懂兵器知识，于是双方皆大欢喜。即便后来发觉有异，爱德华只须解释为“这就是西洋枪”便足以为己开脱。

然而，盖贝尔步枪仅仅是将点火装置从火绳换成了火石，但弹药仍要从枪口装填，枪膛内是光滑壁面。这一点与火绳枪并无不同。

操作这种枪很费工夫，盖贝尔步枪打一发的时间，其他新式枪能打出十发。这个比率就是鸟羽伏见之战中，会津军与萨长军之间分出胜负的关键，继之助深知此点。

斯内尔走了进来。

这个男人通晓日语，且已在河井来访前着手调查过河井其人以及长冈藩的藩情、购买力等等。斯内尔知道面前这个有着褐色睫毛的人便是一藩的“首相”，他感到十分紧张，没想到“首相”会亲自前来洽谈武器购进一事。

“请让我看看枪支样品。”继之助一脸严肃地说道。

斯内尔立刻让店员取来各式枪支，在继之助面前一字排开。他到底没有愚笨到用盖贝尔步枪蒙混继之助。斯内尔先给继之助看了萨长军与幕府步兵持有的米涅尔步枪，说道：“这种枪射程很远。”

“我知道。”继之助说。他顺势又看了恩菲尔德式步枪、施耐德枪、夏普斯步枪、夏瑟波后膛快枪。

斯内尔殷切地向他推荐美国产的夏普斯步枪，说这种后装枪枪身短、使用轻便，并且精度很高。

“这种枪应该很便宜。”继之助道。斯内尔回道：“不，它价格很高，并不便宜。”话音刚落，继之助当即便从怀中取出砚台盒和纸张，在纸上画下美国地图，问斯内尔：“你可知这是哪国?”

“美国。”

斯内尔被继之助的气魄压制住了。

“然也。以我国年号算来，美国自文久元年起就陷入内乱（美国南北战争），如今内乱将定，他们战时造出的枪支已然过剩，便流向国外。现在这种枪充斥在世界各地，断没有贵的道理。”

斯内尔语塞。

“此外我也不喜欢这种美国枪，它的枪身过短了。在美国，这种枪恐怕是给骑兵用的吧。短兵相接之时枪支并不具备传统长枪的功用，且自古以来，我国枪术就是世界一流，还是长些的枪比较好。就要米涅尔步枪吧。”

米涅尔步枪正是萨长使用的英国枪，由于英国国内已不再将其作为制式枪，因此价格低廉。

继之助与斯内尔定下了大量购进米涅尔步枪的协议。他准备在长冈藩内，武士由上至下，每户配备一挺枪。

继之助又拿起了恩菲尔德式步枪。这也是一种英国制造的枪，与米涅尔步枪的不同在于弹药要从后装填。它到底是新式步枪，价格昂贵，并且数量稀少，目前还没有在横滨、上海、香港流通。

“这种枪也要一些。”

继之助说出了一个数字。他准备用这种枪武装藩地的法式步兵队，在步兵作战中，这种枪应该能发挥出最大的威力。继之助一定下价格就立刻交付了让随从携带着的订金。横滨的武器买卖都是直接以现金交易的。

“余款在到货后付清。交易港口是哪个?”

继之助毫不拖泥带水。

“新泻。”

“我知道了，到时我会亲自去。期盼能与你或代理人在那里相见。”

斯内尔握住了继之助的手，说他自到日本、中国以来，还是首次见到真真正正的商人。大概对斯内尔而言，“商人”就是对人最大的赞誉了。

继之助又订购了数门四斤山炮。眼见这位长冈“首相”大量购进武器的架势竟超出北国、东北强藩，斯内尔便确信了长冈藩确实如舆论所言，是一个狭小却富裕的藩，他甚而像是被继之助的魅力折服一般，临别时握着继之助的手说道:“我愿全力襄助贵藩的战备一事。”

“我并非是为战争作准备。”继之助一脸冷硬，“我是要改革军制。我只需要与原有的长枪数量一致的米涅尔步枪。”斯内尔闻言，摊开两手但笑不语。这个武器商人是从亚洲各地的硝烟中一路行来的，凡做武器生意之人，都能预先嗅出硝烟的气息。继之助很快回了长冈。

斯内尔的货船不久后驶入新泻，这艘船名为加贺守号，是一艘吨位四百的纵帆船，船头挂着荷兰国旗。两个月后，斯内尔的加贺守号再度进入新泻，卸下了大批枪炮、弹药及附带用具。在那之后，加贺守号基本每月都要进一次新泻港。斯内尔将新泻港作为自己的基地，除去继之助所在的长冈藩外，同时还向东北各藩出售武器。

当时的横滨已处于政府军的包围之下，然而东北、北国各藩只消去往新泻便能从斯内尔手中购买武器，因此并未受到任何限制。会津藩支付给斯内尔的钱款是七千零二十美元，米泽藩是五万六千二百五十美元，庄内藩是五万二千一百三十一美元，而在这一众藩地中，最为狭小的长冈藩恐怕向斯内尔支付了最多钱款。

为积攒钱财购买武器，继之助在改革征税方法及减省冗费之外，还大力施展他天才般的生财手腕，以至于城下町的町人都不禁感叹：河井大人生为武家，真是可惜。

大政奉还后诸侯要搬离江户，借此时机，继之助把牧野家在江户宅邸内的一应宝物器具都卖给了横滨的外国人，换得数万金，又把江户、长冈两地库存的米运到米价高的函馆出售。他还发现江户与新泻两地间，在兑钱处换钱时每两存在三贯[11]文的差额，便储购了总价二万两的小钱，用船装载着运到新泻，然后找当地的兑换商换钱以赚取差额利润，长冈藩借此大发横财，俨然成了世人眼中的专业掮客。这些钱财都被用于从斯内尔手中购买武器。斯内尔的货船加贺守号烧着沸腾的锅炉，忙碌地往返于横滨、新泻两地之间。

卸在新泻的众多武器中，有一种令人惊叹的新式武器，那就是美国产的速射炮。这种武器出现在南北战争末期，一门的威力可匹敌二十门普通大炮。当时，这种武器经由斯内尔之手流入日本，仅有三门。继之助以五千两一门的价格买下了其中两门，他“剑铳千兵破坚阵”的梦想终于得以百倍规模实现。

继之助热衷于军备。曾为学生之时，他关于军备的种种见解到底还是为了应对外敌，然而现在，他却将眼光投向了国内的敌人。继之助已与赌徒极为相似。对赌徒而言，赌博本身才是他们的目的，与谁赌并不重要。与此相似，政治家一旦痴迷于军备，那么要应对的敌人就不再重要，军备本身才是他们投注激情的对象，最终他们会沉溺其中，不可自拔。

继之助坚信，强化军备正是他对长冈藩藩主负有的“辅国之任”。

在政府军讨伐德川氏的敕令下达同时，继之助改革藩制，使藩地进入了备战状态。此举已近似于革命了。

继之助将军制改建为西洋式的步兵、骑兵、炮兵三个兵种，同时筹谋平均藩士的俸禄。以往的军制乃是沿袭了战国时代的做法，俸禄为一百石的兵役都固定不变，而军制西化后，这些兵役已没了用处。因此继之助便决定对原俸禄一百石以上的人实行减俸，而对一百石以下的人实行增俸。例如将俸禄两千石的人减俸至五百石，二十石的人则增至五十石。俸禄的平均化有助于军队加强团结。

继之助此前已在城下殿町开设了兵法研习所，培养西式军官，还在城西的中岛建造练兵场，选拔出藩士中的优秀子弟，将他们分编入八大队，接受射击、单人训练、密集训练、分散训练、前哨、扎营、拂晓作战、夜袭等各项高强度训练。

他还在军粮上花费心思，让城下町的点心铺制作了便于携带的面包以作军粮。一众家臣虽不明白这一系列的改革与训练目的何在，却出于对继之助的信赖，都依其言而行。

已有人称继之助为“谦信再世”。此言非虚，北越这片天地，三百年前出了个上杉谦信，现在又出了个河井继之助，这两人的共同之处简直多得不可思议。

谦信其人曾向战神起誓，愿以终生不近女色为代价求得常胜。他对领土扩张无甚野心，反倒更像是为追求艺术而投身战争，战无不胜，几可称得上奇人。谦信将战争视为艺术或宗教，而河井继之助身上也必定多有与其相似之处。

总而言之，谦信之后三百年，北越这片天地诞生了规模虽小却精密的军事集团，成型所用时间不过四年。

庆应四年三月七日，政府军内的北陆道镇抚总督进驻越后国高田地区，继之助成为首席家老的闰四月，会津军、旧幕府军冲锋队、桑名军都涌至越后一带，越后各地战火纷飞。

除去幕府的直辖领地，越后的剩余领地全被十一个藩瓜分殆尽。

高田藩十五万石的榊原家占去了最大一块地，其次是新发田十万石的沟口家，第三大块地归入了长冈藩，其后是五万九千石的村上内藤家，再往下就都是些一万石到三万石的小藩。高田藩很快就归附了政府军，其后的各小藩也纷纷效仿，如此一来，旗帜不鲜明的便只剩下北越唯一的西式武装藩地——长冈藩。

继之助始终视北陆道镇抚总督为萨长联盟势力下的伪政府军代表，为推行自己的见解，四月十七日早八时，他要求全体藩士进城谒见，在藩主出席的情况下作出训示。

据继之助所言，萨长乃“挟天子，反幕府之奸臣”，“我藩虽为小藩，却可凭地处偏远独立于北越之内，任天定存亡，报偿德川三百年间的恩泽，开义藩之先河”。然而在会津藩加入奥羽联盟，向长冈藩提出共同抗击萨长之时，继之助却不作回应，自始至终只表明武装中立，按兵不动。

于继之助而言，做至此地步已算仁至义尽。他那明晰的头脑虽能看透时势，终究却也仅止于此。萨长首领意图更迭时势，会津藩则始终致力于回归以德川为中心的政体，两方皆是心怀国家，然而继之助在意的却只有自己一直致力武装化的长冈一藩，在他的世界观内，他该做的仅是将长冈藩打造成最后一个忠义之藩，吊慰气数已尽的德川幕府。长冈藩的军制、民治都是由继之助独创的，长冈藩也是凭着继之助的一手打造才得以脱胎换骨，可以说，长冈藩本身就是继之助的作品。

继之助眷恋着这个作品。就连原与他同属佐幕[12]主义一派的会津藩命藩士佐川官兵卫带兵迫近长冈城下，强令其就加入奥羽攻守同盟一事进行谈判之时，继之助也只是说："你们若真要攻取长冈城，以会津、桑名的强兵之力，简直易如反掌。你们也不必多虑，尽管以武力来取吧。"不得已之下，会津藩只得接受长冈藩的中立主义，就此退兵。

此次谈判后，佐川官兵卫对与他同藩的会津人抱怨道："与继之助言谈时，片刻都不容疏忽。"

其时，幕府的冲锋队队长古屋作左卫门率四百步兵抵达新泻阵地，在城内大肆骚扰。

继之助带着一名仆从，单枪匹马去往新泻。他刚入城，恰巧撞见喝醉的幕府步兵打破商户的门窗板，准备劫掠钱财。继之助在马上审视他们，他们畏惧于继之助的可怕目光，立时四散开去。继之助进了旅馆“櫛屋”，叫来旧幕府臣下，冲锋队队长古屋，以命令般的口吻说道：“让你手下的兵在寺町屯集，别再放他们入城。”古屋顺从地依言照办。进入闰四月后，越后各地政府军与以会津藩为首的反对军间的战斗渐趋白热化，战场眼看就要蔓延到长冈藩领地。

继之助以“警备领地”为名，终于将自己精心培育，投注了极大财力的武装力量散布至长冈藩的四面边界。

继之助的各方部署如下：

在城外的摄田屋村设野战司令部，自己亲任总指挥官，坐镇布阵。

城内阵地设一大队，炮两门，家老山本带刀任队长。

南面边界的警备阵地设一大队，炮八门。

草生津村设两小队，炮三门。

藏王村设两小队，炮三门。

剩余力量作游击队，设三小队，炮三门。

这些火炮除去之前提及的美国产速射炮外，还包含了三门法国产速射炮，且四斤山炮都为螺旋炮，较之政府军炮兵的水准，其精度略高些许。其中还有两门后装式火炮，称其为世界级野战火炮亦不为过。

在火力装备方面，岂止会津藩，就算是政府军，较之长冈藩都是远远不及。继之助的长冈军在陆军装备方面或正处于当时的世界级水平。

继之助清醒地相信，长冈藩凭借此等装备可盘踞于北越，成为东西冲突间的调停势力，如无意外则能引天下义军呼应，一举消灭萨长势力。

不，这其实也称不上是“相信”。若继之助只是势单力薄的个体，以他的头脑，即便洞悉了时势变动，应该也只会感到无能为力。然而他一手培育起来的“武力”却与其头脑相悖，令他有了全然不同的想法——一切大有可为。

美式速射炮改变了他的思想，法式后装炮给予了他自信。武器俨然占据了继之助的大脑。

“昔有上杉谦信盘踞北越观望天下，受其牵制，甲斐国武田氏、尾张国织田氏皆未能轻易取得天下。”继之助想道。不知当年，谦信是否也持有此等火炮。闰四月就在继之助的武装中立中过去了。

在此期间，政府军未受继之助言论影响，他们继续推进包围作战，兵分两路展开行动。

一路以岩村精一郎（高俊）为军监，拨步兵一千五百人，炮两门。其任务是先攻陷小出岛（会津藩领地），进而奔赴小千谷，渡信浓川占领榎峠，并在其后攻打长冈城。另一路以三好军太郎为军监，拨步兵两千五百人，炮六门，参谋黑田了介（清隆）山县狂介（有朋）随军行动，沿海路进发，占领新泻。

闰四月二十一日，此政府军两路部队自高田出发，行军途中，海路部队沿路驱逐会津兵，于二十八日占领柏崎，岩村率领的山路部队则于此前一日占领了长冈城以北六里处的小千谷，与长冈遥相对望。

继之助下定了决心。

翌月一日，继之助遣使者前去小千谷的政府军帅帐，禀明长冈藩执政河井继之助有事求见，得政府军应允。二日，继之助带着一名藩士及仆从松藏，乘肩舆自长冈出发。他心下已有对策，那就是令政府军醒悟讨伐德川氏乃不义之举，长冈藩则居于政府军与会津军间，加以调停。至于继之助是否真认为区区七万四千石的长冈藩能够居间斡旋，以促成二分天下之势，就不得而知了。

政府军的帅帐就设在原会津军营帐，主将是出身于土佐藩的军监岩村精一郎，其时二十三岁。维新后，此人虽曾历任佐贺县权令、爱知县县令、贵族院议员，本身却才智平庸。

继之助在信浓川边的旅店更衣，身穿礼服走进了政府军指定的会谈地——慈眼寺。

岩村携数名军官前来会见继之助。

继之助见了岩村，当下心生蔑意：原是这等稚子。他于是确信，此次大乱正是因萨长之地的小儿拥立幼帝，欲肆意玩弄兵权而起。及至后来，岩村在追怀往事之时曾道："河井前来原是有事相求，却反而一副高傲姿态，言谈口气俨然诘问，气焰勃发。"

岩村也确实不过稚子而已。当时，凡对各藩情况有所了解的人都知道北越有河井继之助其人，而这个出身于土佐偏远之地——宿毛的人却对此一无所知。

他还无知地向继之助炫耀政府军的军威。

继之助所言，简言之就是希望政府军暂缓攻势，由此长冈藩也将在藩内达成统一意见，并进而劝服会津、桑名，顺利终结两方间的争端。

河井又附上自己的条件："为达成此事，请你们停止对德川氏的讨伐。如若不然，东国将动乱不休。"

"……"

岩村等人语塞，只在心下想着，河井这个乡间家老莫非是神志不清，以至如此胡言乱语。

事实上，若继之助是真心前来作此请求，那他就真是神志不清了。他的请愿书中有一句是"对德川氏兵戈相向乃是大逆不道之举”，俨然挑衅政府军。继之助甚至要求岩村将请愿书递交给暂行京都朝廷之权的总督。

“我拒绝。”

岩村退回请愿书。

继之助再次表明愿尽力居间调停，望政府军宽限些时日。

岩村认为，继之助所谓的宽限时日的请求，其实是长冈藩为争取时间作战前准备而想出的计谋。

“看来贵藩是不准备听奉朝廷命令了，既如此，便只好兵马相见。”岩村说道，单方面中断了这场三十分钟的会谈。滑稽的是，这个即将与政府军兵戈相见的小藩家老仍自顾言道：“我将在你方与会津藩间居间调停。”继之助乃有意愚弄政府军，他因自己身后有着日本一流的武器装备而自信满满，在请愿书中也暗地以武力相要挟，表示若政府军不听从调停的提议，便会“招致大灾”。这场会谈就此决裂，继之助回到了自己的军队中。他在返程途中笑言：“政府军这帮人真是愚蠢，怎不借此机会将我拘禁起来？”看来继之助心中奔腾着的是对战争的激奋之情，胜败恐怕倒没那么重要。

继之助甫一回营，便即刻统一藩内意见，进而向会津、桑名、旧幕府臣下发出通牒，宣告愿与其共同抗击政府军，然后又让藩主父子退避至城外。五月四日，各部队进发。

雨期悄然而至。

遍地皆是雨中交战的场景，长冈、会津军取得了绝大部分战斗的胜利，逼近政府军据守的榎峠。

反政府军终于十一日攻陷榎峠，十三日在旭山大败政府军，政府军司令官石山直八当场战死。

参谋山县狂介从柏崎方面急来驰援，亲身指导政府军作战。政府军竭力反击，每门火炮一日便要打出一百五十发炮弹，然而终究败势已露。

此间，山县亦曾训斥岩村："在慈眼寺会谈之时，你为何不趁机扣押了河井?"

直至此时，政府军内诸将方意识到，与他们对战的乃是一位非同一般的天才。

时任政府军军官的二阶堂保则将这段历史记叙了下来，大意如下：继之助原就是刚愎自用之人，他专横于权，压制同僚，长冈顺服与否全凭此人决定。若是将其捉拿，本可兵不血刃地攻下长冈，我方最终却放虎归山。

山县有朋也在后来的北越战争回顾手记中写道：

胜则得意，自满骄傲；败则沮丧，徒生忧惧。凡军队皆难免如此。（中略）即便独我一人因（长州的）奇兵队[13]确有实力，而不至为战败意志消沉，其他兵士却仍难免胆寒畏惧，萨州军队长尚且如此，一时间竟至有人言，就此撤兵乃是上策。

战事暂止，两军以信浓川为界，形成对峙之势。

继之助每日都要巡察自己的军队。

长冈藩的士兵统一上着藏青棉布的窄袖和服，外罩开衩短外褂，下穿筒形裙裤，衣服背后印有五级梯形状的标记，唯有继之助身着藏青地碎白纹的单衣，下穿收口裙裤，脚蹬一副高齿木屐，遇上下雨便撑伞巡察。

长冈藩购进的美国产速射炮中，有一门被放置在山本带刀指挥镇守的城内阵地中。每日，继之助只要行至此炮所在处，多半便会如同问候般触摸炮身，还会亲身操作。这种炮的前端装有六个小炮口，形状奇特，在长冈藩内被称作加特林炮。实际上，将其译为机关炮或许更为确切。

"让我发个炮弹试试吧。"继之助对炮手说道。他口中虽在调笑，却用指尖细心地拭去了蹭到炮尾上的泥土。继之助对火炮的爱抚之甚令人不禁怀疑，他其实是为使用火炮才发动了这场战争。

"政府军奔逃在即了。"

在继之助的筹算中，一旦击退北越的政府军，则此前一直与政府军貌合神离的天下谱代大名便会奋发而起，倒戈相向。

这在他人听来或许过于不切实际，然而它对继之助而言却具有重要的战略意义。

“我长冈藩可是有北国首屈一指的炮兵团。”这种想法成为继之助一切自信的根源，孕育出他的各色希望。继之助的头脑已然失衡，若是在过去，久敬舍的无隐听闻此言，恐怕会难以置信。当然，继之助本人并不认为自己有所改变。他在久敬舍求学之时知晓了拿破仑其人，这个人在拥有了强大的炮兵团后便开始考虑称霸世界。与此相似，在继之助心中，长冈藩的二十七门新式火炮占据了极重的分量。这些进驻在继之助心间的巨炮替他思考着藩地的未来，替他向政府军递交出恫吓口吻的请愿书，还按照他的预想，替他击溃了政府军。

却说另一面，在长州藩士三好军太郎的指挥下，海路方面的政府军部队依照原定计划持续进击，于十五日进入出云崎。山县欲借这支部队攻打长冈，于是便赶去与三好碰头。

此举立下了令人意想不到的奇功。十九日拂晓，给长冈军带来不幸的浓雾笼罩了信浓川流域，及至长冈军发觉之时，浓雾中已突现两千政府军，紧随其后的另一支队伍也顺势渡河，打了长冈军一个措手不及，据守在当地的长冈部队溃逃至城内。政府军循迹追击，自三面突入城下町，逼近大手关口。

继之助率领山本带刀旗下的军队奔赴战场，亲自上阵操作速射炮，六个小炮口喷发出大片弹雨，向着政府军泼洒而去，每发一弹，左肩巨震。

不得已之下，继之助退入城内。然而友军主力因位于城外阵地，力不能及。继之助整顿败兵，出城退守至栃尾。政府军在城内放火，城内的街道转眼间陷入一团火海，火势很快蔓延到城楼，转瞬间吞噬了全城。

长冈城虽已陷落，河井却逃出生天。这件事鼓舞了全军士气，且野战兵器仍掌握在长冈军手中。

河井变得冷酷可怕。他要把长冈藩藩士的一切都投入到这场注定一无所得的战争中。

长冈城陷落是在十九日，退守栃尾是在二十日，然而二十一日，继之助便率领长冈军各部前往加茂。在那里，他召集所有战线的将领召开作战会议。六月二日，长冈军展开行动，一路追击政府军，接连击破山县筑有堡垒的安田关口、本道关口、中之岛关口，最终攻入今町的政府军据点，破城池正门而入。

今町一战中，因继之助从三面实行包围炮击，街道上的房屋全被同出一藩的长冈军打出的炮弹击碎、烧毁，路边尸骨累累，随处可见头盖骨碎裂，脑浆迸流的男男女女，腹部外翻、脏腑露出的死者，还有缺了手脚、没了脑袋的市民，新式炮的惊人威力实实在在地显现了出来。

继之助继续行军，将政府军逼进刈古田川左岸，几乎将其全歼。随后他回到栃尾的临时据点，暂且休兵。七月十九日，继之助再度行动，选出长冈藩内的十个小队作夜袭部队，由他亲自率领，于二十四日从栃尾进发，当日晚在位于长冈东北部，人称八町冲的沼泽地对守备队发起突袭，此后一路长驱直下进入城下町。入城翌日，亦即二十五日，继之助在一番激战过后成功将政府军驱逐，收回城池。

然而，他自己却在这场战斗中受了枪伤，左腿膝盖骨以下几乎被击碎，不能再继续指挥战斗了。

长冈军因此士气骤衰。二十九日，长冈城再度被政府军夺去。继之助坐在门板上，被人抬着逃出了城，其后又逃入会津。八月十六日，继之助因伤口发炎去世。

长冈藩的抵抗亦随着继之助的死而终结。

继之助的友人小山良运对他过于强硬的藩政改革怀抱不安，曾提醒他小心暗杀。继之助当时就笑道："我或许会有那么两三次被人投进污水沟中，但藩士中绝无人有胆敢杀我的气魄。如若真有，那长冈藩反倒愈合我意了。"明治二年，新政府为报与继之助间的旧仇，下令全日本禁用反乱主谋河井继之助的姓氏，直至明治十六年才终于大发恩典，准许复用其姓氏。

长冈城陷落后，继之助之妻小菅与公公一行人逃至长冈以南约两里处的古志郡村松村避难，后得到赦免，于明治二年回到焚烧过后面貌全非的长冈城下町，自会津若松的建福寺中取走继之助的遗骨，带回长冈，将其改葬在了河井家菩提寺荣凉寺。继之助死后，获“忠良院殿贤道义了居士”的法名。

继之助的墓碑完工后，前来鞭笞碑石的人络绎不绝。据说大多都是当年死于战火的亡者遗属。

小菅不堪其扰，便移居札幌，投奔了那里的亲人。明治二十七年，她在札幌去世。

小菅死后，继之助在荣凉寺的墓碑不知就被谁打碎了。据说无隐晚年仍时常去荣凉寺探访故人，但见继之助的墓碑破碎，便要着手修缮。无隐还曾说：“罪不在他。只怪长冈藩于他实在太小。”

所谓英雄，若被上天置于错误的时代与所在，或许会引发堪比天灾的大害。

（《别册文艺春秋》昭和三十八年十二月）

注释：

【1】藩书调所：江户末期幕府设立的研究教育设施，专研西洋学术，同时兼翻译外交文书之职能。

【2】坪：面积单位，一坪约为3.306m^2。

【3】势州：伊势国的别名。

【4】二分金：江户时代流通的金币，两枚合一两。

【5】李忠定：南宋名臣李纲，谥忠定。此处原文直接称呼李忠定，其实不妥。通常为表达对逝者的敬意，会称之为李忠定公。

【6】天诛组：幕府末期尊皇讨幕的激进派集团。

【7】藩邸：大名的宅邸。

【8】萨长：指萨摩藩与长州藩。

【9】间：长度单位。一间为六尺。

【10】越后屋：江户时代三井家族经营的绸缎屋，今“三越”前身。

【11】贯：钱币单位。江户时代960文为一贯。

【12】佐幕：“辅佐江户幕府”之意。

【13】奇兵队：长州藩的非正规军队，由高山晋作组织创建。

庆应长崎事件

星子明丽。

是夜，长崎风头山山脚下的唐风寺院附近，数百盏祭奉星星的佛灯亮出光芒，狭窄的街道上，前来参拜的中国男女和慕名观赏的当地住民熙熙攘攘。

庆应三年七月六日的夜晚。恰逢盂兰盆节，从南京町到这座近山寺院，一路沿途都陷入了灯的海洋。

土佐藩海援队军官菅野觉兵卫上穿白色筒袖[1]，下着白色段带[2]，身佩朱色刀鞘的大小直刀，脚蹬厚朴木齿木屐，以海援队特有的一身装束混杂在前去观景的人群中，走在通往崇福寺的斜坡上。与他同行的，是同为队内军官的佐佐木荣。

“真像是身处异国啊。”穿过崇福寺那与龙宫入门相似的红色楼门时，菅野觉兵卫对佐佐木荣说道。崇福寺是一座唐风寺院，长崎的日本人称它为“赤寺”。寺内的第一峰门、大雄宝殿、护法堂、妈祖门等都采用了中国南部的建筑式样，目所及处一片丹青。

菅野与佐佐木被人群推来搡去。人群中还有些穿着水兵服的“洋夷”。

此时英国军舰伊卡鲁斯号恰正停泊在长崎港，这些洋人应该就是伊卡鲁斯号上的船员。据菅野所知，虽同为英国海军，不同军舰上的船员却有着不同的风貌。这艘伊卡鲁斯号上的船员大多性格粗暴，以至于船上所有人都被视作疯子。这群人在城内闹事已属家常便饭，菅野时常听闻他们殴打百姓、凌辱妇女的流言。流言也传入了在长崎港南岸的小曾根町设下大本营的海援队耳中，队内已有兵士扬言要“杀了这群人以示惩戒”。然而，这话并不是出自菅野之口。菅野身为以坂本龙马为首的海援队军官，正该镇压队内的这种兵士。派士兵出去时，他还要叮嘱他们：“不要与伊卡鲁斯号的那帮人起冲突。”

然而不过几分钟后，“赤寺”内就发生了一件事，令菅野觉兵卫自己都难平杀意。

寺院中央，一群日本人和中国人不知为何正大声叫嚷着。

菅野拨开左右人群，走到了正中央。

预感到的一幕正在这里上演。

寺院中央是两个伊卡鲁斯号上的水兵。其中一人紧搂着个清国装束的姑娘不放，腰部动作猥琐下流。姑娘尖声哭叫，他却仍然我行我素，纠缠不休。

另一个水兵站在一旁看着好戏，笑得前仰后合。为揶揄兴致正浓的同伴，他冷不防拔出手枪，朝天放了一枪。

人群一下子就乱了。

人们争先恐后地向门口奔逃。这个举动又激起了水兵新的乐趣。他一发接一发，不断地朝天放枪。人群四散开来，两个水兵四周空出了一大片地。

留在原地的，只有菅野和佐佐木两人。菅野抱着胳膊，紧紧瞪视着那两个水兵，终于忍不住上前大喝道："住手!"

抱着姑娘的水兵惊讶地松开了手。

姑娘马上向外逃去，持枪的水兵或许是想吓唬吓唬她，就又放了一枪。姑娘一下倒在地上，佐佐木荣赶紧跑上前抱起她，结果她毫发无伤，撞开佐佐木就逃走了。

留在原地的菅野觉兵卫与水兵对峙着，胸口上顶着那把手枪。

菅野自始至终直视着对方双眼，一动不动——他没办法动。水兵往后退了一步，接着又是两步、三步，口中犹自恶骂着什么。"咔哒"一声，拇指扳下撞针的声音响起，枪管里有无子弹就不得而知了。

两个水兵端枪瞄准菅野，慢慢向后退，最终消失在回廊深处。没过多久，楼门附近就传来他们的嘲笑声。枪声又一次响起，子弹掠过菅野身旁，向他身后飞去，打在了妈祖门前的祭坛上，酒器碎了一地。

年轻气盛的佐佐木当即便要去追。

“别追了。”

菅野止住了他。虽是如此，菅野自己却紧咬牙关，直咬到口中流出血来。他的身体因愤怒而战栗。菅野心想，还是该杀了那个畜生。在受队长坂本龙马感化前，菅野其实一直是个激进的攘夷派。杀意已决，菅野出了楼门，走下坡地，直到此时身体仍未止住战栗。

这便是整个事件的开端。

菅野一行人必须在夜半前回到停泊在港口内的海援队汽船横笛丸号上。明日拂晓，横笛丸号将会出海试航，身为军官的菅野要在船上值班。

然而，菅野实在无法就这么若无其事地回去。

“还是进去吧。”

心下既定，他走过思案桥，进了丸山的风月之地。

当时的丸山据传是日本的三大风月名地之一，这里的氛围最是与柳暗花明、狭斜之巷之类的古旧汉语相称。

路面起伏不平。

菅野进了常去的一家小饭馆，点了人均四百文的酒菜。

他与其他客人共处一室。室内有武士，也有町人。

酒送上来了。

菅野每种酒都喝了两瓶，至此钱已用尽，他便起身离去。就在出门瞬间，身后传来一个声音："请恕冒昧……"

菅野回身看去，声音的主人是一个四十岁上下的武士，装束与佩刀气派十足，举手投足沉稳从容，看来该是某个大藩的上层武士。此人眼神犀利，绑在刀鞘上的红色绦带也十分显眼。

"请容我敬你一杯。"武士说道。

他的语调平和，熨帖人心。菅野不由被这个武士身上的独特气质所吸引，不，或者更该说是无意识地受到了吸引。

待回过神来，菅野等人已与这个不知名亦不知其出身的神秘武士共饮了十壶酒。

"敢问阁下出身何藩？"

菅野隐约记得自己问了这话——他感到受人款待实是于心不安，现下手头既已空空如也，便想在下次回请过来，他应该就是这么说的。

总而言之，菅野已醉意朦胧。

对方看起来也酩酊大醉："何须多言。不管出身何藩，姓名为何，身为日本人这点总是不会变的。"

"日本人"这个词原是在日语中绵延了千百年的旧词，然而当时却又成为一种新鲜的流行用语，在攘夷志士间广泛流传。自嘉永六年日本与“洋夷”有所交往以来，这个民族称呼词就骤然变为了日常用语。在此之前，这个国家的居民一生至死都未必会用到这个词。日本史走过了数千年的幸福时光，在这个词广泛流传前，德川时代史也曾是一段幸福的历史，那时还有萨摩人一说。

津轻人、庄内人、纪州人、安艺人的说法也都还在。自然，长州人、土州人一说也十分盛行。

长人、土人、萨人……武士以其所在藩地为名形成种族割据，侍奉各自的主公，主公则侍奉德川家族。在此形态下，国家内部安定平稳。

然而，嘉永六年美国东洋舰队司令官佩里准将借武力强令日本开国，以幕府官吏为先，各藩人士脑中的概念首次由三百诸侯转变为一个国家，“日本人”这个词也就此流行起来。

“我等乃皇国之民”这句话也同时流传开来。这两句流行语都旨在表达单一民族与其所属国家的概念。

既说至此处便顺带一提，西乡吉之助（隆盛）的书信中也时常出现“御国”字眼。御国乃是指萨摩藩。在表达统一国家的概念时，他还时常用到“皇国”这个词。

“正如我所言。”武士说道，“因此，请不要多虑，尽情畅饮。毕竟在这里，藩也好，名也好，不过都是些没用的东西。”

“那我就先暂借美酒了。”菅野也情绪高涨地说道。土佐人的通病便是只要饮了酒就心情大好。

武士还有一个同伴，是个肤色黝黑的小手男人，他虽梳着顶髻，看去却似个兰学学生。他与武士同出一藩，身份似乎比武士低微。男人一直垂头喝酒，不定是四人中喝得最多的那个。

菅野突然回过神来，拿出表一看，已经过了晚上十点。

“糟了。”

菅野站起身来。

武士也终于起身。

四人行在路上，在星光与妓馆、饭馆的灯光照耀下，他们没有打灯笼，好不容易才走下了坡。

风起，搅动了静止的空气。

“真舒服啊。”

海援队军官菅野觉兵卫与武士结伴而行，踉踉跄跄地走着。

武士开口了：“说起来，你不久前还身处赤寺吧。”

嗯？迷迷瞪瞪的菅野仰头看向武士——他实在是太高了。

武士的话中全无半分醉意，他其实并没有喝醉。若非如此，他又怎会在先前推杯换盏之时绝口不提此事？

“你看那儿。”

武士手指向思案桥旁。那里，路边挂着灯笼，柳枝轻拂。

“先前的夷人就在那儿。”

“在那儿？”

菅野凝神望去，那里确实有两个穿着白色水兵服的夷人，他们正靠在栏杆边戏弄过往的町人，不知是不是菅野先前见过的那两个水兵。

再往后发生的事，菅野、佐佐木都已记不大清了。至少据事后公布的情况来看，在菅野的记忆中，那位佩刀上缠着红色绦带的武士似乎先于菅野跨出了几步。菅野有这样的记忆，是因为他眼中还留存着武士当时宽阔的背影。

然而不幸的是，据亲眼目睹了事件全程的町人所言，先一步跨出去的是穿着白色筒袖的菅野。或许是因为白色的装束在夜晚更加显眼吧。

菅野确实也跨出去了。

两个水兵好似感觉到了眼前二人身上的杀气。

他们迅即离开栏杆，端起手枪。

“是浪人！”水兵中的一人大叫道。

当时全世界的报纸都把“浪人”一词用作新的时事用

语，赋予其如此内涵：腋下夹着长短刀，擅长使剑，视夷人为禽兽或侵略者，有时还会亮出剑光斩杀夷人。

然而，此时已是庆应三年。

长州早在与四国舰队的交战中落败，萨摩亦早于萨英之战中见识到了西洋兵器令人胆寒的威力，这两个藩都以极大代价换取了一个深刻教训：鲁莽的攘夷之举到底有多么愚不可及。

然而，洋夷们仍认为“浪人”之威非同儿戏。他们中的大多数人还停留在两年前的阶段，狂热的攘夷主义并未从他们的记忆中淡去。

两个英国水兵醉意朦胧。他们是因醉酒，从而忘却了天下皆知的“浪人”其恐怖，抑或是生来就勇敢无畏呢？

两人迅速端起枪，拇指扣下扳机。

枪声一前一后地响起。

然而，早在枪响前，两个水兵魁梧的身躯就已喷出血雾，子弹徒然打向了星空。

佩刀上缠着红绦带的武士走近垂死的二人，按照这个国家自古以来的既定仪式，给予了他们最后一击。武士一下又一下地将刀刺入，手法残酷而缓慢，似乎真是醉得厉害。

一切结束后，武士收起刀，回身去看菅野，突然间抓住菅野双肩。

他看起来很是亢奋。

“他们原是你在赤寺之时理当斩杀之人，现在被我杀了。这件事及我的所属藩若为世人所知，会给我的藩地带来麻烦。”

武士一下子又从“日本人”变回了“藩士”。他神情紧张，面色发青。

“人是我杀的，这是无可争辩的事实。是我杀了该杀之人。一切与你无关。你就把它当作是我……”

武士暂闭了口，搜寻着合适的言辞，“当作是我的功劳。”他没有说自己是代人顶罪，而是用了“功劳”一词，这个男人大概是不想以施恩者自居。

“我所属的藩是……”

武士决心说出自己的藩名。身为武士的廉耻之心驱动着他。若是不将一切交代清楚，不定就会被认为是懦弱之辈。

菅野止住了他。

“快逃吧。”

这便是以多谋闻名天下的土佐人之性情。

菅野撞开武士。

两方分头奔逃在花街柳巷中。

菅野回到了长崎港南岸的海援队本部。本部的宅邸是本博多町的典当商小曾根英四郎的别墅。小曾根英四郎与龙马关系亲厚，他欣然将自己的别墅借给海援队使用。

海援队由土佐藩的坂本龙马创立，其本部原位于长崎的龟山，曾名“龟山社中”。

再往前回溯，其原身便是幕府的军舰奉行胜海舟采纳龙马的设想，在摄津神户村开办的胜塾。胜塾仅存于文久三年至元治元年间的一年之内。此一年间，它虽实为胜海州名下的私塾，却在胜海州的运作下得借幕府的轮船、煤矿，自然就变得官制化，人称神户海军操练所。龙马成了塾内的头领，他将集结在京都的数百名浪人及各藩藩士纳入麾下。

因着龙马的关系，塾内见习生多为土州藩士。可以说，龙马在招贤纳士之时，原就优先考虑出身西日本诸藩的藩士。这帮人中还出了些后来扬名天下之人，如纪州的脱藩藩士陆奥阳之助（宗光），及出身萨摩藩，在后来的日清战争中担任提督一职的伊东祐亨。维新后，这帮人中获封爵位之人亦不在少数。

胜塾虽由幕府官吏胜海舟把持，却在龙马的影响下带上了浓厚的倒幕主义色彩。学生中亦不乏脱离胜塾前去京都，于池田屋之变中毙命，抑或于蛤御门之变中战死之人，为此胜海舟被幕阁内针对他的反对势力冠以“于神户蓄养不轨浪人”的嫌疑，他也因此失势。元治元年十月，胜海舟在江户被令禁闭，成立伊始的神户操练所被迫关闭，学生被遣散。

龙马携五十余人奔赴长崎，以长崎为根据地建立了“龟山社中”。

此项首创可谓天才。龙马租借各藩闲置的轮船以经营海运业务，将赚取的利润用作倒幕事业所需资金，而一旦讨伐幕府的时机来临，他们又能以舰队形式展开行动。

实际上，幕府二度征伐长州之时，这支“私设舰队”的“联合号”旗舰就曾在坂本的指挥下现身马关海峡，与长州舰队（太阳丸、癸亥丸、丙申丸、庚申丸）司令官高杉晋作合力炮轰小仓藩沿岸的炮台，抵御幕府舰队来袭。

其后，“龟山社中”成为土佐藩的外围浪人团，改称海援队。

根据龙马制定的海援队规则，“凡脱藩之人、有志于海外开拓事业之人，皆可加入海援队”。身为队长的龙马虽曾两度脱藩，又两度被赦，却仍自称浪人。

“队长可定人生死。”

显然，海援队是一个军事组织。

它彻底地独立于土佐藩之外，不过因土佐藩予其经济援助，它便“不依附于中央（土佐藩），而是暗地从属于出崎官（派驻长崎的土佐藩商务官吏）”。

海援队的组织形式与佐幕一派内，京都守护松平容保领导的新选组略有相似，可谓是倒幕派内的海上浪人团。不过它不只从事海运业务，同时还进军翻译出版业，推出了《万国公法》等书。从这点看来，它与新选组不只是政治立场，便在活动范围上亦存在差异。顺带一提，海援队还在各地设有分部，其京都分部设在三条河原町往南，木材店“酢屋”的二楼；大坂分部设在土佐堀二丁目，萨摩藩的固定旅店“萨摩屋”；下关分部设在阿弥陀寺附近的伊藤助太夫处。

言归正传——

菅野觉兵卫与佐佐木荣回到了本部。入得其内，只见一个房间仍亮着灯。

菅野推开门。

房内的人并非海援队队员，而是土佐藩派驻的一位出崎官——岩崎弥太郎。

岩崎正弓着身子吃着什么，身边放了个灯笼。

菅野眼见这一幕，亦觉出饥饿来。

“给我也来点儿。”

他伸出手说道。

岩崎恐吃食被夺，抱着碗转过身去。

“你吃的是什么？”

菅野探身去看，闻到一阵怪味。只见碗里装着红褐色的米饭与肉片。

岩崎吃的似乎是长崎的清国人[3]在祭星当夜供奉的油饭。许是因土佐藩在长崎的商贸活动多是与清国人打交道，这个土佐藩“乡村浪人”出身的小官便从清国人那儿收到了这份慰劳食物。

岩崎吃完后转过身来。

这是一张粗眉、大口、不苟言笑，犹如树疖子般的脸。岩崎紧盯着菅野。

“你右边袖子上的血是怎么回事?”他一脸怀疑地问道。

菅野觉兵卫的心一下子提到了嗓子眼。然而在海援队内，自队长坂本龙马以下，所有人都未曾把这个土佐藩派驻的管账人放在眼里。

“我去海岸那儿钓鱼了。这是鱼的血。”菅野回道。

岩崎脸上露出怀疑的神情。如今的海援队已不再是纯粹的浪人团体，其背后还站着整个土佐藩。毫无疑问，但有斗殴伤人之事，土佐藩亦必定受到牵连。

“真的是鱼血吗?”

岩崎蹭近来看。他生来就是如此难对付的性格，任何事必须亲眼确认过后方会信服。

“看吧。”

菅野抻长了右边的袖子。

“不，血就不必看了。你钓的鱼呢?”

“已经在我肚子里了。”

“菅野，你可别把人当傻子。你刚刚不还找我要吃的吗，可见你肚子是空的，怎么可能吃了鱼？”

“狗官。”

菅野啐了一句，转身欲走，将走时看见了横在岩崎膝上的大碗。那碗干干净净，就像被猫舔过一般。

菅野与佐佐木来到海岸，坐上停在岸边的小艇，划到了横笛丸（两百吨）所在处。

菅野登上甲板，突然眺望起星空下的长崎港。

长崎港内，各国各藩的轮船、军舰星星点点地停泊。从舷边挂着的灯就能大致将它们分辨开来。

土佐藩的船也在其中。那是明轮船“若紫”（二百吨），船长是土佐藩藩士野崎传太。“若紫”旁边横着一艘黑沉沉的大型军舰，看起来重达一千多吨，它就是英国军舰伊卡鲁斯号。

菅野仍未从醉意中醒转。

他进了军官室，和衣躺倒在床上，睡了一个小时。

菅野最终被船员叫醒，此时船已起了锚，锅炉也已烧起火。横笛丸号按预定计划出港试航。

菅野来到甲板上。

东边天际开始泛白。

横笛丸号并未扯帆，它在蒸汽推动下徐徐起动，最终划开波浪，驶出了长崎港。

巧合的是，土佐藩的“若紫”也在锅炉内打起火，循着横笛丸的方向出港离去，驶回藩内的须崎。

留在长崎的，只剩下英国水兵的尸体。

太阳升起，菅野觉兵卫关于昨晚的记忆也渐渐复苏。

“我把他们杀了。”

思及此，手臂上似乎还残留着当时的感觉。菅野回到军官室。

为防万一，菅野把佩刀擦拭了一遍。对这个出身土佐乡间的穷武士来说，这把佩刀可是个好东西。

刀身上的刻铭乃新刀[4]时期土佐藩的代表锻刀人“南海太郎朝尊[5]”，刀刃长二尺四寸六分，刀面上斜纹与直纹交杂，刃面相交处有细小花纹，切先圆润。其制作者在世之时留下的作品虽不称其名声，十把刀中却也能出两把精品。

数年前，这把刀由望月龟弥太所持。望月龟弥太与菅野秉持同一志向，在神户海军操练所尚存之时战死于京都三条小桥西头的池田屋。

菅野听闻，望月遭新选组袭击，当即于刀光剑影中穿梭而过，从二楼跳下了三条大街[6]。

然而，幕府早在各个路口设下埋伏，形成以会津兵为主力的包围阵势。

望月在木屋町一隅遭屯集该处的会津藩士盘查。众藩士中有两个剑客，名为大柳俊八、五十岚虎之助，是会津藩奉命镇守京都之时，在江户新招募进来的人。

望月便是用这把“南海太郎朝尊”将大柳探近的灯笼连同右手一并砍落，又转而刀攻五十岚面部，敲裂他的头骨后逃走。数日后，两人殒命。

望月一直奔逃到角仓家宅[7]的房檐下，然而此时他已浑身是伤，心料难逃生天，于是当场剖腹自尽。

望月的刀被暂时收置进奉行所，后来被还回土佐藩。菅野因与望月为竹马之交，便向其父团右卫门作出恳请，承继了望月的佩刀。

刀刃豁了几处，斩杀大柳、五十岚时残留下的人体油脂依旧糊在刀身上。菅野很珍视这些痕迹，言道要替龟弥太报仇雪恨，就一直未曾磨刀。

“刀上确有油脂的痕迹。”

然而，那痕迹怎么看都像是在元治元年六月五日的池田屋之变中遗留下来的，并不似昨晚的产物。不过菅野还是发现了一些端倪，那就是刀刃上的缺口。缺口原有三处，现今又多了一处，显然是昨夜切砍东西时留下的。

“看来我确实是杀人了。”

菅野唤来昨夜与他同行的佐佐木荣。佐佐木是海援队的测量官，当时正在船尾工作。

片刻后，佐佐木走了进来，他也面带青黑之色，像是还没醒酒一般。

菅野心急火燎地问道：“你还记得昨夜之事吗？我是不是杀了那两个英国人？”

“是的。”佐佐木回道。

然而当菅野追问当时的具体情形时，佐佐木却似乎也是一头雾水，只道：“你这么一说，我也不太确定你是否杀了人。”

“不过。”佐佐木接着又道，“不论人是谁杀的，只一点我倒记得清清楚楚。从思案桥逃走时，你曾和那个福冈藩士互击佩刀，发誓互不泄密。我既为武士，这一点绝不会记错。”

菅野深感意外，亦未料佐佐木荣竟知晓对方福冈藩士的身份。佐佐木荣关于前一晚的记忆似乎与菅野颇有出入。

“原来那人是福冈藩士。我还没告诉他我们的来历。”

“不，他早就看出我们是海援队成员。从我们的衣着大概就能知晓。”

“你说得有理。”

据佐佐木所言，菅野曾在思案桥南头与对方互发誓约：即便天崩地裂亦绝不透露彼此藩名，以免累及各自主上。不单口中如此起誓，筑前人[8]与土佐人[9]更互击刀柄，行了盟约仪式。如此看来，这其中倒有些耐人寻味之处。两人彼此间以“日本人”的身份斩杀了洋夷，杀完后却又回归“藩人”意识，心忧主家，其后心念一转，进而站在个人立场之上，以“武士”身份互发誓约。可以说菅野与那筑前人皆身处复杂的社会环境之中。

“你没记错吧。”

“我还听到你们击刀的声音呢。”

闻得佐佐木此言，菅野忆起似乎确有其事。

“击刀盟誓。”

无论对方是谁，己方都必须遵守双方的约定。菅野觉兵卫便是在这样的社会风气中成长，又在这样的社会风气中存活着。

若是队长坂本在的话，不定还能找他商讨一番。偏巧他这时已离了长崎，上京去了。

近段时期，坂本事务繁忙。上个月九日，亦即六月九日，坂本乘土佐藩的“夕颜”号轮船离开长崎，于当月十一日抵达兵库，十四日进入京都，投宿在河原町三条南边的“酢屋”。二十二日，在萨摩藩要人小松带刀位于三本木的寓所（其实就是一家饭馆）内，坂本与萨摩藩的西乡吉之助、土佐藩的后藤象二郎、福冈孝弟、中冈慎太郎等人秘密集会，共商萨土密盟一事。当月二十六日，他更首次对西乡提出大政奉还的设想。

长崎之事，坂本自是一无所知。

思案桥畔的英国水兵斩杀事件发生后，翌日黎明，幕府的长崎奉行、大隅守官能势赖之便将此事知会英国驻长崎领事弗兰索瓦兹。伊卡鲁斯号上的军官也前来辨认，证实死者确实是船上的船员，一个叫罗伯特·福特，另一个叫约翰·霍清古斯。

据领事馆、奉行所[10]双方的调查显示，从当夜情形看来，这件事与土佐藩的海援队队员绝脱不了干系。

当夜，眼见营野等人身穿海援队制服的町人可不止一两个。

证据并不仅止于此。

事件发生后不久，海援队的横笛丸号轮船就匆忙拔锚出航，土佐藩的“若紫”亦于拂晓时分起航，似是追随横笛丸号而去。这可算作十分有力的佐证。

很快，长崎奉行就把这个线索通报给幕阁，英国领事馆也同样通报给了英国公使馆。

“土佐人素有性情粗暴之名。”

受命处理水兵斩杀事件的英国公使馆兼横滨领事馆日语翻译官欧内斯特·萨特在手记中写下了这句先入之见。

萨特生于伦敦，是一名二十五岁的青年。文久二年，时年二十岁的萨特赴任横滨，在当地学习日语。当时攘夷运动正炽，横滨及神奈川的外国人“如路上偶遇武士而平安无事，便要抚胸舒气”。

萨特头脑机敏，喜欢冒险，对时势触感敏锐。他无比热爱自己的工作，尽管这个工作地点实在与欧洲的文明社会格格不入。萨特还精通日语，甚至能读写古文。

对萨特其人，时任（庆应三年）英国公使馆书记官的阿尔杰·诺·米特福德是这样评价的：“帕克斯（英国驻日公使）身侧跟着一个叫萨特的人，才能非凡。他凭借丰富的日语知识，不与人结怨的高明手腕，诚实的品行，与当时日本的大多数政要结下了情谊。如此一来，他就能给帕克斯公使带来难以计数的巨大利益。”

总之，萨特的日语可谓纯熟至极，甚至在幕府官吏夸他日语好时，他还能像个老江户人般破口痛斥：“我生平不喜有二：给我戴高帽；送我上西天。”这个年轻人的才能实是不可思议，竟通晓许多日本人都不懂的萨摩方言，由此或能大致想见其能力之卓著。

事件发生时，萨特因正在北陆道旅行，对此毫无所知。

事发二十日后，萨特抵达大坂。他刚到大坂就有人前来宿处寺町，将这件事汇报给他。

其时将军庆喜就在大坂城内，老中板仓周防守、外国奉行兼图书寮长官加役平山等主要阁僚也都逗留在大坂城内。

英国公使哈里·帕克斯亦从江户赶赴大坂，当下就投宿在萨特隔壁的寺院内。

帕克斯此人耐性极差，情绪一激动就常常不顾场合地大吼大叫。他早先曾去到清国，参加鸦片战争，从厦门的翻译官职位上做起，一路辗转福州、上海、广东领事馆。两年前，他由上海领事调任为驻日公使，来到日本赴任。在中国任职时，帕克斯全以恫吓威胁手段开展外交，他凭借自己以往的经验，认定与东洋人外交之时，只须气势咄咄便能解决事端。

——日本与中国不同。

虽一直受萨特如此委婉劝告，帕克斯却始终坚信自己的外交手段，未曾动摇半分。不过他也并非无能之辈。

后来，萨特在《幕末维新回想记》中大力夸赞这个不好相处的上司。

帕克斯卿刚毅沉着，身为经历过生死考验的杰出人物（曾在中国被清朝军队俘虏），这个外交官受到侨居远东的全体欧洲人最崇高的敬意（中略），若他在维新之时与反对势力（幕府）站到同一阵线，天皇的王权复兴恐怕就不会轻易实现。（中略）遗憾的是，我始终无法获取他的好感，直至最后也没能与他亲近起来，然而他也绝非厌恶我。

帕克斯被此次“事件”激得勃然大怒。他很快带着萨特上大坂城谒见，迫使老中板仓与他谈判。谈判时，帕克斯怒极拍桌，逼板仓将犯人捉拿归案。

萨特在手记中是如此记叙当时情形的。

公使激动地表明问题，对将军宰相板仓言辞强硬。板仓虽是善良的绅士，却绝非软弱之辈（换言之，他并未在帕克斯的恫吓之下卑躬屈膝）。板仓的年纪应该在四十五岁左右，看上去却似垂垂老矣。长崎内风传犯人出身土佐藩。

幕府十分重视此次事件。

土佐藩正式接到幕府通报，是在七月二十八日。这天，在二条城当值的幕府若年寄[11]永井尚志传召土佐藩在京都藩邸的留守居[12]森多司马觐见。

森这个人到底是一介凡人，他心惊胆战地出了门。幕府传召森前去，便是为了上述之事。幕府当时对森下令：让土佐藩要员即刻前去大坂。

以上是土佐藩派驻在京都的大监察佐佐木三四郎（维新后更名为高行。历任参议、工部卿、宫中顾问官，获侯爵爵位。明治四十三年因病去世，时年八十一岁。）对当时情况的回顾，他的这段回忆可见于《佐佐木老侯回忆录》。

佐佐木在书中进而言道：

当时我火速乘淀[13]舟（淀川下游负载三十石的船）出发，无奈因长期天晴，河中水量减少，眼见已不能及时抵淀，船便干脆不再前行。我最终于二十九日上午十一时左右抵达位于大坂西长堀的土佐藩藩邸。

当日拂晓，板仓阁老已数度遣使者前来大坂的土佐藩藩邸。于是我快速吃完早饭，出门离去。

在会同板仓的途中，大监察佐佐木意外得知萨摩的西乡吉之助正身处大坂。料想萨摩人在先前的生麦事件、萨英战争中已与外国人起过冲突，应通达交涉策略，他便前去西乡的投宿处拜访。

佐佐木运气不错，西乡此时恰在宿处。

“土佐藩大监察佐佐木三四郎”

看到这个名牌，西乡立刻觉察出他的来访乃事出有因。

西乡与萨特关系亲近。佐佐木出发前两日，西乡还曾去萨特的宿处拜访，与萨特共谈国事。

萨特当时曾对西乡说了一番非同寻常的言论：“希望稳固的政府（维新政府）早日得以建立，与列国展开正常外交。你若有欲同英国政府商议之事，便尽管直言。我将尽力相助。”萨特早已看穿幕府并无统治能力，一直暗中唆使萨长创建新政府。当然，他是在洞悉了萨长的行动派有推翻幕府、建立新政府之意后才如此行事的。

两人会谈之时，萨特还将长崎事件告知于他。萨特的意见不同于帕克斯——犯人是否为土佐藩藩士尚有待商榷。

萨特回避定论，大概是因这个年轻人心思灵活。

无论如何，西乡还是有礼地接待了土佐藩藩士佐佐木。虽说这个男人原就对各藩藩士温文有礼，今日面对土佐藩藩士，他却还是显得过分有礼了些。

土佐藩原就政局复杂。藩内上层阶级站在佐幕派的立场，下层阶级却以激进的倒幕派人士居多。

西乡大概是想借此机会，将整个土佐藩拉入倒幕派阵营中去。若要以武力倒幕，单凭萨长与土佐藩外围的海援队实在无法令人安心。土佐藩名下占据优势的新式军队是一股必要的力量。为此，西乡必须让土佐藩显要与英国接触，领会已放弃幕府的英国意欲何为，并如同萨长一般接受英国的建议。

佐佐木三四郎造访西乡原未作多想，而西乡却准备充分利用此次造访，影响历史的行进轨迹。

说实话，佐佐木多少还算有些胆识，却也并非龙凤之才。然而，此番造访在不经意间将他拉入了历史洪流之中。

从他的一生来看，这个原本淹没在众多藩地志士当中，籍籍无名的男人，却在维新后一路平步青云，直至获封侯爵。他的这种侥幸，可谓自今日而始。

“与外国人谈判绝非易事啊。”

西乡故意夸大道。

“我藩早先闹出生麦事件时也是焦头烂额，然而这段经历反而令藩内众人吃一堑长一智。与英国人谈判非常麻烦，他们会紧抓住你的一时失言，因而万不可在他们面前作出任何口头承诺。”

佐佐木原打算见过幕府的阁老后便尽快归藩，回去报告大坂的会谈情况。然而偏不凑巧，大坂、兵库港口暂未有土佐藩的轮船停泊。

佐佐木一时无法归藩。西乡察知此点，对佐佐木言道：“我藩的三国丸现恰停泊在兵库港内，即刻便能供你使用，你不用担忧归藩之事。”佐佐木是与同僚由比猪内、小监察毛利恭助同行前来的，当此危急时分，三人皆对西乡的一番好意深铭肺腑。

佐佐木一行人跪伏在地，流泪言道大恩大德没齿难忘。不过佐佐木侯爵自己回忆起这段历史时，对此事却说得轻描淡写了些，只道“西乡体贴地给我们行了个方便”。言语中透露出浓重的自得之意：我在与西乡的交涉中取得了成功。

总之，佐佐木一行人刚离开西乡处所，即刻便去了阁老投宿的旅馆拜见，他们很快被带进厅堂。

厅中上首坐着老中板仓周防守，身边依次是外国奉行加役平山图书头、大监察户川伊豆守、小监察设乐岩次郎。

阁老板仓看上去稳重敦厚，面上显出殚精竭虑之色，看来是受此次事件所累——佐佐木在回顾往事时如此说道。巧合的是，佐佐木对板仓的观察与英国人萨特如出一辙。

板仓阁老大致讲述了下长崎事件，言明英国公使态度强硬，“总而言之就是贵藩藩士有犯事嫌疑。”

佐佐木出于自身立场，不得不正色以对。面色一严肃，这个男人便带了些凛然之气。

“有证据吗？”佐佐木问道。双方开始了你来我往的试探。

“尚无。不过在长崎，人人皆说此事是土州人所为，毫无怀疑的余地。”

“您的话真是出我意料。我藩众多藩士居留于长崎一带，皆受土佐长官严令，不得与外国人横生枝节，故而此事绝非我藩藩士所为。即便人言属实，我土佐人向有一身武士傲骨，定无杀害外国人后隐藏行迹，招致国难之辈。凡土佐人，犯事后必会主动自首，自杀谢罪。”

双方间的你来我往一直持续到黎明时分，然而最终也未有定论。佐佐木一行人离席，回了位于西长堀的藩邸。三人未有片刻歇息，即刻备下快轿，赶八里路抵达了兵库港。途中，佐佐木笑着心道：真像在上演《忠臣藏》的戏码。此刻的佐佐木心内满怀“幕府衰微”的慨叹。他在《旧日追怀》中提到，先是于阁老当前大抒过激言论，后又未得幕府许可擅自归藩，此番举动实是藐视阁老。若放在从前，自己绝不会平安无事。而幕府对如此放肆的自己束手无策，想来也是因其威压不再。

此时的佐佐木尚未意识到，幕府威压并非关键，来自英国的外在压力正笼罩过来。

日头西斜时，快轿进入佐佐木一行在兵库的宿处。佐佐木命快轿急达栈桥，兵库港已在眼前。

水面上泊着三艘轮船，船囱冒出黑烟，似已为这一幕等候多时。其中最大的一艘是帕克斯公使搭乘的英国军舰，次之是幕府军舰“回天丸”号，距栈桥最近的便是萨摩藩的“三国丸”。

在西乡的吩咐下，挂上萨摩藩“丸内十字”图样旗帜的小艇停在栈桥边等待，以接应这三位土佐藩官吏。佐佐木一行跳上小艇，向着三国丸划去。

此时帕克斯一行亦正为前去土佐做着准备，幕阁亦奉外国奉行兼图书寮长官加役平山之命，在回天丸上为出行土佐做准备。

海援队队长坂本龙马是最后知晓此次事件的人。

其时他正往来奔走于京坂之间，怀揣“大政奉还”的密谋及被后世称为“船中八策”的新政体构想，遍访萨摩藩、伊予宇和岛藩、越前福井藩的相关人士，四处游说献策。

此处暂说些题外话。船中八策可谓是日本惊天动地的改革方案，共有八条。第一条，政权收回京都；第二条，设上下两院，行议会制度；第四条，与外国展开广泛外交；第八条，金银物价与国外并行。萨摩藩早已依此方案行事，就连德川家御家门[14]出身的越前福井藩藩主松平春岳，都将其视作整顿当前困局的不二之选。他向坂本承诺，将积极劝说将军接纳此策。若幕府、诸侯采纳这八策，日本就会迎来一场无血革命（将军庆喜大体认同了这个方案，并据此于两个多月后奉还国政。然而在此前后萨长已决定武力讨伐幕府，鸟羽伏见之战就此爆发）。

七月二十八日，坂本得知了长崎事件。

大坂的越前藩藩邸内，越前侯松平春岳亲自将此事告知于他。

“大事不好。”

坂本当即失态，当着越前藩藩主之面捶拳慨叹。坂本曾独对西乡道破心迹，言明若将军庆喜不愿奉还大政，便可借此名目安之以“国贼”的名头，举天下诸侯之力讨伐德川一门。

然而，讨幕势力内武器、弹药匮乏。为此，坂本准备向关系亲近的长崎英国商人格洛弗寻求帮助。其时美国南北战争已结束，弃置不用的枪炮正源源不断地流入格洛弗商会。

只是，单凭武器实无法讨伐幕府，因为外交团还横亘当前，其中尤以法国为甚。法国公使罗什身任幕府顾问，法国皇帝拿破仑三世虽因其政治地位弱化而略识进退，却于此前一直考虑以派遣军事顾问团，施行经济援助，甚至出借军队为手段援助幕府。

在坂本的考量内，一旦国内爆发革命战争，法国极有可能站向幕府一方。他原希望借由英国抑止法国的此番动向。若抑止不成，处于革命一方的各藩将会死在法军的炮火之下。

“时机不妙。”坂本暗道。若在此时激怒英国公使，己方将一无所获。

“坂本，听说帕克斯公使也要去土佐的高知城。”松平春岳说道。

坂本愁极挠头。他早听闻帕克斯的暴躁易怒之名响震清国。

然而迎战英国的土佐藩老臣山内容堂，却是诸侯中头等刚强之人。他性喜豪饮，剑术出众，是无外流一派的高手。此人言辞犀利如针，且话头既起则必不会拖延搪塞。坂本对此十分了然。

“两方半斤八两，为官者本就不好相与。”

坂本甚至在脑中描摹起藩主与英国公使两方针锋相对的场景。事情真够棘手，他想。为稳妥起见，坂本请求春岳修书一封，劝土佐藩以谈判解决事端。

春岳欣然应允。他写的这封信很值得咀嚼，不过因其篇幅过长，在此且不予细说。总而言之，春岳似乎也在信中认定凶犯为土佐藩海援队内横笛丸号的船员。他在信中写道，希望土佐藩抛开私情进行谈判，按照条例予以相应处置。他还用上极端言辞，向土佐藩警告事态的严重性：“如此则能维系与外国间的信义，土佐藩也会平安无事”（中略）“若不如此，非但贵藩（土佐）生民尽受涂炭之苦，整个日本亦将不堪牵连与悲泣。”

“坂本，听说那个叫佐佐木三四郎的土佐藩大监察也会在今夜乘萨摩藩轮船三国丸号离开兵库，可托他们捎去此信。”

春岳嘱托至此。

春岳写信时，坂本一直咂摸着短外褂系带的绳穗。他情绪激动时惯常如此。信写成后，坂本衣服上的系带已沾满唾液，湿湿黏黏。

坂本成为脱藩浪人后，春岳怜惜他，开始与他走近。春岳一向了解坂本有此习惯，故而只笑着解开自己外褂的系带，说道："换上这个吧。"

龙马在越前藩藩邸借了匹马。他扬鞭催马，直奔八里抵达兵库。

龙马抵达栈桥之时，与佐佐木一行已隔了有两小时。太阳早已落山。

"唉，看来他们已乘船走了。"

坂本是近视，因而夜视能力很差。在他眼内，海岸边全是一片茫茫的黑暗，只能感受到强劲的风力。港内浪位很高，浪花与栈桥击撞，打湿了坂本那条队内人人皆知的破烂裙裤。

坂本叫来渔夫，让他出船。未料渔夫告诉他萨摩藩的三国丸还停在港内。"在哪儿？"坂本问道。"那里便是。"渔夫指的地方近在眼前。坂本心道"原来还未离开"，他凝神看去，船灯发出的光微微映入眼内。

小船划到了三国丸的船侧，此时三国丸开始拔锚了。

坂本纵身跳上三国丸。

士官室内坐着佐佐木。

"哦，原来是龙马啊。"

佐佐木此人十分注重阶级之分，与龙马应对之时，他总无法消除自己属上士阶级，而龙马属乡士阶级的认知。

龙马却别有主张，他早将自己视作天下之人，自是与佐佐木关系疏离。

“喂，这是越前侯的书信。”

“是吗。”

佐佐木未作多想，伸手便要去接。因看不惯对方注重阶级身份的习性，龙马便在此时故意言道：“你倒无须心急。这是越前福井三十二万石之尊的松平藩主写给土佐藩重臣的书信。”佐佐木闻言似乎有些不快。

“若非你在长崎招揽蛮人，此次事件也不致发生。”

“何出此言？你口中的蛮人可是济世之才，藩官之流自然不懂。”

龙马原打算递上书信后即刻下船返京。在大政奉还一事上，他与公卿间的交涉尚进展缓慢。为此，坂本须在京都会同土佐藩的中冈与萨摩藩的大久保一藏（利通），共商大计。

然而，就在他与佐佐木的你来我往间，船开动了。

“糟了，我也要被带去高知城了。”

历史轨迹就此改变。

八月二日。搭载着龙马等人的三国丸抵达高知城以西十里的须崎港。

翌日，幕府军舰回天丸入港。八月五日，搭载着幕府官吏的轮船也入了港。

随之而来的六日，英国公使帕克斯、翻译官萨特乘坐的英国军舰抵达港口。

谈判定于须崎的大胜寺内进行。为备战这场谈判，土佐藩藩内一阵大乱。

谈判启动前，土佐老大人容堂看了自佐佐木手中得来的春岳的亲笔信，信中暗地警示莫要与英国起冲突。容堂看过后只苦笑着颔首，说了句："此事竟引发如此骚动。"容堂的苦笑，意味着他将主动退出此次事件，不再作为负责人出面谈判。其后，容堂将一切移交给参政后藤象二郎。

然而，藩内却已骚乱大起。

"英国人要胆敢来，我们就倾土佐藩全力，让他们知道咱们的厉害。"

藩内的乡间武士们手拿长枪，纷纷从各处集聚到高知城下。

不只是乡间武士，就连执掌藩内军事大权的乾退助（后来的板垣退助，时年三十一岁）也斗志昂扬，当即指挥起战斗警备。乾退助幼时便有"惹事退助"之名，城下町的中岛町直至本町段内的武家无一不知其名。此时的他已完全暴露出旧时本性。

退助抽调陆军各队作海防部署。派山田喜久马的一小队特选兵并山地忠七、祖父江可成的两小队步兵驻守谈判地须崎，另派高屋佐兵卫于中途阻击；渡边玄蕃坐镇指挥种崎的沿岸炮台，另派片冈健吉的一小队特选兵连同箕浦猪之吉急赶往种崎增援。这些队长个个脾性火爆，在翌年的戊辰战争中，他们都在退助的指挥下踊跃作战。

参政后藤象二郎认为此等阵势“不像是谈判，更像是宣战”，便骤然取消好不容易布置起来的大胜寺会场，把谈判场地改在了恰停在须崎港内的土佐藩轮船夕颜丸号的舱室内。

会场变更前，坂本已从三国丸号转移到了夕颜丸号的舱室中。为警戒藩内佐幕派的袭击，坂本并未登陆。

然而，当坂本站在用作会场的夕颜丸号的甲板上，用望远镜观察陆地情况时，却意外发现藩内士兵时而散开时而奔跑，练习射击姿势，动作频频。其间，指挥官退助还擦着汗跑来跑去。

“这是怎么回事。”坂本神情凝重地说道，“再愚蠢也该有个限度。英国军舰的桅杆上并未悬挂提督旗，可见他们无意开战。陆上怎会有如此自以为是的蠢人？”

他即刻让同藩的倒幕志士大石弥太郎乘短艇急往陆地，

向退助传达己见。

“原来坂本也在船上啊。”退助笑道，“替我给船上的坂本带个话，就说幕府军舰现正停在港内，这是大好时机。我们正为讨幕战争演练呢。”他的话中透露出自己虽属上士阶级，却也偏向倒幕一派的意味。

据说坂本从大石处得知退助所言后，当场捧腹大笑。自然，据萨特的回忆录记叙，当时凯佩尔提督乘坐的英国军舰亦“因充分察觉到对方的敌对行为而同样作好了战斗准备”。

进入谈判前，幕府的外国奉行加役平山图书头偕同一帮官员登上了英国军舰。

平山是个身材矮小的老人，一张脸看去尖刻而诡诈。我们（即英国外交官）唤他作“狐狸”，实际上他也正符合这个绰号。

帕克斯公使对平山说了许多过分的言辞，甚至痛骂平山是“稚子即可差遣之人”。平山便以哀怜的语气倾吐他在事态发展间及至此地步后是如何操劳，背负嫌疑的土佐藩又是何等激愤。

平山这个老者瞬时变得衰弱。（《萨特回忆录》）

自赴任日本以来，帕克斯一向仅与幕府的高级官员会面。他们卑躬屈膝，掩藏本意的态度令帕克斯以为日本官员与清国政府要员并无二致。帕克斯深信，从前用于清国的恫吓外交同样是在日本唯一可行的外交手段。

萨特则不然。

他时常向帕克斯进言，日本人分为两类。其一是幕府官吏，其二是西国各藩的首领。这些首领爱憎分明，一旦犯错便立刻改正，对外国的态度亦不似幕府官吏般卑怯，他们极有可能在未来主宰整个日本。

然而，公使本人既未见过萨摩藩的西乡，亦未见过长州的桂。

这是帕克斯首次接触与西乡、桂等人同属一类的土佐人。

却说另一边，船上的坂本也对乘小舟而来的土佐藩谈判代表——参政后藤象二郎加以悉心劝导。

首先须坚称犯人绝非土佐人，即便有证据也要硬扛到底。

继而要借机表明“土佐藩正在考虑日本改革一事，计划建立议会制度，为此需向英国求取建议”。后藤先前就在长崎见过坂本，其后双方往来密切。他深知坂本所想。

“就依你所言。”后藤象二郎道。

象二郎（明治后，历任农务、商务大臣，获封伯爵）时年三十，比坂本小三岁。他出身藩内名门，性格中不乏豪迈过甚之处。此人虽无独特的才能，却为人果断，行事果决，甚至可说是过分果决。维新后，他豪迈之气更显，渐至鲁莽，以致风评不良。不过此时的后藤象二郎还十分年轻。从他的一生来看，这段时期的他可谓英气勃勃，与晚年简直判若两人。

“简言之，就是要转祸为福。死于长崎丸山的那两个英国水兵能否作用于天下大事，就全在于你了。”

“诚如你所言。”

“须事先提醒你，但凡对英国人显露出一丝卑下之态，他们就会以此作评定。”

“这点我知道。”

在坂本看来，这便是后藤的可取之处。后藤此人面对英国人的态度应是与身为幕府官吏的平山图书头不同。

八月七日清晨，正式谈判在土佐藩轮船夕颜丸号的舱室内举行。

后藤紧绷着脸出席。他态度冷硬，从头至尾未有一个笑脸。

问候致意过后，刚进入谈判阶段，帕克斯就满面怒气，把桌子敲得咚咚响。他口中滔滔不绝，最后还大力跺起地板。其语言之粗鲁，便连身为翻译官的萨特都未敢如实传达原意。

后藤仪表堂堂地端坐，只冷眼看着帕克斯大发狂态。终于，他悠然开口道："不知公使莅临此地究竟是为谈判，还是为挑衅？鄙人对此深感困惑。如若公使继续在土佐藩的代表面前采取此种凶横态度，鄙人便不得不终止谈判了。"

言下之意，便是不畏与英国开战。

英国政府并未向公使下达与土佐藩开战的指令。萨特将这段话传达过来后，公使微感无措。

萨特又小声加以委婉引导——

对方并非幕府官吏，亦非清国人，实是有异于从前打过交道的人。您还是转变态度为好。

帕克斯生性敏感。即便萨特不进言，他也已感到对方与幕阁那帮人并不相同。

公使瞬间态度大变。他双手交叉置于桌上，低声说道："本官自青年时期起，便常以威压之势与清国人进行交涉，收效甚广。今日便又借用从前经验，与您接触时一时忘形，以致言辞无礼。万望见谅。"

"不过——"帕克斯又道，手指向舱室外的海岸。退助等人正在那里指挥士兵操练。

"那究竟是何意？"

后藤看也不看。

"哦，他们是在练习狩猎。"

双方都卸下了心防，谈判却仍然是你问我答的形式。公使称犯人是土佐藩藩士，后藤便只说英国是蓄意刁难。

公使最终无计可施。

“既如此，唯一的办法就是去长崎的事发现场调查。我方派出萨特，希望贵藩也派遣负责官员。幕府方面就由平山图书头负责。”

据萨特观察，平山在其后听闻此事时“不知所措”。

老人不知所措，看来十分可怜。他在此时说道：“归根结底，这只是英国人的事。可怜我在江户，必须从事一切与外国相关的工作（外国奉行）。”这话实际上十分失礼。说这话时，平山老人更显衰老之态。我与这个老滑头一起去了长崎，帕克斯命令我督促幕府官吏及土佐藩的人彻查此事。

谈判结束后，英方回到了本国的军舰上。就在帕克斯等人吃完晚饭后不久，先前的后藤象二郎突然来访，声称撇开长崎事件不谈，望与英方共商国家大事。在萨特的印象中，当时的后藤说了些令人意外的话。

——我们正考虑参考英国的议会制度，建立新的政体。

谈话间，后藤破口痛骂幕府无能、逃避现实、政策一成不变，声称只有一场浩大的政变方能将日本从灭亡中解救出来。他还谈到了天下热议的兵库开港一事。后藤说：“开港带来的贸易机会尽由德川家独占，为德川家创造利益，却未惠及各藩及国家。我们西国各藩反对开港非是出于攘夷思想，而是因外交、贸易尽被用于德川一族的繁荣。”我听完他的话，深有同感。

公使对后藤十分欣赏，说他是自己见过的最聪明的日本人。我也与公使有相同感受。在我看来，除去有迫人气势的西乡，无人能出其右。

舞台转移到长崎。

土佐藩任命大监察佐佐木三四郎为代表，选取冈田俊太郎、山崎直之进、松井周助等官员随行。

对土佐藩而言，坂本已相当于半个浪人，因此他并未公然随行，而是隐在船内进入了长崎港。

大监察佐佐木一行投宿在长崎的池田屋，将池田屋作为处理此次事件的大本营。

坂本回了位于小曾根的海援队总部。他脱下行装，当夜便去造访池田屋的佐佐木大监察。坂本向佐佐木提出自己的想法，“通告城内，寻得犯人者悬赏一千两。”一旁负责记账的土佐官员岩崎弥太郎听得坂本所言，愁眉苦脸地说道：“我们哪有那么多钱。”

“愚蠢！”坂本劈头盖脸地斥道，“即便悬赏一千两也不可能找出犯人。我们这么做是要安抚外国人，让他们知道我们为找出犯人，甚至还备下了悬赏金。”

“原来如此。”

岩崎的脑中只算计着金钱。

“可万一真找到犯人了怎么办，若犯人还是你身旁的海援队队员又该如何。”

岩崎始终认为那一夜的菅野觉兵卫与佐佐木荣二人有些可疑。当时菅野的袖子上也确实沾着血迹。

“岩崎，你给我住口。”坂本大喝道。

岩崎也勃然大怒。“坂本，我告诉你。杀人的就是你的部下，海援队军官菅野觉兵卫。”

“一派胡言。岩崎，你这么说，莫不是想要那一千两赏金?”坂本说道。

在他看来，岩崎终归只是个管账人。菅野可疑与否，坂本在一一调查过事发当夜海援队队员们的行程后便已了如指掌。只菅野出身自土佐藩这一点，岩崎也不该说出菅野的名字。

如若菅野成为犯人，那在坂本构想内的讨幕势力布局中，土佐藩与海援队就会被萨长超越，退居至第二线。

菅野并非海援队的一般队员。他是一名高级军官，有时还会肩负船长职位。如果是这种身份的人杀害了英国人，那么在今后的讨幕活动中，坂本从英国处获得的援助或许便会削减。如此一来，此次事件就不只关乎土佐一藩。因是对着藩内上士，坂本并未言明一切，但他心内却想对着一帮官员怒吼：血迹至多是醉酒后与人持刀争执所致，我此前的苦心经营怎能就此归于泡影？

终于到了八月十八日。长崎奉行所内，相关人员尽皆到场，讯问开始。

时任长崎奉行的，是大隅长官能势与石见长官德永。

幕府方面，以平山图书头为首的一帮官吏出席此次讯问，萨特也到场。

土佐藩派出了以佐佐木三四郎为首的九名官员。

海援队方面，以队长坂本龙马为首，渡边刚八、中岛作太郎、石田英吉出席讯问。

菅野觉兵卫与佐佐木皆未应传唤出席。他们恰逢好运，其时正为海援队的运输扩张计划，乘坐深受幕阁怀疑的横笛丸号前去鹿儿岛，近来一直不在长崎。

能势与德永两位奉行，均觉此次裁决非为易事。

因为他们对总部设于此地的海援队怀着复杂的心情。两人早看出海援队隐有讨幕倾向。

不仅如此，听闻队长坂本龙马还曾放出豪言壮语：等到讨幕之时，当先要灭的便是长崎奉行所。

这似乎并非谣传。坂本常言：“长崎奉行所内有十万两幕府公款。攻下奉行所后，我们可用那些钱增购兵器，然后即刻乘船上京。”龙马死后，土佐藩派佐佐木三四郎监管海援队。佐佐木一听闻萨长于京都举兵，当即率队员攻入奉行所，然而奉行早已逃走，所内空空如也，未见公款踪影。

因此，身为长崎奉行，两人并不愿在裁决的经过、结果上触怒海援队。

至此，最大的问题就变为是否要召回已乘横笛丸前去鹿儿岛的菅野、佐佐木二人。

奉行言道须将二人召回。佐佐木三四郎执意不从，与奉行争论了两日。第三日，佐佐木前去找坂本商谈。

“还是召回二人为好。”坂本淡然言道。在坂本看来，奉行所始终有所忌惮，必不会判定犯人出自海援队。

土佐藩马上借来停泊在长崎港内的幕府轮船长崎丸号。不必说，包括船长在内的船员皆由海援队队员出任。

“船长就由石田担任吧。”

坂本指定了人选。

石田英吉（后来获封男爵），土佐藩脱藩浪人，可谓是坂本一手栽培起来的志士。《佐佐木老侯回忆录》中，有一段记叙了石田突然成为船长后的逸闻。

当时的海援队财力贫乏，石田即便就任船长，也没有相称的衣服。坂本前来拜托我：“二十两便足够为石田备置行头，希望藩内能帮忙出这笔钱。如不可行，也可以把你穿旧了的衣服给他。”我便给了石田二十两。石田用这二十两备了一身差强人意的西装，总算有了个船长的样子。

当月二十七日，身处鹿儿岛港的菅野觉兵卫迎来了长崎丸上的石田。

“立刻随我回去。详情在船上与你细说。”石田道。

菅野心想，这一刻终归是来了。不论事态如何发展，他已作好了赴死的准备。

“我会被判切腹吧。”菅野问石田。

石田未予回应，只似觉有趣般笑道：“幕府、英国、我藩的一大群人都凑到了长崎，现已乱作一团。”

两艘船同时解开缆绳，驶出鹿儿岛，沿西九州沿岸北上。

一抵达长崎港，菅野与佐佐木荣马上便去了小曾根的海援队总部。

坂本已等候多时。他闲躺着对二人道：“告诉我那夜发生了何事。”菅野将自己在那一夜的所作所为和盘托出，记不清的地方也如实相告，还提到了当时的那位武士。不过菅野又说道，自己曾与武士击刀鸣誓，约定不可说出对方的藩名，因此即便是面对队长坂本，自己同样不会泄露武士的出身藩名。

“你们还曾击刀鸣誓啊。”

坂本神情稍有凝重。然而他思考了一会儿，立刻说道：

“你们是怎么击刀的？菅野，你现在做一遍给我看。”

“是这样。”

菅野拿过南海太郎朝尊，将手按上刀柄。

“不，当时刀应该是佩在你身上的。你站起来，把那夜击刀的过程原原本本地展示给我看。”

“应该是这样。”

菅野佩上刀，手按刀柄。

“慢着。你那时应该醉得不轻。你把当时醉酒的样子也表现出来。对，就是这样。佐佐木，你来扮演那个武士，站到那边去。”

菅野与佐佐木不得已照做了。

两人站起身来。

“桥栏杆在哪边？”坂本问道。

菅野手指着榻榻米边缘，说道应是在那边。坂本移到菅野手指的地方，直挺挺地躺下。

“我来当栏杆。”坂本一本正经地向着菅野说道，“开始吧。你们先回想下当时醉到什么程度，是什么样子。”

二人竭力回想当时的情况，最终却只面面相觑。他们早记不清具体情形了，实在无法再现出当时的醉态。

“我当时是这个样子吗？”

"好像不是。"

二人苦笑起来。菅野似乎有些来气。

"队长，别勉强我们做不可能的事。"

然而，坂本仍是一副严肃神情。

"你现在示范下是如何与那武士击刀的。"

"是。"

菅野左手按刀，拇指抵住护板，微松刀鞘，然后略思索了片刻——他不懂如何击刀。终于，菅野像是回想起来一般，右手敲上刀柄上头的金属装饰，发出"噌"的一声响。

"这便是你所谓的击刀?"坂本问道。

"在此之前，你可曾与人击刀鸣誓过?"

"未曾。"

"据你所言，那位佩刀上缠红色绦带的武士似乎非同常人。这种人应熟知击刀之法。真正的击刀仪式该是这样。"

坂本亲身佩刀，行至菅野身侧。他左手按刀，连刀带鞘抽出一半，然后猛地将护手向前推，与菅野的护手相击。

"这才是真正的击刀。那位武士应是如此击刀的。对吧?"

"这……"二人犯了迷糊。

坂本笑起来。"你们应当是做了一场梦。即便醉得再不省人事，也不可能记错这等事。"

"可是……"

菅野甫一开口，坂本就截住话头说道："事发当晚，你们直接从丸山回了小曾根，然后自小曾根乘坐横笛丸号离港。你们只要记清这点便足矣。其他的事情，正如先前所示，只是一场梦罢了。"

"可那个刀上绑着红色绦带的武士……"

"此人根本不存在。若他是一名真正的武士，此刻恐怕早已回藩自首，自杀谢罪了。不过这也只是一种想象罢了。"

坂本似乎是在给予二人一些暗示，以使他们在奉行所否认罪责时更有底气。

"大监察佐佐木投宿在池田屋，我现下要前去找他商谈。"坂本道。

他像是猛然间想起了什么，解下自己的佩刀陆奥守吉行交与菅野，与菅野互换了佩刀。

坂本抽出菅野的那把刀："这便是死去的望月龟弥太曾用过的刀吧。望月乃是死于幕府官吏的暴行之下。这把刀应当用在讨幕之时。若被带去幕府官吏所在的官衙，望月的怨灵定难安息。你就佩我的刀去奉行所。我的佩刀也是出自土佐藩，他们应不会起疑。"

欧内斯特·萨特宿在长崎领事弗朗索瓦兹的宅邸内。

在此说些题外之言。事件处理进程中的九月十二日下午，萨特首次见到了长州的桂小五郎。萨特一生未曾见过坂本。他与桂的偶然相会如下所言。

在领事馆内用晚餐时，我首次见到了名声在外的木户准一郎，即桂小五郎。他是与伊藤俊辅一同前来的。无论为武抑或为政，桂都是最为刚毅果断的人物，然而从外表上看去，此人却一派温和。用完餐不久，我们谈起政治话题，两人似乎对我心存戒备，佯作无辜地说："长州侯向来安分守己，从未想过倒幕之事，却总被有心人说三道四，我们家臣都觉得他很可怜。"而事实上，我们早在很久之前便掌握了西国各大名为倒幕结成统一阵营的铁证。

萨特本人并未如帕克斯公使般密切关注长崎事件。经由日语学习，这个青年俨然成了半个日本人，他开始与日本人感同身受。

在帕克斯公使与萨特的其他同僚都尚未积极构想日本的未来之时，萨特已因与西乡深度接触而开始以外国人的身份渗入日本的未来中去，俨然倒幕派一员。也正因于此，他对桂出人意料的冷淡态度深感失望。至少就认同"幕府没有能力维持日本秩序"这一点来看，这个给自己起名"佐藤爱之助"的青年已可称作"志士"了。

萨特还提及此次事件。

十五日，周日。我与平山图书头会餐。据平山所言，

“土佐藩的大监察佐佐木三四郎受名为海援队的海军团体威压，已无法落实藩主搜查犯人的相关命令。”

二十八日，我去到两名土佐藩藩士（菅野、佐佐木）的讯问现场。

其后，我们（英方）给长崎奉行送去信件，提出“间接证据既已确凿，便请逮捕此二人”。不过，我们并不认为奉行会答应这个要求。我们其实也知道，幕府的官员对土佐藩是一筹莫展。

菅野在奉行所内矢口否认嫌疑，毫不退让。他与佐佐木二人的供述虽多少有些出入，奉行所却也拿二人毫无办法。

奉行所最终无可奈何。为了在面上显出“处理”的形式，奉行所与平山图书头进行商讨，寻求穷极之策。

时间行至九月七日。

奉行所向海援队总部寄来传票，命横笛丸士官菅野觉兵卫、佐佐木荣、渡边刚八、桥本久大夫“身着麻上下[15]前来官厅”。受传唤的一行人去找坂本商议，坂本回道：“就这么办吧。”他们便四处借来礼服，备齐了四身，穿着麻上下去了官厅。

长崎奉行、大隅长官能势入座，作出威严之态宣读判决。主要内容是：经讯问判定，尔等口出不逊，应当致歉。

换言之，四人只需跪拜在地，说句“深感歉意”，此事就算过去了。

佐佐木荣当先跪下，说道："深感歉意。"

见此，菅野觉兵卫心有不快。原本在这个男人模糊的记忆中，自己应"击过刀""杀过人"。但现在，菅野已然动摇了。

"无缘无故便要道歉，岂有此理。"

菅野这句话非是冲着佐佐木，而是冲着奉行去的。奉行对此束手无策。眼见菅野气势汹汹，一同前来的渡边、桥本也态度强硬，拒不道歉。

这一日，菅野等人留在了奉行所，没能离开。

同一日，在长崎管理土佐商会，兼任海援队财务的土佐藩官吏岩崎弥太郎也收到传唤。

奉行所以岩崎"监管失误"为由，命岩崎致歉。

岩崎立马跪倒在地。

"鄙人深感歉意。"

大概在岩崎看来，致歉一事实无大碍。

为让剩下的菅野、渡边、桥本三人致歉，奉行所彻夜劝导三人，直劝到十日清晨，然而他们最终仍拒绝道歉。

奉行所很是发愁。

最终，奉行所改判三人无罪。菅野等人志得意满地出了奉行所。

其后，渡边、菅野、桥本三人将“深感歉意”的岩崎弥太郎狠狠羞辱了一番。

岩崎虽兼具学识、气魄，心内却信奉以商兴国之道，因而与海援队分属两端。

海援队时常来找他借钱。商会（岩崎管理的土佐商会）不可能无限度地向海援队提供资金，因而一贯予以拒绝。

海援队内便攻击岩崎“将一帮为天下出力的人视为累赘，真是岂有此理”。双方渐至互相倾轧。坂本向来心胸宽广，他压下了这些志士的言论，避免双方发起冲突。（《佐佐木老侯回忆录》）

菅野等三人，恐怕正因原本就对岩崎心怀不满，才借机将他羞辱一番。

事情发生前后，大监察佐佐木正因支气管炎卧病在床。他从坂本的信中得知了此事。

信中写道：现下战争危机已消。然而正如您从前所知，岩弥（岩崎弥太郎）、佐荣（佐佐木荣）心无战意（作战意欲），以致无奈败退。唯菅野、渡边有硬闯敌阵之能。

欧内斯特·萨特是如此说的：

如此，我们在令土佐认罪一事上彻底失败。想到再逗留下去也是无益，我们便于十二月十二日（阳历）夜十二时左右，乘柯开特号军舰启程回江户。

因帕克斯的不断抗议，日本政权归于明治政府后，长崎事件被再度重提。明治元年八月，外国事务局判事、肥前藩藩士大隈八太郎（后来的侯爵重信）奉政府之命重新调查长崎事件，嫌疑指向了筑前福冈藩。

此前，福冈藩一直旁观土佐藩陷入窘境，将一切藏得严严实实。

杀人者是福冈藩备受期望的金子才吉。

正是菅野口中那个刀上绑着红色绦带的武士。

整件事情也水落石出。据当时与金子同行的人供述，两名水兵皆为金子所杀。

福冈藩对大隈的调查结果深感恐慌，派重臣户田佐五郎、小田部龙右卫门前往土佐藩谢罪，还派出使者去京都的土佐藩藩邸谢罪。

至此真相大白，政府命福冈藩向被害水兵的家属支付赔偿金，刑法官又下令拘禁当夜与金子同行的栗野慎一郎（后来获封子爵）。

然而，一手造成此次事件，引天下动乱的金子才吉却早已离世。

事发当晚，回到宿处的金子酒醒后，深恐自己所为会累及藩地，当夜便切腹自尽了。

相较于波澜迭起的事态发展经过，整个事件的落幕却显得过于平淡。

面对这个意外的结局，一味将嫌疑加诸于土佐藩头上的帕克斯悔不当初，他向山内容堂递交了一封英文道歉信，落款日期是明治四年正月二十八日。

以上便是笔者尽可能依据资料拼凑起的整个事件。笔者认为，比起虚构来，这样更能描绘出幕末的某一时期及活在那段时期中的人。

在此略提一提其中二三人后来的命运。菅野觉兵卫在维新后加入了政府海军。海援队内有一些人后来出人头地，获封爵位，唯独菅野在任海军少佐之时辞去了官职。

坂本在实现大政奉还的夙愿后死于非命。

岩崎靠着海援队及土佐商会，收获了最多的幸运。

他先是在海援队与纪州轮船的冲突事件中得到七万两赔偿金，后又因后藤象二郎之意，得到了海援队的资产及大坂西长堀的土佐藩藩邸，至于后藤象二郎此番动作出于何故，便永久性地成为了维新史上的一大谜题。

岩崎靠着这些资金、资产开始了海运业务，为其后创立三菱财阀奠定了基础。

（《全读本》昭和三十九年二月号）

注释：

【1】筒袖：窄袖和服。

【2】段带：一种筒形的和服裙裤。

【3】清国人：日本对清朝人的称呼。

【4】新刀：相对于古刀而言的名称。指庆长年间至安永年间制作的刀。

【5】此处“尊”非人名，接人名后表尊敬之意。

【6】三条大街：街道名，非“街有三条”之意。

【7】角仓家宅：位于京都二条大桥西南部。

【8】筑前人：指那名武士。

【9】土佐人：指菅野。

【10】奉行所：奉行执行公务的官署。

【11】若年寄：官职名，辅佐老中。

【12】留守居：官职名。江户时代各藩安置在江户宅邸内，负责幕府公事与藩间交涉事宜。

【13】淀：京都的一个地区。淀川水运港口。

【14】御家门：与将军有亲属关系的大名。此外还有“三家”“三卿”。

【15】麻上下：麻布制成的上下身礼服。

好斗草云

江户有位画家，人称“狂人梅溪”。此人便是年轻时的田崎草云。

梅溪脸长二尺，看起来十分怪异。不过，因身躯、四肢亦都与脸相称，他整体看来便也不显得过分。梅溪年轻时已有迫人眼神，时人皆言：“但遭梅溪逼问，人人都得吓得哆嗦。”

他的照片现仍留存于世，可见于平凡社出版的《大百科事典》。照片中的梅溪看来实在不似画家，那张脸怎么看都更像是一名在马上征战天下的将军。

中年前，他一直住在浅草山谷[1]的小巷里。

有关此人的轶闻甚多。

“阿菊，我今日要去书画会。”

梅溪但有此言，妻子阿菊便会对其后发生的一切了然于心，知道他回来时必定满身是伤。

所谓的“书画会”，其实就相当于今日的展览会。

只是会场是设在日式饭馆内。

选出一流的饭馆作为会场，画家与书法家们齐聚一堂，摆出各自的作品，还可即席挥毫。书画爱好者们自然也在此聚集，彼此间推杯换盏，做些书画买卖。

田崎梅溪，不，还是以他后来的名字“草云”称呼此人吧。

草云一身武士装束，且是修行武者之姿。他身着短裤裙，夹着长刀，手执铁骨扇，出门离去。

“我可不是靠卖画谋生的画师。”

这是草云惯常挂在嘴边的一句话。他是个下层步兵，然而步兵却也算得武士，因而还能以此逞些威风。

书画会上，若有人批评草云的作品，草云便会言道：“你还敢挑我的刺。”说着就跳过饭桌，揪住对方后颈拧倒在地，对其拳打脚踢。有时对方亦有些武力，双方就会互相厮打，直打得衣衫破烂。一番激烈打斗后，草云最后总将对方扔到外面的院子里，再带着一身伤回到等候在家中的阿菊身边。

阿菊从未有过抱怨。

草云也引以为乐事，他时常放出豪言壮语：“书画会就是画师的战场。”

当时，书画会上的众多名人中，有一书法家兼诗人，人称“酒鬼云涛”。

此人武力过人。

云涛姓竹内，其时师从在神田玉池主持“玉池诗社”的梁川星严。他研习关口流柔术，据传已深得精髓。在所有书画会上的争斗中，此人从未落败。

云涛酒后素爱撒泼。某次会场之上，云涛突然定住双眼，环顾满室画家，威吓道：“此处可有作画大家?”场内鸦雀无声。云涛得意忘形，接着又道：“自谷文晁死后，江户就未再出过画师大家。作画之人层出不穷，终究不过画工而已。”就在这时，有人啪的一声摔碎杯子，正是田崎草云。满座的画家、诗人、书画爱好者都屏息以待。

“此话不假。”草云道，“诚如云涛所言。文晁先生死后，世间画师层出不穷，皆不过画工而已。如此说来，云涛，你也只是诗工罢了。为诗工者亦可嘲笑画工?”

“岂有此理。”

双方踢倒杯盘饭食，扭作一团。拉门倒在地上，两人滚到了走廊上，最后又滚进泉水里，仍是拳脚不停，最后云涛不得不举手投降：“我认输。”云涛的脸上血迹斑斑，全是自己流的鼻血。

“你输了。”

“梅溪，我打不过你。我愿拜你为义兄。”

云涛此人也有些器量。此后他常去草云处拜访，每逢书画会都与草云结伴而行。他曾对草云言："江都（江户）的画坛、诗坛之上，无人堪与你我二人比肩。"

当然，他指的是武力方面。

回到草云其人。

草云名"艺"。

他是下野国足利藩内的足轻之子。

足利藩藩主是大炊寮[2]长官户田，藩地俸禄仅有一万一千石，未设城池，只在足利的花轮小路四围开挖了一圈沟渠，立了座冷清的大名公馆，代行城池职务。

藩地已是小藩，足轻所得俸禄就更难以维系生活。在足轻聚居之地，各家都兼营副业，草云父亲的副业则与众不同。他自号翠云，以出卖画技谋生。

然而，这种营生并不容易。

足利是所有足利织物的出产地，町人及农民中不乏富户。草云之父翠云身为藩士，却须出入富贵人家，如席间助兴之人一般讨好众人，在屏风、隔扇上作画挣钱。为此，同僚间、市井中，总有人暗地里笑他是"足轻画师"。

草云年少时，其父翠云常言：

"我一身技艺却被人视作乞丐，真是悔不当初。你可千万别再学画。"

草云于是研习高绳流剑术与长沼流兵法。他相信，较之学画，凭一身武艺、兵法获拔擢提升是一条能更快脱离贫穷与屈辱的捷径。

幸而他天赋过人。

草云的剑术进步迅猛，十七岁便有小成，十九岁习得真传，及至二十岁时，身边一众藩士已无人能出其右。然而，他的剑术终归只是称霸于乡间。

师父山边总兵卫好意劝他："去江户开开眼界吧。"若欲以剑成名，除跻身江户大道场的高手行列外别无他法。总兵卫为此前去藩厅谈判。终于，草云得到藩内允许，被派去江户修行剑术。

然而，藩内不替他出这笔钱。

草云须自费修习。因家中无力出钱，此事只得作罢。

"足轻之子到底只能是足轻之子。"

草云怨恨苍天，而"苍天"却给予了这个男人另一才能。

那便是画才。

年少时，父亲但见草云作画，便会横加叱责。然而即便如此，草云还是偷偷盗出父亲的底稿，描摹花鸟山水。

他的画功锻炼得出类拔萃。

十八九岁时，父亲翠云已远不及他。便连足利的染坊也来请他画花纹底样，“比起翠云先生，我们更希望请您来画。”

后来，翠云染疾，病入膏肓。

“千万别做画师。”

父亲翠云在病榻上说道。

“你本该是一统天下之人。”

这句话成了翠云的最后遗言。

他说这句话，或是因时势变动也已波及到了足利。幕府声威日渐衰颓，各藩皆致力于拔擢人才，身怀学问、武艺、见识之人，即便出身足轻，亦很有可能被提拔为上士。

（我能一统天下？）

草云十分震惊，他亦为此重新审视自身。然而自己出身的藩地不过仅一万一千石的小藩。即便自己成为家老，以足利藩的背景，也并不能撼动天下。

（若是生在大藩多好。）

“如若生在大藩，庸才亦可大展拳脚。而小藩的藩士，即便在藩内倾尽全力，终究也不过蚍蜉撼树。”草云心内如此感慨。

“我要去到外面的世界，在广阔天地间闯荡。”草云下了决心。

父亲死后，家中还剩继母与同父异母的弟弟。

草云继承家业后，在任足轻职位仅一年便请求退隐。请求获准后，草云把家主之位传给了弟弟。他认为这对继母来说也是件好事。

“如此一来，你怎么办?”继母织江问道。

“弟弟除袭承足轻之职外，再无其他谋生手段。我却还有技艺傍身。”

“你是说武艺吗?”

继母十分担忧，她深知草云所学的高绳流只在乡间流传，无法助其拜入高人门下。

“是画技。”

虽感悲凉，草云仍是如实以告。若是以画谋生，即便技艺略浅，也总能得到许多绘制木版底图、隔扇的挣钱机会。

“以画谋生得去江户。”草云下定决心，离家出藩。

他先是师从山崎梅。山崎梅便是云涛口中的画工之流，画技只达衣食无忧的地步。

草云不多久便离开他门下，拜今井乌洲为师，其后又多番辗转，拜入谷文晁门下，文晁死后，他便一直跟从春木南溟。

此间，草云为谋求生计出入制造门窗的商家，求取隔扇绘图等工作，以此度日。

师从谷文晁之时，草云住进了浅草山谷。他便是在那时迎娶了足利藩足轻之女——阿菊。

婚宴当晚，阿菊方初次见到草云。然而她当先感到的却是恐惧，而非亲近。

“我非为画师。”草云环抱着毛发浓密的小腿说道。

“你嫁入的乃是武者之家。”

他便是这样一副神气。草云常去一个位于下谷山伏町的小道场，此道场乃研习中西派一刀流的名为小柴传兵卫的浪人所开办。在那里，他以临时师父的名头教授剑术，相较于门人，倒更像是道场请来的外客。其剑术实力远在传兵卫之上。

然而，他终究还得靠作画谋生。草云常为一些门、窗绘制装饰图。

“这个人究竟是做什么的?”阿菊困惑不解。

阿菊接下向旧货店贩画的工作。

浅草寺后门外有家名为肥后屋重兵卫的旧货店，专卖谷文晁门生的画作。新婚之初的阿菊便带着草云的五六幅花鸟画去了那里。店里的掌柜展开画轴，用低不可闻的声音说道:“梅溪先生画风不精啊。”

“原来他画功一般。”阿菊暗忖。

事实上，时人常言梅溪的画中，便连鹌鹑都显露出鹰的神态。而他画的鹰又气势迫人，整幅画卷便带了粗犷之风。

草云的画技与其说是拙劣，似乎更像是恣意狂放。他的画不拘于定式，隐有破绽。

草云自己也知道时人对自己的此种评价。他似乎很在意别人的评判，阿菊刚回来，擦着刀的草云就一反常态，隐带怯懦地问道："掌柜说什么了吗？"

阿菊一言不发地垂下头，草云却不依不饶地上前追问。终于，阿菊坦白道："好像说了不精妙之类的话。"

等到草云抓着刀飞奔出门后，阿菊方"啊"地一下反应过来。

草云奔进肥后屋，揪着掌柜的后颈，将他丢在地上。

"商人岂懂士大夫的画中意境？"

他拿回自己的画作，丢下刚刚用画换来的钱，狂风一般离去。

事情并未就此结束。刚回到家，草云就让阿菊为自己整理行装："阿菊，我要出门远游。"他当日便去了藩邸，按下出游手印，决意逃离江户，出外游访。草云向自藩呈报的出游缘由是"探讨剑术"，其后他亦一直沿用这个理由外出游历。

"他究竟是个什么样的人啊。"新婚之初的阿菊感到震惊。

时隔许久后，阿菊方悟出草云有个怪癖。他一旦在绘画方面遇到挫折，便会发狂一般专注于武术。

草云的武修之旅主要是在上州、常陆方面，偶尔也会从骏河去到三河。

因有画技傍身，旅费并不成问题。草云常投宿在村中的富户家中，还时常给城郊人家画画隔扇。

若是偶遇开办道场的人，草云还会邀对方较量武艺。

时人道他未有败绩。

然而事实似乎并非如此。其时神道无念流的大川平兵卫在上州前桥的向町桥林寺开有道场，据说草云曾在与此人的比试中落败。

在前桥的城下町，剑客皆知“画师梅溪来了此地”，许多人还前去其宿处造访。

当地习武风气兴盛。渐渐地，邀草云比武的人越来越多，草云便在农家的里院内与他们比试。

对手皆被草云轻巧打败。

草云志得意满，笑言：“前桥的城下町自古便有武都之名，原来却不过如此。”

游历期间，草云仍时常作画。某日午后，他在农家的外廊上铺开宣纸，画“关羽出阵图”，画到中途，光线突然暗下来。

草云抬头看去，只见一中年农夫站在身前，似是刚从田间劳作归来。

“你挡着我了，走开。”草云挥着画笔赶他。

“你试试能否赶走我。”农夫微笑道。

（此人非等闲之辈。）

草云警惕起来，他一言不发地收起宣纸，移到外廊另一头。

“画师，你可是怕我？”农夫道。草云却只沉默地画着关羽像。

农夫再次走到草云身边，挡住了光线。草云这次仍不理他，默然画着关羽的身躯。等到只剩脸未画时，草云放下画笔道：“老头儿，做准备吧。”说完便从里屋里拿出两把竹刀，将其中一把扔向农夫。农夫轻巧地跃起，在半空中接下了竹刀。正如草云所想，农夫其实是由剑客乔装而成。

两人未戴护具，相对站定。

“对了，还未问过你的名字。你叫什么，是哪个流派的？”草云道。

“不过一介农夫罢了。”

话音刚落，对方的身形陡然放大。他以挟风裹雷之势奔向草云，悠然举剑。

（啊！）

草云心内暗叹，却非是为了他的剑术。

农夫的脸极似草云想象中的关羽。

（就是这张脸。）

草云心内正如此想着，头顶遭受重重一击。

其后的事，草云便不记得了。

据在场者描述，草云当时受下一击后仍站在原地，片刻后“哐啷”一声丢下竹刀，踉跄着回到了外廊上。

他拿起画笔，飞速画出了关羽的面容，随后进了房间，倒头就睡。

翌日午后，草云醒转过来。他似乎一天一夜未曾睁眼。

其实是昏了一天一夜。

宿处的屋主告诉他：“那人是大川平兵卫先生，在桥林寺开有道场。”还说平兵卫走时曾请他代为转达歉意。草云枕边放了一笼平兵卫送来的山芋。

据说大川曾就此事言道：“江户的梅溪因与城内的新手过招取胜便得意忘形，讥讽前桥的武学。我觉他可笑，便特意乔装一番，找他比试。万幸一击即胜，却未料他在那一瞬间记下我的面容，还偷画了出来。这种令人不舒爽的比试真是前所未有。”

这场奇异的比试轰动了前桥。梅溪离去后，传言直上达至藩主松平直克耳中，直克道：“真想看看那幅关羽出阵图。”宿处的屋主便将画献上。直克顺势召见了当时不过一介浪人的平兵卫，将画与真人对比一番，果觉极其相似。

“看来你的武艺堪比关羽。”藩主由是提拔平兵卫为藩内的剑术教导师父。

平兵卫为此感佩草云之恩，“草云先生便是我等武道中人的恩人。”直至维新后，平兵卫仍对草云执师徒之礼，时常出入田崎草云家。

此处谈些闲言。平兵卫的道统后由次子修三继承。修三之子平三郎未习剑术，反在美国学习造纸技术，学成后进入王子制纸的前身抄纸会社，后来成为造纸大王，创建了大川财阀。这自然又是另一段故事了。

浅草山谷的陋室内，直至第二个孩子出生后，有“狂人梅溪”之称的草云仍是性情不改。

（他其实就是个大孩子。）

阿菊只得在心内如此想。她终于对草云的性情有所谅解，心内生了感情。

“我真看不懂自己。”

偶尔，草云会坐在走廊一头茫然地嘟囔这句话。由此看来，不只是阿菊，便连草云自己都不甚明白田崎草云此人究竟是什么样子。

“田崎草云体内有很多奇怪的东西，这个人与画、剑无半点缘分。那他究竟是什么呢。”

被问到的阿菊一头雾水。

“阿菊啊。”草云曾问她，“在你看来，我究竟是一名画师，还是一名剑客？”

“我不知道。我只将你看作我的丈夫。”

“你看得倒是比我通透，我都看不懂真正的自己。”

其时有位画家，名为兰溪。

此人性格棱角分明，有“越后尖刺”之名，喜好描摹山水。

他长年力主唯山水画方算得是画，痛骂一众花鸟及人物画师。

有时柳桥的万八楼开办书画会，他总是姗姗来迟，就座后环视四周，说道：“哎哟，一众花鸟人物之流，都还似模似样地聚到一处了。”

当时，草云便是专画花鸟之人，他于是忍不住出言道：“兰溪，你再说一遍试试。”

“你当我不敢说？画山水、花鸟、人物之人都被称作画家，乱了世上的规矩。就以士农工商作比吧。画山水者以具象造气韵，相当于士；画花鸟者可算得上画师；画人物者只借鉴浮世绘便可成画，是为画工。”

“照你所言，你该是士了？”

“正是如此。”

“随我出去。”

草云执剑起身。

“是否为士，以剑试过便知。随我出去吧。”

“两者不可混为一谈。”

“士魂总归是不变的。”

草云说完便握住剑柄，一下抽出剑来。剑尖在空中划了道弧线，堪堪擦过兰溪鼻尖，将摆在兰溪身前盛饭菜的托盘一分为二。

但汤汁一滴未洒，酒盅也未倾倒，仅有托盘被利落地一刀切断。

剑招实在精妙。

兰溪踢倒隔扇，逃向隔壁的房间。

“真令人大开眼界。”有人出言恭维，“久闻草云的剑术即便在江户也能排进前十，今日方亲眼得见。今天的书画会上，这一幕最令我等大饱眼福啊。”

（胡言乱语，书画会可不是演武会。）

草云收刀时暗道。他一向清楚什么场合该做什么事。

此段插曲过后，出现了一件怪事。草云的画突然需求量骤减，个中缘由很快水落石出。

“尖刺兰溪”似乎曾去了各家旧货店，四处散布谣言，说草云精神失常。

鉴画界虽偏好奇人画作，却不会买一个疯子的作品。

“混账，竟然做出这种事！”

草云勃然大怒。然而，他又立刻转念想道：莫非我真是疯了？

“阿菊，你怎么想？”

“怎么想？”阿菊不得不回道，“对我来说，你就是我的丈夫。这一点是不会变的。”

“你莫不是禅僧转世吧。”

书画会也不再邀草云前去。生活立刻捉襟见肘起来。

为替草云挽回名声，诗人云涛、画家晓斋等好友四处奔走活动，却收效甚微。

“我们虽四处活动，目前情形却仍无甚改变。”晓斋苦笑道。

晓斋俗名“猩猩狂斋”，以豪饮著称。

一次，他与草云斗酒，两人各喝下三升后，晓斋仍意识尚存。喝酒过程中，晓斋展开纸张，借醉意提笔，画了一幅猩猩舞动图。他还在图上快速画了只葫芦，中间写上“猩猩狂斋”四个字作为落款，宣扬自己斗酒获胜。草云虽已酩酊大醉，却还是夺过画笔，在猩猩舞图的上方画了一只大乌龟，署名“正觉坊[3]梅溪”。“正觉坊”便是指代大海龟。在当时的动物学界，乌龟这个爬行类已成为“酒鬼”的代名词。

“如何，你输了吧。”

“我输了，输了。”

晓斋退让了一步。若再接着斗下去，恐怕就不是借画自讽这么简单了，自己肯定逃不开草云的铁拳。

一日，晓斋与云涛共同前来，带了一幅古画给草云看。

那是一幅水墨画，画的是一只鹭鸶。

“我还以为是什么呢，应该就是个外行作的画吧。”

“是啊。”

两人好似在心内有所算计，并未多言。

“作画者是谁?”

“二天。”

草云一惊，复又细细看起那鹭鸶。

二天是一个人的雅号。此人便是活跃于战国末期至江户初期的剑客宫本武藏。他画技精湛，早先已有部分遗作获得认可，及至幕末，便连鉴画界亦对他的画作赞不绝口。

（竟是二天。）

这是草云初次见到二天的画作。细细看来，这幅画非同凡品。

“画就暂时放在你这。”

两人回去了。

草云将画挂在壁龛上，不时凝望。

一望便是三日。

二天的画技其实说不上精妙，然而画中的鹭鸶却鲜活如有生命，岂止是鲜活，简直就像是一种挑人心弦的精神之力在不露声色间化作鹭鸶，存活于天地之间。它已不属于万般画作中的任何一种，显然，它就是艺术本身。

第三日，草云身形消瘦。因他基本颗粒未进。

“阿菊啊，与这幅画比起来，我的画简直就是画师、画工拿来蒙蔽世人的劣作。”草云说道，“我终于明白自己究竟是谁了。我若作画便是画工，若舞竹刀便是耍剑人，只是如此罢了。”

草云清清楚楚地看出了自己与武藏的不同。武藏生来便有强大的气魄，那气魄可入剑，亦可入画。

草云生来亦有非凡气魄。然而，他的气魄便只是气魄，画技便只是画技、武术便只是武术，三者各在一方。

它们未曾融通。

正因此，书画会上的草云才凭着独行的气魄鲁莽行事；作画则只拘泥于画技的细微之处，并未注入气魄；修习剑术则只在意挥剑动作是否敏捷，他生来自有的气魄并未与剑融为一体。

"阿菊，我好像懂了。"

其后一个月，草云既不作画也不练剑，每日只无所事事。

一个月过后，草云重执画笔。

"这画……"

草云的新作十分拙劣，便连阿菊都感到震惊。

"我重获新生了。从现在起，我要学会忘掉技法。"草云说道。

生活愈加贫穷。

偏偏祸不单行，其时江户霍乱横行，阿菊也不幸染病。她先是手足发冷，渐至麻痹，上吐下泻不断，患病仅一日便过世了。

草云为此绝食。

对这个性情大起大落的男人而言，失去阿菊应该是一个相当大的打击。

自此，他舍弃旧称梅溪，改雅号为草云，在阿菊的灵位前发誓要脱胎换骨，戒酒止暴。唯有酒是在戒了一个月后，于阿菊灵前求得原谅，再度重饮。

此后，来自书画会的邀约也渐渐开始增多，尤为幸运的是，更有伊势津藩主藤堂和泉守开出二十七石的年俸，希望雇请草云。当然，不是让他作剑客，而是画师。

“实在感激涕零，但我不能接受。”

草云拒绝了藩主的邀约，原因十分明确：阿菊跟着自己，长年生活贫困，最后更是在困窘中过世。因而自己不可在阿菊死后独享富贵。

兼之自己虽是“退隐”之身，终究还是足利藩人。草云便以此为明面上的理由，谢绝了藤堂的好意。

此事为草云赢得了声誉，他的画作市价陡升，亦成为书画会上人人争抢之作。

时人如此评判：“此子虽尚稚嫩，其画作却有浩大气势。”然而，草云天生的气魄却仍未于画中淋漓尽现。注魄入画之时，草云的画技愈加细致，费尽心力完成的画作总有迟疑之笔。

“及不上二天。”

草云自己最是心知肚明。

晓斋与云涛两位友人不只改变了草云的画风，更改变了他的人生。

云涛是梁川星严的门生。星严是激进的勤王派一员，被幕府官吏冠以“阴谋家”之称。安政大狱事件爆发时，星严于即将入狱之际因病离世。云涛虽诗艺不精，却完全继承了师父的志向，不觉间亦影响了草云，使草云成为勤王派的拥趸。

草云成为比云涛更甚的勤王派。

随着幕末形势渐趋紧张，草云奔走各方，尤与长州、水户等地志士结下了亲密关系。一群人时常在柳桥的万八楼召开秘密会议，在草云的斡旋下，会议假以“书画会”为名。草云曾对长州藩的桂小五郎说：“我若生在贵藩，此时恐已联合西国各藩建立起讨幕军，鸣军鼓攻打江户去了。足利仅止一万一千石，令我无处施展。”

不过，草云的讨幕思想还是稍显稚嫩。

当时曾发生过这样一件事。

柳桥的万八楼内，一帮与书画会无关的客人在隔壁喧哗。

草云认识他们。他们是心形刀流伊庭家的一帮门生，因伊庭家代代为幕府臣僚，此流派内便多有幕府臣僚出身的子弟，其道场亦以派头显赫著称。

伊庭家的门内弟子尤好刚硬之风，皆穿短袴，佩长剑，腰间紧扎大小刀，走在路上时一眼便知其门生身份。

众门生中，有一三千石的旗本继承人，名为服部鼎。他是“尖刺兰溪”的背后势力之一，曾与兰溪共同散布草云精神失常的谣言。

那日，服部鼎自茅房回来时，恰在走廊上与草云错身而过。他便借机寻衅，说草云撞到了自己的肩膀。服部鼎似乎是想仗着人多势众，将草云群殴一顿。

“画师，给我站住！”服部鼎嚷道。

即便是在酒楼，与身份显赫的旗本相遇在走廊时，按礼也该退到走廊边缘，躬身等待对方走过。

草云已不再鲁莽。

“方才失礼了。”

草云平静地走了过去。此举触怒了服部鼎。

“区区足轻。”服部鼎道。

草云闻得此言，猛然回身，以其时盛行的勤王论调告诫服部鼎：“足轻又如何？足轻也好，直参[4]也罢，皆不过世上的一种称呼罢了，与京都的天子比起来都算不得什么。大家都是平等的。”语言虽平静，身体却因愤怒而战栗。

“给我出来。”服部道。

与服部同行的八人已将草云团团围住。

“出就出。”草云道。

就在此时，酒徒云涛与猩猩晓斋从屋里赶过来，痛斥草云。两人竭力拽草云进屋，含泪说道：“求你了，你就忍一忍吧。”

草云自己心里也十分清楚，在这两人的四处奔走下，自己好不容易才刚刚重归画坛，若在此处与服部鼎等人争执，自己会再度成为“疯子”。

“草云，你可是怕了?”

服部等人房门大开，站在走廊上大声谩骂。草云躺倒在地板上，两手堵住耳朵，死死闭着眼。

“足轻，怎么不出声?”

服部身边的一群人哄道：“你说天皇之下皇民平等，真是可笑。即便就刀来看，我们旗本大人的利刃也非你那低劣品所能比。如何，要不要试试看?”

“我听不见。”

草云堵住耳朵，两只脚不断跺着地面。

服部等人进了屋内，团团围住草云，其中一人“啪”地一下踢上草云的脸。

草云躲了一下，然而此举使他看上去又成了个“疯子”。草云抓住那人的脚，反扭过去，瞬时一阵骚乱。

服部等人纷纷拔剑，猛扑上前，要把草云砍成肉泥。草云在屋内跳来跳去，穿梭在一片刀光之下。待他终于从一人手中夺过刀时，手上已受了伤，血滴在地板上。

“混账，我今天要把你们全都杀光!”

草云咆哮道。

锃!

草云手边一闪，服部鼎的右手腕已保持着握刀姿势飞了出去，滚落在地板上。

草云的这个招式，便在当时的江户都有些名气，即便是剑术上有些造诣的好手，在与草云过招时都要戴好手上的护具。

草云不过身形微晃，每一晃动，手中的刀便上下翻飞，转眼间已斩下三人的手腕。服部一行人推搡着逃到走廊，在台阶之间的一处宽阔平台上挤作一团，不久便三三两两地从台阶上摔了下去。

“带着你们的断手走吧!”

草云拾起断手，从台阶上扔了下去。

此次骚乱被压了下来。思及双方都是熟客，万八楼严令楼内伙计把好口风。此举自然不是为了保住草云。当然，万八楼也考虑到一旦此事声张出去，服部等显赫之家便会沾染污点，到时轻则切腹，重则贬为平民，实在令人不忍。

草云请晓斋为自己换装，从后门离去。送他出门的云涛嘱咐道:“你暂且离开江户吧。”

“嗯。”草云颔首道。

“我要回足利。”

“事情总有过去的那天。”

云涛安慰草云，然而，这一天恐怕永远都不会来。离开江户便意味着从画坛上永久销声匿迹。

“可惜了这么个人。”云涛暗道。

文久三年春，离开江户的草云回到野州足利。

藩内对名动江户的草云予以厚待。

草云已是足轻田崎家的闲人一名，身无俸禄，然而藩主户田大炊头却尊称他为“先生”，允他若有必要可随时晋见。草云俨然成了藩主的智囊。

不过，藩主并非以他为绘画方面的智囊，而是常向草云请教国事、时务。面临当下时势，各小藩皆感迷惘，不知今后趋向。

其时，幕阁内部亦有迁往京都、大坂的意向。幕阁欲在京都会同实力大名，共商国是，以勉强支撑当前局势。如足利户田家这般未在京都设藩邸的小藩陷于时势之内，音讯不灵，只有张皇失措。

而草云交际广阔，如此，足利藩上下自然仰赖起草云的论断。

足利其实空有藩名。从人数上看，驻留藩内的武士约有三十人，在江户值勤的约有六十人，包含足轻在内，整个藩的武士人数只略过一百，比那些活泛的赌徒头领手下的人数还少。

虽则人数寡少，武士内部还是分为了勤王、佐幕两派，与其他藩相同，在江户值勤的一帮人主张佐幕，驻留藩内的则主张勤王。

然而，庆应元年前后，草云彻底统一了藩内意见。

“行万事皆以天朝为重，幕府次之。”

关八州的众小藩之中，足利藩成为了唯一的勤王之藩。

其时，参觐交代制已遭废止，各藩便以省下的经费整顿攘夷军备，藩主就此事请教草云：

“我俸禄低微，亦无甚积蓄。你可有何良策？”

“不若效仿长州军制。”草云道。

长州藩从平民中募集志愿兵，组建奇兵队，施行西式训练。且就实战情况来看，募集军实力甚至远超上士阶层军队内的先锋队。

然而，就足利藩而言，草云献上的计策只是纸上谈兵。洋枪一挺便要二十五两。藩内无力购置。

“啊，我倒有一妙计。若您能将此事托付与我，我将分文不花，立时为您组建起一支两百人的西式队伍。”

藩主便交由草云去办。

然而，有人出言反对。

“草云所想固然妙绝，本藩却可能因此分崩离析。”

草云厌倦了这种论调，就此卸任。

翌年十月，身处京都的将军庆喜突然将国家政权交还回朝廷。此举完全是将军独断而为，江户的幕臣及三百诸侯大为惊惧，如被舍弃。

自此，各藩暂又重回战国时代的割据状态，直至明治政府建立。

自卫成为当务之急。藩士不足百人的区区足利藩，亦为当下政局惴惴不安。

此间，据传萨、长、土三藩军队与幕府军队在京都一带的鸟羽伏见对战，幕府军兵败，将军逃回了江户。

“草云，求你了。”

藩主两手伏地请求草云。自这一刻起，一介画师草云执掌起足利藩的兵马大权。

此时的草云已五十二岁。

他的“妙计”，恐怕只有足利藩方可达成。因为这片土地虽是小藩的领地，却聚集了天下的纺织产业，富商云集。

草云撰写出《诚心队创建宗旨》，以藩主的名义通告全藩。

凡应征新创立的“诚心队”之人，一律不问出身，提为武士。此处的武士非是足轻之流，而是可直接觐见将军的高级武士。不过，新式后装枪、大小刀、军队服装等一应费用须由应征者自理。这些东西并不便宜。枪的价格是二十五两，弹药是三两，再加上大小武士刀和威风凛凛的短披风，总共得花出二百两。

草云四处拜访买过他画作的各家富商，游说他们出钱，为家中子弟谋得武士头衔。

众人大喜，踊跃应征，人数超出了两百。

草云派人去了横滨，从横滨购入枪支，再分卖给众人。

队长便是草云。

队员一律上穿窄袖上衣、下着筒形裙裤。因全员皆为上士，队内人人身披做工精良的短披风，大小刀上饰以金银制品，头戴红棕色里子，以金箔印上家徽的斗笠，帽檐上翻，下颚系上丝制的白色细绳。

“看吧，我们就是旗本。”

操练第一日，马上的草云心内欢喜，拍手称庆。

操练期间，随着幕府倒台，各地土匪四起，草云骑在马上，率领这支队伍平定了各地匪乱。

他十分得意。

（真想让阿菊看看现时的我。）

草云心内暗道。

（阿菊，细细想来我既非画师亦非武者，该是现时这般人。）

放眼整个关八州，有如此枪支配置的军队独此一支。在策马驰骋，指挥枪队，下令齐射的操练中，草云渐觉自己仿若战国时代的武将。

他的面容亦随之改变。

草云的面上不再有冷厉之色，气质沉稳下来。或许，这是因真正的草云终于在他身体深处觉醒。

其后不久，将军归顺朝廷期间，江户的八百旧幕府步兵不肯听命于政府，在管理步兵的头领古屋作左卫门率领下逃离江户，欲以武力制霸关东。

这毕竟是一支法式装备下的大军，关东各藩对其北上恐惧战栗，忍藩等藩自开城门，迎入军队。

古屋军进而向武州羽生行进，准备攻打足利藩。

他们似乎是打算夺取足利藩的钱粮，充作军资。

古屋作左卫门派士兵进入足利城刺探敌情，传回的报告无一不令人震惊。

据探子报，守在城内的全是戴着棕红色斗笠的武士，人数超出两百。这本该是五、六万石的藩地才能达到的规模。军队内应该也有足轻，由此计算，对方人数应超出五百。

“怎么可能，足利户田家至多也就一万石。”

古屋不敢相信，便亲去刺探。亲眼确认过后，古屋更为震惊。所有上士皆为洋枪队队员，人人配备能打出栗形子弹的后装式米涅步枪。

古屋改变了作战计划。为待后续部队抵达，他在距足利东南一里多远的梁田驿站布下阵地，并派人去足利藩，命其让出营地。

藩内一片主降之声。对方大军多达一千八百人，非己方所能匹敌。

然而草云却持相反意见，他派一位能言善辩的人出使古屋军处，告知古屋："我们将按您的吩咐照办，但藩内意见尚未有定论，各方争论不休。待统一意见后，我们愿为您打开城门。"以此赢得时间。

草云知道，土州藩士板垣退助率领的朝廷东山道镇抚军已于甲州胜沼攻破近藤勇的军队，东进而来，即将抵达高崎。

此时是戊辰年三月三日。五日，官兵的一小队先锋队果然抵达了馆林。

为与政府军取得联络，草云单骑离开足利。途经古屋军的大本营梁田时，他巧妙地掩人耳目，行过驿站，向馆林而去。此时古屋军发现了他的行迹，一百名枪队队员自草云身后射击，一发打中了马鞍，一发打中了刀鞘，草云却毫发无伤。他直奔到通向馆林的大道尽头，最终与官军取得了联系。

三月八日清晨，土州、萨州、长州、大垣、彦根各藩士兵混编而成的政府军部队在梁田与古屋军展开交战，大败古屋军。

“草云，亏得有你。”藩主拉着草云的手，殷切致谢。

梁田驿站一役中，古屋军死伤百余人，政府军三人负伤。托草云手下衣饰光鲜的两百名武者的福，足利藩未发一弹，未伤一人，不战而胜。

草云的“名将”之名不胫而走，一直传入身处江户的云涛、晓斋耳中。

“他似乎是变了。”

云涛很是震惊。若此时的草云还是当年那个“狂人梅溪”，他大概会率领手下冲入敌阵，奋力杀敌，饱尝伤亡惨重的苦果。

明治时代来临。

草云再度做回了画师。

他就此定居足利，再未去过江户，此后便只是个心血来潮时便作画消遣，无事则与乡邻谈笑的寻常老翁。

田崎草云的作品在后世流传，便是始自此时。

与居于江户时相比，他的画风陡变，开始显露出不同往常的风韵。也是自此时起，虽画法有异于宫本二天，其画作却在不觉间带上了不可思议的震撼力，不免令观者联想到宫本二天。

草云本人曾对乡人笑言：“维新之乱彻底清除了我体内的杂质。”

简言之，这句话或许就是说成为足利藩实质上的大将一事，从他心里拔除了“足轻画师”这根毒刺。

总而言之，这一时期，在他自己都尚未意识到的时候，武艺、画技、气魄已在体内合而为一。

江户改名为东京。帝都的画坛遗忘了草云其人。经历维新之变后，画坛死气沉沉。

明治八、九年间起，闭塞的画坛方再度焕发活力。

明治九年五月，一场久违的书画会在浅草的酒楼内隆重举行，当时的画坛大师几乎尽数到场，参加盛会。

一幅没有落款的画作出现在书画会上。

画中是一匹马。

虽是件简单小作，画内蕴藏的风韵却几乎惊艳了整个会场，到会者皆激动失言。

遗憾的是，无人知晓作画者为何人，正议论纷纷时，晓斋上前道：“能作出此等画的，过去只能是二天，如今则非足利的草云莫属。”

果然是出自草云之手。

晓斋看着那幅画，对旧友的怀念之情愈浓，他当即让一位旧货商出发，急赶往足利。

晓斋请商人代为转告草云：速来东京，莫要隐埋于乡间。然而草云并未依言动身。

草云与旧货商畅饮一番，道："东京有晓斋一人便足矣。我没必要特意去一趟。"

他最终未再离开足利。明治三十一年，草云离世，时年八十三。

世人称其为"明治时代的二天"。大概是说他的武艺虽不及武藏，画技却略近似于二天。

因在维新大业中立下功劳，草云死后被追赠为从五位。

（《小说新潮》昭和三十九年七月号）

注释：

【1】山谷：地名，非实义。

【2】大炊寮：负责收缴各国精米、杂谷，分配各司的官衔。

【3】正觉坊：日语中有"海龟"及"酒徒"的释义。

【4】直参：直属将军家的家臣。

马上少年过

此处有这样一幅景象。

一位独眼老人在庭前铺上毛毡，坐在桃花的灼灼光华之下，自斟自饮中回顾起自己的一生。他年少立志，渴求权力这一不可思议之物，为此或有迷失，或感愉悦，他的半生都在战场上度过，一生非同寻常。

“马上少年过”

这是老人一首晚年名诗的开头。

马上少年过
世平白发多
残躯天所赦
不乐是如何

这位年老的诗人就是伊达政宗。

政宗有枭雄之名。“枭”即为猛禽，在辞典中有勇猛凶悍之意。此种猛禽于暗处鸣啼，专吃肉食，因此蕴含几分不良的意境，并非总用以形容正直的英雄。《三国演义》中的曹操便是枭雄。曹操流传于后世的形象不乏阴险狡诈的一面，然而其飒爽的气质亦同时镌刻在世人心间，这或许便是拜其卓越的诗才所赐。曹操投身时代洪流，仍不忘作诗吟咏，在乱世英雄中实属罕见。我国具有此种珍奇秉性的人，唯伊达政宗一人而已。

曹操与政宗皆未曾苦恼于吟诗无物。因为诗中的素材往往便是他们自身，非同常人的自身。两位狡诈精明的诗人（或者说是行动派）都有一个共同点，他们的所作所为绝不沉沦于悲壮，不以自取灭亡为美。为了生存，他们机关算尽，最终冲破乱世，成为为数不多的幸存者。曹操其后位至魏王。然而因吴蜀阻挠，他费尽心力仍未收归天下，终衰老离世。政宗亦是如此。他在乡间豪夺领地之时，丰臣氏势力于中央兴起，而后又是声势滔天的德川氏，天下一统距政宗已是遥不可及。

正如其诗作所言。

四十年前少壮时
功名聊复自私期
老来不识干戈事
只把春风桃李卮

一般而言，咏叹英雄的诗都是后世诗人为表追悼而作，然而政宗却把自己视作乱世英雄，将自身置于历史浪潮中，慨叹“年少时略存天下之志，戎马终日，然而其后世道平定，自己年老力衰，一切已成过去。如今英雄已老，便在桃李下斟酒自饮，品赏春风”。政宗吟咏的是自己。诗中的大方坦然的确符合这个活在炽烈的战国天地间的男人，内含的洒脱之气或许还与唐诗的大气一脉相通。且此诗作的平仄与韵律分毫无误，令人惊讶。在粗莽豪强纷涌不断的乱世中，拥有此种程度的文字素养已是不可思议了，遑论平仄与押韵的正确并非仅由素养便可达成。一见之下，这首诗气势粗犷豪放，字句却缜密无误，由此可知政宗造诣。

政宗不为生母所喜。

江户中期，伊达家搜集古代史料编纂而成的《伊达家治家记录》中如此记叙道：“乳名梵天丸。其母为最上氏源义家千金。”

顺带一提，伊达家是奥羽一带的名门，有关其发祥存有诸般说法。总之，镰仓时期便已出现伊达家第一代，到政宗是第十七代。战国末期，日本中心地带的名门尽数覆灭，织田氏、德川氏等新兴势力崛起，然而奥羽一带因地处边远，始自镰仓时期的名门仍未丧失生机。政宗生母阿义的父家最上氏亦是其中之一。阿义嫁入伊达米泽城的年代不明，于二十岁时生下政宗。

阿义曾对丈夫辉宗断言：“吾儿必为龙凤。”身为乱世中手握城池的大名，辉宗本人却身材矮小，相貌寡淡，即便在如阿义般的女人看来，他的面貌也与身份不相匹配。而出身最上家的人，无论阿义本人，抑或是最上家现任家主，其兄义光，无不身材修长，仪表堂堂。胎儿尚在腹中时，阿义就深恐生出个与丈夫相似的孩子。其后政宗出生。奇怪的是，政宗既不似父，亦不肖母。然而等到婴幼期过去，政宗容貌大变——他患上了天花。不止脸上、眼鼻满是痘痕，遮住了原本的面目，一只眼睛甚而失明。那只眼的眼窝凹陷，眼球萎缩后隆起红肉，终成了幅丑陋怪异的面相。

其后，给伊达一族带来不幸的事情发生，阿义又得一子竺丸。竺丸的容貌与阿义之兄最上义光相似，随着年龄增长，竺丸的长相愈加秀丽，聪明伶俐也远超兄长政宗。阿义溺爱此子，疏远了政宗。不止疏远，甚至可以说是露骨地嫌恶政宗。

她似乎生来便无法容忍丑恶之物。如同江户时期的近代人一般，阿义既无法压抑自己的真实感受，又心无天伦人情，她大概还曾残酷地将政宗逐出自己的房间，喝令政宗“滚远点”。颇为讽刺的是，在这一点上，政宗自己也与母亲相似。他对美有着超乎一般的执着，及至后来，为让麾下军队有绘画般的美感，政宗甚至统管起武器装备的颜色。少年时的政宗因独眼而感耻辱，深为嫌恶，直到晚年仍是如此。弥留之际，他还留下铿锵遗言："我死后要造个木像，木像的两只眼睛都要刻上眼珠。"也正因此，在他死后不久制成的木像上，人物双眼完好无损。该木像现存于仙台的瑞凤寺。

关于政宗的事变始末，阿义的表现异乎常人。有迹象显示，阿义似乎曾派人去娘家，商讨今后如何打算。其时义守隐退，义光任最上家家主。

"此乃伊达家家门不幸。"

最上家应有如此言论。儿时的政宗极为胆小，头脑愚钝，声音细如蚊蚋，与后来的他判若两人。若让这样愚钝的人继承伊达家，伊达家将前途不明。最上家以此为由，劝阿义恳请辉宗废黜梵天丸，立其弟竺丸为继承人。两家虽为姻亲，最上家却一直在等待伊达家覆灭，这便是战国时代的常情。若抛开长子，传位于次子，那么拥立两边的家臣就会形成对立，如此一来伊达家内部定会生起纷争，伊达领地最终很可能陷入被最上家吞并的境地。

"为了伊达一族，务请改立竺丸。"

阿义时常如此奉劝辉宗。自然，她对此举将带来什么后果一无所知。

许是对最上氏心怀忌惮，面对阿义的强横态度，辉宗并未明确拒绝她的提议，然而却态度暧昧，只回道会予以考虑。这个男人原就如此。他虽是侏儒，撑不起一身威风凛凛的铠甲，却也并非不知继承动乱会给伊达家带来怎样裂痕的愚笨之人。

阿义时时劝言。

伊达家内，关于继承一事谣言四起。自然，侍奉政宗的乳母喜多亦有所耳闻。喜多是伊达家内的名门之一片仓家的遗孀，在被拟定召入伊达府邸时，她未予回应，而是先去拜访了米泽城的伊达府邸。当时的喜多单膝跪在侍女们所在的内院门前，饮尽了一瓶清酒。

众人对她的举动百思不得其解。喝完酒后，她带着醉意站起身，登上台阶，动作敏捷地直奔横栏。从栏上跳下时，喜多到底还是踉跄了一下，然而她仍旧压下醉意，回了位于城下町屋代的家中。

其后，喜多声称，自己的品性便如当日所示，如若家主不以为意，她将进城效力，忠心看护幼主，死而后已。辉宗得知后十分惊讶，然而最终还是允她入城。

此事过后，喜多曾向小叔片仓小十郎透露自己异行背后的深意："主家宅邸人多嘴杂，如若当先就以异行震住众人，他们便会对片仓家的喜多无可奈何。如此，我行事就无须过多顾忌。”喜多之后，片仓小十郎也同样面临侍奉政宗一事，一开始他也效仿大嫂，予以拒绝。

“我的资质并不合适。”口中虽谦逊，小十郎内心却别有计较。他其实并不愿意做伊达家那般乡间大名的侍从，甚而庆幸自己是家中的次子。小十郎有意“向伊达家告假，离开奥州，去到京都，亲手开辟一番新天地”。当时传至奥州，有关京都一带的消息令小十郎惊叹不已。在京都一带，曾经的名门世家尽数覆灭，众多实力悍将云集，即便足轻亦有机会翻身成为大名。小十郎是真的打算奋斗成为大名，这实在令人惊讶。受限于地理环境，因循守旧的奥州人中，竟出了片仓小十郎这样的年轻人，这或许已算难得，即便他并没能达成当初的志向。

最终，小十郎被大嫂喜多劝服，受命政宗护卫一职。此时的他成年不久，作为护卫，他的年纪可谓是打破了以往的常规。总之，辉宗为政宗选择了这样一个护卫。在教导政宗的过程中，这个血性无畏的护卫者稍有机会便大力倡议奥州及羽州天地狭小，言道当地自古以来道路闭塞，奥州人中未有一人曾称霸天下。幼主应转战四方，征伐天下。到了那时，他会身先士卒，挥长枪直奔京都。这个年轻人的过激言辞成了政宗的睡前曲。从幼年到少年，政宗一直耳闻这种言论，成年后，留在耳内的话语便带上了天意的色彩，不断激励着政宗。直至政宗年老，当年激情燃烧过后的言语仍留下余烬，化为“四十年前少壮时，功名聊复自私期”两句。顺带一提，政宗在第二句内还隐隐略带了连续使用副词的倾向，这种异常的特例，便属冗余文风，并非仅仅只为了达成平仄效果。从中可以窥见一直留存在政宗耳内的那段声音是如何执拗纠缠。

辉宗还为政宗选拔了另一名近侍，一位名为远藤基信的年老学者。基信是月山的苦修者金传僧人之子，出身卑微。在门阀制度森严的奥州，远藤基信凭借一身学识获辉宗赏识。倒不知他是从哪获取的学问。基信悉心教导政宗经学、史学、诗文知识。与同时代的武将相比，政宗的学识出类拔萃，似是来自另一个时代的人，这多有仰赖苦行僧之子的熏陶。

阿义似乎确有废嫡之意。喜多听闻，政宗生母阿义有意拥立竺丸继位，为此甚至准备毒死政宗。生母杀害自己的亲生儿子，这本是不可想象的事情。但乳母喜多思及主母阿义的本性，觉得此事不无可能。对于异常疯狂的妇人，奥羽当地自古流传恶灵上身，报前世冤仇之类的传闻，为此种妇人的行为举止找出了此种背离常情的虚幻理由，由此得出令人胆寒的判断。而阿义出身的最上家内恰好亦有此类异闻流传。传闻数代以前，当时的最上家家主曾将出身西南豪族的一对父子诱骗至酒宴，令隐在暗处的武者发起突袭，杀死了两人，然而两人至今仍阴魂不散，在最上家作祟。似乎是印证了这一传闻，最上家隐退下来的义守与现任家主义光虽为血亲父子，彼此间却关系恶劣，俨然仇敌。父子二人甚至还曾彼此对战。当时辉宗曾应岳父义守请求，出兵相助。喜多自然而然地认为，那令最上家骨肉相克的恶灵亦不会放过继承了最上家血脉的阿义。为此，她对政宗的膳食极为小心，总会一一试毒。

喜多还进而思忖起阿义厌弃政宗的理由。大概一是因政宗容貌丑陋，二是因政宗在母亲的冷落之下养成了乖张孤僻的性情。依照大名之家的惯例，身为世子的政宗要与母亲分隔开来，独立起居生活。政宗极少见到母亲，偶尔去到母亲居住的地方，必会见到竺丸在母亲膝上嬉戏。那时母亲看政宗的扫兴眼光总是令政宗畏缩沮丧，他便如同瘦弱胆小的小狗一般，偷偷躲进屏风后面。这种做派又令阿义深感厌恶。

伊达家内部，“竺丸大人”隐有备受瞩目之势。或许更该说一介幼童竺丸，其周围已然聚集起一股势力，皆因随侍竺丸的家臣及侍女认为这个幼童将会继承家业。他们心怀期盼，还对辉宗加以劝谏。此举既是出于情义，也是出于利益。如若竺丸成为伊达家家主，他身边的护卫及臣僚便会随之发达，甚至可能跻身家老。两股势力的对立随着时间日益加剧。分侍两边的家臣若在府内遇见，彼此甚至不会颔首示意。他们暗中互称对方为奸臣。政宗一派认为，竺丸一派是一帮意欲拥立非正统继承人，借此侵吞伊达家的恶人，简直不可饶恕；竺丸一派则认为，政宗一派是一支围绕在阴郁的幼主周边，严肃死板的阴谋队伍。

政宗之母阿义最初只觉得次子更讨人喜爱一些。依她的性情看来，那些让次子继承家业的话或许不过随口一提。然而竺丸身边的众人却暗自揣度、放大主母的想法，为阿义的话中之意添油加醋，在情感上自主营造出一股势力。这种对政宗一派制造憎恶情感的行为最终走向了政治化，而阿义不过是被拉入了他们的阵营罢了。然而，随着岁月流逝，阿义渐渐也有了危机感。两派间既已互相憎恶至此，那么等到政宗成为继承人，当上家主之时，他可能会杀掉竺丸，不，应该说他一定会杀了竺丸。为防备此事发生，就只能令政宗失去当上世子的资格。对立与憎恶互相催化，愈加激烈。

然而，辉宗对继位者一事仍旧态度暧昧。仅有一次，他在政宗的成人仪式上略透了些意向。

武家的成人仪式自古遵循小笠原家奉京都的足利将军之命制订而成的室町仪礼，如此一来反倒过于烦琐。京都中心于是简化仪式，废弛旧礼，而地处边远的伊达家等大名之家仍严守古礼施行。

仪式在米泽城举行。这一日，分驻各方辖地的重臣尽皆集聚城内，各自司守在外廊、走廊及院前。房内仅留下执行仪式的臣僚，他们守候在各自的位置，数盏烛台照亮一片地。伊达藤五郎身佩宝剑，片仓小十郎负责剃发，他将为政宗剃去额前的头发。终于，辉宗带着政宗现身，政宗落座。额发剃去后，片仓小十郎退下，负责冠帽的人立刻上前，立在政宗身后，为他戴上了乌帽。

接着便是冠名。此前，这个少年只有一个乳名。他的通称藤次郎已于早先定下，这日过后便可使用。而正式的名字则应当在这一天，由父亲辉宗命名。担当冠帽职责的侍从手捧供案上前，案盘上放着写有名字的纸。政宗依礼叩拜，拿起案盘上的纸，沿着折痕打开，只见上书“政宗”二字。少年内心震惊，这个名字背后隐含深意。伊达家过去曾有家主名为“政宗”，他是伊达家的第九代家主。那位“政宗”被视作伊达家的中兴之主。南北朝纷争不断时，身处奥羽的他借动荡之机征战四方，大获全胜。伊达家能有今日光景，可谓是依托了那位“政宗”挣下的家业。此外，那位“政宗”还以歌道之才闻名京都。他从未去过京都，却也未曾少过给足利将军家的供奉，但逢奥州出产的赠礼上京，“政宗”必定会随礼附上一首短歌。每次供奉一到，将军义满便会迫不及待地看他写的短歌，时常吟咏。义满还在一众公卿中宣扬陆奥一带埋没了一位优秀的歌道人才。天皇敕撰《新后拾遗集》时，义满还曾特意上奏，将“政宗”作的一首短歌收编入内。

天明亦独身，何妨彻夜行。幽茫山道中，孤月共只影。

应永十二年九月，“政宗”离世。义满悲恸万分，亲手抄写下大乘经，为他祈求冥福。

从某种意义上说，辉宗是把在伊达家内宛如神明的名讳传承给了长子。而他的这种传承手法，或许便是蕴藏着大智慧的政治手段。辉宗本人的想法由此微现端倪，透露出有意将家主之位传与长子的迹象，众人或可隐约察知一二。辉宗就是打算借此形式声明这一点。不知此乃辉宗自己的谋划，抑或是远藤基信献上的良策。然而无论如何，这片世人认为人智未开，茹毛饮血，残留着浓厚蛮夷风习的土地上，竟已存在细微无声的政治主张手段。这对后世的我们而言，便如同草丛中的白花般鲜明夺目。一方面拥有乡土蛮夷的冥顽专横，另一方面却拥有近代人一般杰出政治谋略能力的伊达政宗，便在这样的人文环境中诞生、成长。

成人前后，乳母喜多一直积极扭转政宗。她为让政宗摆脱笼罩在少年时期的阴郁、畏缩及过分怯懦而苦思不已。喜多一贯认为，男子就该光芒四射。有一段时期，她每天早上都对政宗说："少主，请您吞没朝阳吧，初升的朝阳滋味很美妙。"

但这朝阳并非乳母说的那般美味。寒冷困乏的政宗立于城头，即便是尚为少年的他也认为此举愚钝不堪。清晨，政宗站在城墙之上，张大嘴巴，要把染红了权平隘口的鞍部，渐渐爬升的朝阳吞入腹内。这实在是荒唐可笑。然而，政宗有时确实会感到疼痛，仿佛有什么火热之物进入了胃中一般。他大致是想着不能让乳母伤心，才如此顺从其言，张口吞日。

偶尔，清晨的空气没有吸入政宗肺中，而是进了胃里，政宗便会打嗝。此时喜多总是放声大笑，还会认真地说是政宗吃得过饱。或许喜多是真的认为人能够吞食太阳。

喜多的言语有时还蕴含着阴森的寒意，令她看来就像是在汤殿山的女性修道场内，请下神灵附体的巫女。

再无一处能如奥羽南部众山一般遍布神灵。以月山为主峰的汤殿山上，各座山峰、谷地都居住着羽黑修验道的修行者们。不仅汤殿山如此，以现在的都道府县划分来看，修行者们攀遍了山形县、福岛县、宫城县内的山峰。他们在深山寻找奇岩怪石，以寄宿神灵，找到山洞就作为默诵经文的场所，找到岩壁就作为修行地。秋保有一个大溪谷，在那里，源流自二口峠的名取川向东奔流。奥州的修行者们将这个溪谷造出的奇景视为神佛显灵，这里自古以来就住着盛名在外，半僧半俗的修行者。其中有一人名为万海上人，也不知是政宗之前哪个时代的人物。奥羽境内，受戒于叡山、高野山、东大寺等地的正规僧人中，或多或少有些随意取了个僧侣名号，实际上更像是佛教化后的萨满一般的人。这些人身怀法力，祈祷灵验，还能为平民治病，虽则名为上人，万海无疑是他们当中最有名的人。不必说，许多羽黑的修行者便如同他们一般身份模糊。《伊达家治家记录》中有这样一段记载："万海，祈愿修行之僧。名取郡根岸邑的山中有一水池，名曰黑沼。万海谓其乃山水清净之地，于池边建造佛堂，置放观音尊像，又修建庵堂居住……万海上人仅一目能视。"

据传政宗就是万海转世。自政宗儿时起，这个极具多山地区风情的传闻便在当时的奥羽散播开来，伊达家一些家臣及领地内的民众对此深信不疑。但凡政宗出城，总有些老妇人磕磕绊绊地奔出家门，如敬拜神佛一般向政宗叩拜。这个传闻也并非空穴来风。辉宗夫人阿义怀胎之时，依据惯例须请来修行者祈祷母子平安。受伊达家邀请的是一位叫作鸟海的修行者，他长了一双圆而深的猴眼，住在汤殿山上。鸟海带着弟子来到米泽城，在阿义的产床上祈祷，紧接着把阿义用剩的热水倒入银器内，吹着海螺走向北方的山峰。一行人登月山、下汤殿山、为热水加持，祈祷神佛显灵。他们的祈祷似乎为神灵所感，一日晚，一位修行者的魂灵显现在阿义寝房，进入了她的梦中。魂灵口中不断唤着“北方的贵人之妻”，恳求进入阿义胎内。那魂灵脸光发红，只有一只眼睛，蓬头乱发如同银线般闪耀。他的手里拿着剪纸制成的祭神幡，幡的形状是球状，上附一根长柄，类似男子的生殖器官。修行者的魂灵开口言道：“小僧万海。”

万海不断在阿义的衣服下摆游荡。阿义言道此种奇象令她震惊，但自己毕竟是辉宗之妻，若无辉宗答允则无法令魂灵进入自己胎内。听得阿义所言，万海沉默地点点头，瞬间消失了踪影。翌日早晨，阿义把这个梦告诉辉宗，辉宗道：“此乃祥梦，岂能不允？”当日晚，万海的魂灵再度现身，重又问起先前的问题。阿义答允了他的请求。魂灵大喜，将拿在手上的祭神幡举过头顶，进入阿义胎内。说完“我来为您育胎”一句后，魂灵随即消失。而阿义十月怀胎后生下的孩子，便是乳名梵天丸，通称藤次郎，名讳政宗的伊达家长子。

有关政宗出生的这个传闻，恐怕再无人如乳母喜多那般，能够细致入微地娓娓道来。她既对旁人如此宣扬，亦对政宗如此引导。

“原来万海是独眼。”

“独眼能证明神的身份。有两只眼的是普通人，一只眼则是非同一般的人。”

奥州的民俗中，或许便存在这种神秘的感知。身有残疾的人因异于常人，往往给人以神秘不可知的印象。

乳母喜多意图以此鼓励政宗。凡喜多所言，政宗大都深信不疑，但对政宗而言，这个传说的分量太重。政宗于是说道，他要去问过母亲，确认此事是否属实。便在此时，他头一次发现喜多的脸色竟能如此恐怖。

“不可。”喜多对政宗道，即便贵为神人之子，亦不该直接向自己的母亲询问男女间不可言说的微妙之事，此乃不孝之举。喜多的神色令政宗畏惧，他最终没有向母亲确认传闻。然而及至晚年，政宗还是略有所察，他认为这个传闻应该是喜多自己编撰出来的。喜多擅长编故事，幼年时，政宗但有央求，她立刻就能想出个故事。比如，她曾经张开双手比画，讲了个故事，说是“山中有一只大瓜，一天它要下山回家。那天天气太热了，它就边走边哭，说‘好想有个斗笠呀，好想有个斗笠呀’……”有时，喜多的故事还会发展持续好几天，引得年幼的政宗兴致难平。晚年的政宗回想从前，觉得自己出生的传说应该也是喜多编撰出来的故事。晚年的他时常道：“有时候，人一旦受到鼓吹，就能变成另外一个人。如果没有喜多的鼓吹，我或许早就不在这世上了。”渡过少年时期后，政宗确实与梵天丸时期的他判若两人。或许便是在喜多的影响下，政宗感到自身被赋予了神秘感，他信仰着转世之说，具有非同寻常的使命感。

政宗又对这个传闻相信到了何种程度呢。晚年时期，政宗仅有一次表达出自己是“一世的修行者万海上人”转世而来之意，那是在死亡极为逼近的一年。

“我要上经峰。”政宗其时如此言道。

所谓经峰，便是万海手抄经卷的掩埋之地，后人称其为经峰。临死前，万海将他在世时于黑沼边抄写下来的经卷掩埋在了这座山内。初夏时节，政宗言道要登上经峰，听听杜鹃的初啼之音。

这种风雅之事是政宗一年中必不可少的活动之一。无论身处江户抑或领地，他一贯如此。渐至有人言，政宗暂止此事便意味着伊达家当年祸事多发，令其无法抽身。由是身边亲信亦认为此行已成定例，未有深思。

老臣奥山大学等人随行政宗身侧。已是年老体衰的政宗乘轿登山。小轿穿梭在一片新绿中，行经峭壁，下至谷底，又沿着山梁上行。然而许是时日尚早，政宗最终没有听到那声撕裂般凄厉的鸣啼。他走下小轿，站上山顶。站立许久后，政宗乍然显出茫然不安之态，这一瞬间，他面上如受魂灵感应所驱，起了微微的波澜。

“大学，此处甚好。”

政宗用拐杖敲着地面。话中之意便是自己死后要埋骨此地，长久地镇护伊达家。闻得政宗出人意料的话语，奥山大学一时失了反应，答道：“还有五百八十年呢。”他用了一个具体的数字，这是为了祓除政宗话里的不吉意味。

政宗死后，伊达家遵其生前此言，在经峰上他属意的埋骨之地开挖坟塚，结果在深约十尺的地下发现了一块很大的石盖。盖子拿开后，下面是一片中空地，当地人称其为洞窟。洞里有断线的玛瑙佛珠，朽烂的袈裟，袈裟上还横了根锡杖。问过当地的人后，他们得到了此为万海上人坟塚的回答。

这或许便是政宗，一个擅作戏码之人的精心谋划。他是事先已知万海的坟塚所在，抑或是于之前便伪造出万海坟塚，意在死后令人挖掘，震动众人呢。贞山公（政宗）果然非同常人。如此一来，政宗为万海上人转世之说便千真万确，正合了当年故老散播的传闻。

顺带一提，与政宗同时代的所有英雄，无不盼望自己死后能以神灵之尊受人祭奉。秀吉曾明言，自己的遗体不可火化。秀吉知晓，死后若非为土葬便无法成神。他在生前就开始为死后之事作细致缜密的筹划，还交代好一切，预备死后便立刻由朝廷授予神号“丰国大明神”。家康亦受封“东照大权现”的神号。然而及不上政宗的是，他们只以凡人之身登上了神位，而政宗在出生时已为神佛的化身（因为万海宣称自己是大日如来再生，若万海是大日如来，政宗自然便同为大日如来）。仿佛是为了证实这一点，政宗死后葬入了万海的坟塚之内。自然，政宗的坟塚较其前世万海，不知恢宏壮观几许。而伊达家众人则大力声称此举并未亵渎万海的魂灵：万海既为政宗，那么气势恢宏的坟塚一定也会令万海的魂灵满意。

然而，如果一切只是作戏，那么政宗假想死后之事，导出这么一幕戏的真意该是什么呢。是为了乳母喜多，而要以此种方式圆回喜多编造出的神话呢，还是与许多白手打天下的其他人一般，即便死后亦要威严不减，以此镇护伊达家内政呢，抑或是，一切其实不过是吟咏出“不乐是如何”一句的这位老人，在穷极无聊之余故意为之的恶作剧呢（政宗性格中有此一面）。

政宗的少年时期仍然充斥着不安。成人仪式后获得的“政宗”这个名字，并没有对阿义与竺丸身边的人起到明显的震慑作用。

“那帮泥鱼一般的蠢人，怎么可能悟出深意。”

自称“脱胎于奥羽”的片仓小十郎对其嫂喜多如此抱怨道。对方或许真就是栖身于腐臭水田里的泥鱼。辉宗本对命名一事造成的政治成效隐有期待，然而因手法太过细微，对方竟然毫无所觉。

喜多仍旧严控政宗的膳食，为其试毒。

当时坊间传开了一则流言。栖居于汤殿山上的修行者鸟海近来风头大盛，一连兴建起观音堂与草庐，而对捐赠者之名，鸟海却闭口不言。于是便有猜测，认为那位匿名的捐赠者实际就是辉宗之妻阿义。人们开始暗地议论起这一流言，还加上其他传言与其暗合，使得传闻愈加扑朔迷离。据说，在汤殿山飞沙走石的夜晚，鸟海会在坛前焚烧护摩木施咒，隐匿在火星飞溅的暗处，口中连呼“i da te，i da te”——当时“伊达”的读法在当地就是“i da te”。人们听到的其实不过仅有这声称呼而已，而这却成为他们口中，鸟海作法咒杀伊达政宗的证据。

“这岂非信口胡诌?”

政宗对喜多言道。政宗又道，鸟海曾在自己降生前祈祷平安，断不可能作法咒杀自己。听得政宗此言，喜多却回道：“修行者怎么可能念及人情？他们与乞丐一般，一举一动全由谢礼差遣。”信仰虔诚的喜多从未如此妄言，只在这个时候，她方不吝鄙薄，出口亵渎本该敬仰的神圣使者，可见其对政宗爱护之切。不过，喜多所言却也露了破绽。鸟海继承的是万海的法统。阿义怀胎之时，鸟海为其加持祈祷，结果祈祷灵验，鸟海故去的师父万海进入阿义胎内（即便是喜多编造出的故事）的奇象显现。若鸟海“与乞丐一般”，则其师万海亦很可能同为一类。如此一来，喜多口中身为万海转世的政宗又该如何立足呢？聪慧的政宗虽捕捉到喜多话中的疑点，却并未出口道破。政宗似是生来如此，这种良好的品性贯穿了他的一生。直至老朽之年，政宗亦从未厉声呵斥过侍从，亦未曾揪住他人的一时之失，幸灾乐祸。然而，流言传出后，很快便进入了冬天，这个作法咒杀的传言由是深入人心。冬季的奥羽既无战争，亦无劳役，天地间漫天白雪，只有炉火守着众人。上至武士，下至百姓，大家全都闭门不出，只围坐在炉火边津津乐道坊间流言。

自然，阿义身边众人也耳闻了这则有辱家门的流言，他们十分愤慨。阿义似乎对此难以容忍，她甚至于人前道：“仅散播此番谣言一事，便已明证幼主非为治家之才。”

阿义眼中的政宗俨然成了个在伊达家内散播疑团，以使两方互为仇敌，最终摧毁伊达家的小人。阿义甚至扬言：“为守住家业，即便是请娘家的势力越境前来，我也一定要废黜政宗。”她还将这番话告诉了辉宗。

辉宗现出为难之色，口中敷衍，一副靠不住的样子。若放在一般大名，他们总该会有反应：或是训斥夫人的过激言语，令其缄口；或是索性驱逐悍妇；抑或听从夫人之言，讯问随侍政宗身侧的众人，据实处理。然而辉宗却不动声色。

“不过是聊以消遣的谣言罢了。别放在心上。”

“即便伊达家会因此覆灭，你也不闻不问吗？”阿义言辞间咄咄逼人。

辉宗从炉里捞出烧过的柴火，在地上写起复杂的文字。写了近三十个字后，辉宗道：“夫人，你看看，这是只有十六七岁的政宗消遣之际创作的唐诗。侍讲[1]会田康安都说以这首诗的文采，即便编入和汉朗咏集亦不会为人所察。”会田康安原是岩城的乡士，他曾上京求学，归来后独居一隅，沉浸在学问之中。伊达家便请他教授政宗。世人言儒学直至江户时期第八代将军之时方传入奥州，然而奥州此地应该不乏儒学名家。战国时期，奥州鲜少出现儒学者，这无疑是因会田康安之流的学者尚隐居山林之间。

阿义不为所动。

她的汉文素养浅薄，并无鉴赏能力。阿义不去看地上的字，仍将下颌冲着辉宗，言道若辉宗不下决断，延续了十六代的伊达家将会就此终结。她又不厌其烦地旧话重提：“为了伊达家，请将随侍政宗身侧的远藤、片仓、喜多三人逐出门外，借机改立竺丸为世子。”

“……容我考虑考虑。”

辉宗的回答一成不变。将近十年的岁月里，面对阿义激烈的诘问与请求，辉宗除了这一句便再无其他回答。从这个意义看来，他或许也算身怀大勇。细想来，自青年时代起，这个男人每年数次站上战争前线，虽未有胜绩，却也未曾尝过大败。但有外敌入侵，他会不吝时间召集起家臣、武士。当时，奥羽武士的生活形态不及京都——大部分家臣都住在自己的辖地内。位于权力中心的织田家令将士集聚于城下町共同生活，其下各个封地的税收与行政交由织田家的官吏代管，由此保障军队行动即时迅速。而奥羽仍基本保留了过去源平时期的做法，如此军队的动员与编制便须耗费时间。在领地边境被不断侵食的紧急态势下，对伊达家首领而言，等待士卒从各个地方赶来无疑需要极大的耐力。而辉宗擅长的便是隐忍。他耐心等候，兵力充盈后便出动大军。其时边境许多村落被烧，田地被毁，然而敌军将领对上辉宗压阵的大军，大都会为形势所迫，逃散殆尽。

“我原非武将之才。”

辉宗曾对政宗的侍臣，兼为辉宗谋臣的远藤基信如此透露道。作为一位掌权者，他的缺陷就在于深知自身的弱点。

辉宗亦对未来的危机十分敏感。他曾道，若不及时改良兵马，伊达家日后即便不被芦名氏灭掉，亦很可能覆灭于最上家之手。自年轻的义光成为家主后，最上氏在对外交往中大施威压，兵马自然亦锋芒外露，不断入侵别族境地，扩张自家领土。义光一统奥羽之心昭然若揭，在此过程中，伊达家可能遭遇覆灭。

时间进入天正十二年。

政宗年已十八。辉宗时年四十一，本当壮年，他却在这一年秋十月，毫无征兆地将政宗唤入自己室内，“以我现今的年纪，虽尚未厌倦兵马之争，兵马之争却已厌弃了我。既如此，明日我便退隐，你来继承伊达家。”面对震惊的政宗，辉宗不容分说，一字一句掷地有声，最终令政宗从其所言。年富力强之时竟要隐退，这在其他各家似乎未有先例。辉宗却缄口不提缘由，只道：“伊达家太老了。”他一一指出今后兵制及家制方面须大力改革的事项，言道若改革不能成行，伊达家的顶梁便会腐坏，或许微有风吹草动即会崩塌。对于组织老化引发的缺陷，政宗虽尚年轻，倒也早已洞察。然而令他惊讶的是，父亲辉宗竟也看出了这一点。

“为何？”政宗问道，“你身处家主之位，为何却毫无动作，不大刀阔斧地砍除经久积攒的弊病呢？”闻得此言，辉宗道：“这个家便如我的血肉。老臣们虽皆为平庸之才，却自我幼时起就辅佐至今，已与我情同父子。对他们，我实在无法亲自下手。你还年轻，与他们情义浅薄。再来，若家主更迭，伊达家内众人便会察觉到风雨欲来之势，多少会有所准备。如果趁此时机拔除旧弊，我这一代不能触及的种种，应当会如推臼研磨般，轻而易举便可实现。我的处世经验远比你丰富，但在这种时候，那些经验只会令我畏首畏尾，不利于发挥家主之力。如今伊达家真正需要的，便是你的年少莽撞。”

话虽如此，辉宗这个大胆的决定背后，一定还有他一直闭口不提的另一个理由。在辉宗看来，围绕继承问题的两派纷争，如果因为什么事情被引爆，便会导致家臣内部分裂。为了防止此事发生，和平解决两方纷争，自己就必须隐退，让年少的政宗担当家主。

翌日，辉宗以有事相告为由召集群臣入城。他当场宣布传位于政宗，自己隐退幕后。此言一出，重臣哗然，未料辉宗竟也有行动如此果决之时。辉宗将伊达家的主城米泽城移交给政宗，只带为数不多的几个近臣移居到米泽城西北方的边境城池——小松城。小松城是为抵御最上家的入侵而建的边境要塞，辉宗亲身来到防卫第一线，与此同时还把阿义与竺丸带到了小松城，以清除潜在政宗身侧的祸根。伊达政宗，这个战国时代年纪轻轻便崭露锋芒的人得以在奥州大展拳脚，全因辉宗为他开辟了通途。辉宗的开辟方法很是不可思议，那就是选择自我牺牲。乱世的权力社会中绝不乏与政宗具备同等才略与行动力的人物，然而却几乎无人如辉宗一般，在自我埋没这件事上倾注了巨大激情。不，应该是绝无仅有。相较而言，那些与辉宗、政宗同时代的英雄之父，大都英年早逝，恰好成全了他们野心勃勃的儿子——他们的子辈因此得以早日施展抱负。越后的上杉谦信、尾张的织田信长、三河的德川家康等人均为大名之子，继承父亲的基业后不断扩充壮大，而他们的父亲则全都死于非命。因父亲早逝，他们并没有受到传承至父辈一代的旧习，由此得以开创崭新秩序。在这一点上，唯独甲斐的武田信玄迥异众人。信玄之父信虎统一了甲斐，然而信玄却不喜信虎所为，暗中劝诱近臣，谋划异动。他们趁着信虎去骏河游历的大好时机封闭边境，令信虎归家不得，逼得父亲单身上京，流亡终生。新兴权力要崛起之时，即便是父亲挡道，无疑也要清除障碍。而政宗之父辉宗的奇想（权力主义角度的奇想），却令他自动埋没了尚在人世的自己，又传位政宗。

总之，经由此番，天正十二年，十八岁的政宗当上了伊达家家主。

政宗上位之时虽年纪尚轻，但据时势看来，他的上位已然过迟。

英雄时代即将过去。当年白手起家，割据关东的北条早云已成过往，谦信与信玄亦离开人世，残存的织田信长势力通达四方，压制中央，而这个新兴的霸主却也在政宗继承家督之位的两年前殒命于京都本能寺。其后部将秀吉继承了织田家的权益，他强化中央体制，势力向地方上扩展。与他抗争的地方政权中，关东的北条氏、东海的德川家康、四国的长曾我部元亲、九州的岛津义久不可谓不强大，然而时人大多认为，他们最终或被秀吉的势力吞并。

但是，东北地区滞后了五十余年。参照京都走过的历史来看，南奥羽应尚处于战国初期的群雄割据状态，最上、伊达、大琦、相马、芦名、二阶堂、田村各族势均力敌，互不相让。

伊达家广布政宗继承家督之位的消息，选定吉日，在米泽城举行了恭祝酒宴。城下町热闹起来。各方豪族派来使者，依附于伊达家的小豪族也在这一日尽数来到米泽城。

“怪人备前也来了。”

负责招待来客的家臣窃窃私语，这话最后也传入政宗耳中。

他们口中的怪人，便是被邻近各地称为大内备前定纲的男人。无人知晓大内氏是从何处迁来奥羽的，不过据说大内一支原是西国周防大内氏的分支，他们四处流浪，于数代前定居此地。《伊达世臣家谱》中记载道："备前国先代曾为修行佛道之人"，据此看来，定居下来的大内一支或是起源于栖居在月山一带的修行者。到大内定纲父亲一代，大内氏方来到盐松。盐松又名四本松，别称小浜。大内氏在盐松建起小浜城，击溃当地武士，成为小手森、月山、岩宿、新城、樵山、月馆数个村落的领主，当代家主大内定纲由此发迹。大内其人长于世故，自恃聪明，行事执拗，且为人反复无常。辉宗掌权之时，他曾想过奉伊达家为盟主，未料不久便转舵，成为田村氏的家臣，其后反反复复，毫无定性。近年，他又背弃了田村氏，转而依附会津的芦名氏。这大内定纲厚着脸皮上前，在政宗身前叩拜，献上祝贺致词。政宗未显不快，声音清亮地问候道："这不是备前吗。"政宗曾受远藤基信教导：宽容是为君者应有的德行。

"却不知今天吹的是什么风啊？"

听出政宗话里的嘲弄，大内缩着身体故作畏惧，竭力表达自己的诚意："鄙人行事轻率，甚感惭愧。细想来，自父亲一代，大内家便深受伊达家恩惠，却还四处游移，摇摆不定，实在是惶恐。此次仗着您的仁慈，鄙人前来拜访，请求您的原谅。"政宗听后，有些难以置信，但他还是唤来老臣道："我准备宽恕备前，你把我的意思传达给他。"在自己的政治生涯开端，政宗极大地展示出宽厚仁慈。老臣将政宗的意思传达过来后，大内激动得直往后仰。他一番巧言令色，大力赞颂政宗，其后又作出一副乖顺之色索求道："我既已加入伊达家的阵营，便请您允许我与妻儿住进米泽城，再为我们赐予宅邸。"言下之意，自己要在米泽城内安放人质。政宗即刻令老臣远藤山城处理一应事宜。

大内以监督宅邸修建为由留在城内，借宿在远藤家中。他费尽心思，故意拖延时间。

这种伎俩实在上不得台面。

若是在奸猾之人辈出的京都，大内的那点小把戏定会遭人一眼识破。而政宗时代的奥羽，武将的野心清楚赤裸，暴露无遗，各种谋略也都过于稚嫩，不成气候。大内其实是受芦名氏所托，假意归顺伊达家，以此暂且停留在伊达家内部，打探敌情。隐在大内身后的芦名氏十分庆幸伊达家换了个年轻的家主，他们企图在掌握情报后攻打伊达家，是以才让大内前去刺探。终于，雪花纷飞的时节到来。大内已不能再借口监工逗留了，他再度前去请求政宗："冬季已至，监工只能延长到春天了。既如此，我想暂且归家，让妻儿作准备，然后把他们一起带过来。"政宗及老臣都觉得大内所言在理，是以应允。

大内回了自己的领地，最终却未再返来。到了春天，政宗数度派遣使者，催其返还，大内一一应对。最初，他还借些冠冕堂皇的理由搪塞回去，最后却翻脸道：“你们来多少次也没用，我已无意归附。伊达家如若不允，我便兵戎相见。”

一番探查后，大内还是低估了少年政宗的实力。他必定将自己的看法秘密通报给了身后的芦名氏。芦名氏开始为攻克伊达家着手准备，而此时，他们须得造出个开战的名目。或许便是出于此番深意，芦名氏才令大内故作动作，挑衅政宗。

政宗无法置之不理。

奥羽众人难以推测伊达家的这位新家主才能如何，他们会依据政宗最开始的行为作出判断。如若政宗在大内的挑衅前退避，那么现今处于伊达家阵营内的各个豪族亦可能对归附政宗一事感到不安，从而离散。在这场政治斗争中，政宗必须拿出最辉煌的成绩。

大内身后站着会津的芦名氏。经由暗中查探知晓此事后，政宗派遣使者前去会津申告。芦名氏自然驳回了使者要求。政宗以此为由发动军事行动，他率领大军，亲上前线，一直打入会津境内。然而在芦名军的强力抵挡下，伊达军未能继续深入。政宗不一定擅长战争，以他的才能，其实更适合作一名外交家。总之，他初次坐镇指挥的这场战争打了半年，最终却毫无收获。

一次，政宗突然退兵，转换攻打目标，包围了大内所在的小手森城。大内此人毕竟老练，他紧闭城门，拒不应战，只一心等待芦名氏派军增援。援军最终赶来。

前来增援的是芦名氏帐下的二本松城城主畠山（别名二本松）义继。镰仓时代，畠山氏自关东移居此地。室町幕府势力大盛之时，畠山氏声称本族为奥羽探题[2]，声望一时盖过了伊达家等各家大名。然而因历代家主才智平庸，畠山一族渐渐没落，现今处于芦名氏的庇护之下。现任家主义继，人称“右京亮大人”。他年纪不过二十，继任家督仅有五年，生来却性情刚烈，擅长小型战斗。当地人皆道：“二本松将在右京亮大人这一代重现昔日辉煌。”

右京亮赶来增援，到了伊达军后翼。而此时政宗的军队仍包围着大内的小手森城，无法及时转换阵形应对战斗，形势大为不妙。右京亮趁着混乱，数度突击。据守城内的大内亦瞅准时机开城应战。政宗受困于两军之间，腹背受敌。以他的年纪，此种严峻形势确是极为棘手。伊达军瞬间大乱，敌方的长枪直逼近政宗。政宗决定退兵，然而，此时退兵只会令同一阵营的己方势力全线溃败，军队会四散败亡，更甚者，伊达家或许将覆灭在这个战场上。

政宗瞬间改变主意：既然覆灭的结局不可避免，倒不如在这个战场上以死相拼。政宗其后的谋略也同样存在这种冒险倾向。后来的伊达政宗，在面临秀吉时施展的外交谋略可谓具有赌博性质，然而这种谋略却是为保安全的临机应变，抑或说欺骗，它并非就一定是真正意义上的赌博。不过，小手森城城外的这场战争是一个例外。此时的伊达政宗年纪尚轻，还是初次独揽大局，因而未有余力施行欺骗手段，危急的形势也不允许他如此。一片混乱中，政宗将兵力一分为三，各负其职。一队迎战大内旗下的城内士兵，另一队迎战不断向背后逼近的右京亮的军队，余下一队则处于两队之间，由他亲自指挥，视两面的战况随机应变。

激战爆发。大内旗下的守军乘胜涌出城外，围追伊达军交战的人不断增多。政宗敏锐地抓住敌情。田螺因其外壳才难以撼动，出了壳就只能落入鹭鸶口中。政宗大力扑击出城士兵。遭扑击的士兵失了阵脚，意欲重回城内，然而政宗的枪队却加快前进，强力射杀城门附近的敌兵。士兵们感到绝望，弃城池及战场不顾，向南溃走。右京亮的军队由是孤立无援。政宗令军队发起突击，最终令其败逃。随后，政宗率军队发起总攻，猛攻城池。第三日，小手森城陷落，大内逃至小浜城。城内还剩下八百男女。他们祈求投降，政宗却未予饶恕。他率领大军入城，随手斩杀城民，女人和孩子也未能幸免，城内无一人生还。后来，政宗再未如此暴虐。大概是此时的他必须获得彻底的胜利，由此令伊达政宗的威名震动整个奥州。

大内与右京亮却死里逃生。大内抛下了自己名下包含小浜城在内的其他城池，逃至二本松的右京亮处。

政宗未有喘息，即刻整顿军容，准备包围二本松城。右京亮请求芦名氏驰援，然而芦名氏亦为政宗的残酷所撼，静观不动。因曾与政宗的大伯伊达实元相熟，右京亮绝望之下，向实元泣诉，请求他居中调解，让政宗准许自己投降。

政宗对实元的劝解置若罔闻。他心中所想，唯有夺取大内及右京亮的领地，一举扩充伊达家领地一事。奥羽以往的对战常常结果不明，敌人也好，盟友也罢，双方都是这片土地上传承久远的名家，代代实行政治联姻，互为姻亲关系。因此战败者对胜者恳切央求一番，往往便能收回领地。右京亮的此番泣诉，亦是根源于此种传统。然而政宗已迥异于其他奥州人。他对这方小天地间的地域纠葛毫无兴趣，而是将目光远远投向了京都。为此，政宗要统一奥羽。为培养起助他完成统一大业的庞大军队，政宗必须侵占近邻的领土。

政宗断然回绝了经由大伯转达的请求。右京亮无奈之下，只得派使者前去拜访隐退的辉宗，殷切恳求一番。辉宗道："我已经隐退，原不能插手家主所为，但你一族与伊达家代代相交，旧谊尚存，我也不能袖手旁观，只能尽我所能劝解政宗。"辉宗由是将自己的想法告诉政宗。政宗感到为难，心道父亲辉宗还活在旧时代里，如若重视这微不足道的地缘、血缘之情，今后残酷无情的争霸战中，伊达一家与个人的生命便都无法维系。

然而，到底也不能完全罔顾辉宗之见。那些自辉宗一代起便侍奉伊达家的老臣们皆言，“但凡旧主从旁说情，多少还须考虑一番。”最终，政宗告知二本松城的右京亮：“既是父亲从旁说情，我便留你一命，接受投降，不过得有条件。你的领土除却五座村落外，其余尽归伊达家所有。若是同意，就先把你的嫡子送来作人质。”面对这个极为苛刻的条件，右京亮十分震惊。然而政宗表示，若按京都的战后处置之法，这样已算是极为难得的让步。

不过对右京亮而言，这里终究是奥州，而非京都，自然该遵循奥州的传统与情谊。他又派使者去辉宗营地，苦苦哀求。

“罢了，便再去一次吧。”

辉宗再度遣人去往政宗处求情。政宗无视了父亲，没有再给辉宗回复，而是直接对右京亮下了最后通牒：“哀求已是无用。我已提出条件，你若不接受，城池便会尽数覆灭。你尽快给予回音。”

右京亮走投无路，与藏匿在自己城内的大内商议对策。大内苦思良久，最后驱散众人，低声吐露出一个符合他一贯风格的计谋，问道此计如何。右京亮并不觉得大内的计谋如何高妙，心下还是有些不安，但如今既已走投无路，便只好一试。为推敲、完善计谋，右京亮甚至事先进行了演练。如此一番后，他终于应允了政宗开出的条件。

右京亮向辉宗及政宗表达谢意："此番虽失去了大多领土，却仍得以挽回一命，保留下畠山的家名，想来也是至幸。鄙人想亲自前来致谢，不知可否准许。"

辉宗心存怜悯，令人去政宗营地传话，言道自己担任家主之时，曾与相马氏间发生过战事，当时右京亮的上一代加入伊达家阵营，两度随军参战。其子右京亮现为降将，有意道谢，伊达家应当准许。父亲既如此说，政宗也只得应允。

双方选定时日地点。地点定在了伊达家老臣伊达成实的营垒。这一日，右京亮未着甲胄，仅带马夫及草鞋匠随行，到达地点后就座。未几政宗及辉宗亦现身入座。右京亮躬下厚实的背脊，煞有介事地向两人叩拜，随后一再道谢。这种谒见通常只是一种形式，辉宗本可就此离去。然而，大概是对右京亮心存怜悯，辉宗竟主动寻找话题，追怀过去，自未时四刻起，整整畅谈了一个时辰。此间，政宗始终保持沉默，这原也没什么特别的理由，只不过是因年纪尚轻，不能如辉宗那般畅谈过往罢了。

右京亮告辞离去。

“此人并非奸恶之辈。”

会面过后，辉宗如此说道。

未料翌日——天正十三年十月八日，右京亮再次来到辉宗的营地前。此时辉宗已在宫森安营。右京亮在营门前向传讯人禀明来意。

“此番得以保全性命，虽是仰赖您家现任家督的仁慈，却也承蒙隐退的辉宗大人鼎力相助。如今鄙人前来致谢。”

他已是第二次拜访，未免多此一举。然而辉宗却并未生疑。

“这个男人真是郑重周到啊。”辉宗如此说道，命人引他入内。此时恰逢营地内举行酒宴，庆祝战事告捷。辉宗便令人将附近收拾了一番。

没过多久，畠山右京亮义继就走了进来。与他一同前来的仅有三位家老，他们蹲坐于下首的地面上。显而易见，这将是一次十分短暂的谒见。

右京亮举止恭敬有礼，起身告辞时还弯着腰以示惶恐。辉宗欲送他到门口，便也站起身来。通往门口的石板路面狭长。右京亮与三位家臣走在前头，其后是辉宗，再后便是伊达家的家臣。快要走出门时，右京亮忽然一下子跪在了地上，他的家臣一行也效仿着跪下。右京亮再次不厌其烦地道谢。

“唉，你这样反令我无所适从了。”

辉宗扬起手来说道。对方太过有礼，他实不知该如何回应。就在这时，原本跪坐在地面的右京亮不知怎么就一跃而起，紧紧抱住了辉宗瘦小的身体，随即抽出腰间短刀，架在辉宗头上。随行的三位家臣也纷纷拔刀，对准辉宗的背部及腋下，大有一副伊达家的人若胆敢靠近，就将辉宗刺个对穿的架势。营地中瞬时一阵骚乱。众人大声呼喊，四处奔走，却无计可施。

唯独右京亮周围空出了一大片地。他挟持辉宗上马，脸上甚至浮起嘲讽的笑，开始向营地外奔去。家臣的三骑围绕在其前后。伊达家的武士无计可施，只能接连追随他们的行迹。大道旁还有做着农活的百姓。他们似乎无论如何都不能理解为何会出现这样奇异的一行，菜地里、稻田里，三三两两的农民们像稻草人似的呆站着，一动不动地望着他们。

政宗接到急报。

那时他正在鹰猎。

——竟发生这种事。

他心下想道，然而却来不及再细加询问。他飞身上马，扬起马鞭，越过一丛又一丛灌木，策马狂奔。众人紧随其后。政宗心道：不知他们现在何处。不过，右京亮大概是企图挟持辉宗进入自己的二本松城，往那条大道走应该就能追上他们。

他策马行过平石村，快到高田时看见了右京亮一行人。政宗奔入一直跟在辉宗身后的家臣行列中，行至最前。

骑在马上的右京亮不断回身后顾，还不忘催马缓缓前行。辉宗被倒扣着趴在马鞍上。

右京亮难以催马快跑。当时的马很小，载上两个人就跑不动了。他身前身后，那些拔出刀的家臣政宗都见过。分别是鹿子田和泉、高林内膳、大槻中务。此外还有足轻半泽源内，他站在地上，将长矛对准马背上的辉宗，游佐孙九郎把箭搭上弓弦，箭头瞄向辉宗。包括这些人在内，右京亮身边共有二十三人。

高田此地位于阿武隈川的东岸。从这里渡河，对岸便是右京亮的领地二本松。要是让他们过了河，则万事休矣。若是父亲被敌掳去，形势就会逆转，伊达一方将不得不答应敌人的一切要求。

“岂有此理。”

政宗在马上喊叫了些什么，又表现出怎样的狂态，便连他自己都忘却了。父亲的身体向下耷拉着，能看到两只脚。稍稍变换方位后就又看到了父亲的头颈，颈根处还闪着右京亮的刀光。或许是忌惮着刀刃，辉宗扭动头颈时仍保持着垂头的姿势。他那无异于死人般的顺从，似乎也暗示着伊达家今后的命运。

右京亮最终越过河堤，消失了踪影。政宗赶忙上堤，此时右京亮一行已在渡河，同时找寻着合适的浅滩。过了河就是二本松城了。

此时，政宗下了一个可怕的决断。

——杀!

他如是想道。辉宗的性命自然无法与伊达家的命运相提并论。在一定意义上可谓是法人的伊达家族与辉宗这个自然人之间孰轻孰重，面对这个问题，尚十九岁的政宗能否客观地考虑清楚，这一点显然令人怀疑。政宗正处在血气方刚之年，或许是单纯对右京亮的强烈憎恨使他忘记了父亲的性命之重，又或许是身为一军之将的父亲竟如同可怜的小鸟般牢牢受制在右京亮的股掌之间，这实在令人恼怒。若是时代立场有变，政宗可能就只会是一介凡夫俗子，然而这个年轻人已经全身心投入到了一个不可思议的世界中，在这个世界里，权力这一充满魔力之物常使人变得反常，而这不同寻常反倒有可能被视作勇气、智谋之类获得世人称许。此时面临此种情境，他应该表现得不同寻常。正如信玄驱逐父亲，打破旧秩序一般，此时的政宗可能也必须亲手毁灭他的父亲，以此确立起处于自己管辖之下的伊达家。总之，对他们这类人来说，不同寻常是至为重要的。政宗回身向后看去。

政宗抽响了马鞭，大声呼号，然而那声音已经嘶哑。他扬起马鞭一次次指向河的方向，其间只大声嘶喊着同一个词：进攻！

伊达家已在河堤上集结起五百人的兵力，其中一百人持有步枪。一百挺枪发出震天动地的声响，在河面上激起一片水雾，很快将河水染红。右京亮仍不屈服。他斜冲向浅滩，一登上河滩上某个地势稍高之处，就立即举刀连刺辉宗，一下又一下，直到伊达家这个善良的隐居者的身体变得破败不堪。随后，右京亮在辉宗的鲜血浸染下剖腹自尽。

辉宗死后，政宗在伊达家大权独握。此后他的行动便正如他的诗所言，确实是“功名聊复自私期”。秀吉对这个野心家的勇武心怀几分忌惮，家康亦仅对此人持几分待客之礼，不欲得罪于他。

然而，这两人最终收走了政宗的多数领地，奋斗一生的伊达政宗最后得到的领地，包括散落各处的飞地在内也不过仙台六十二万石。

如此想来，要说《马上少年过》这首晚年诗作是否是功成名就的一介枭雄的自得慨叹，就很是值得怀疑了。或许政宗是借这种自暴自弃的豁达道出戎马半生终或徒劳的不快。

残躯天所赦

不乐是如何

这几句道出了政宗为获取权力而付出的又一个代价。在父家兄长最上义光的授意下，政宗之母阿义一直意欲除去政宗，拥立竺丸（已取名小次郎）。政宗二十四岁那年某日，阿义在政宗的饭菜中下了毒。然而这件事最终败露未遂。发觉此事后，政宗立刻将其告知诸人，并说道："小次郎年少纯良。然而只要他活着，伊达家就会祸患不断。看来他是时候死了。"随后便把小次郎叫了过来。十七岁的小次郎来到政宗面前，他早有所悟。政宗不知如何言语，便径直拔出长刀，小次郎沉默着挺起胸膛，政宗随即将长刀刺入他的身体。这个消息很快传到了阿义处，她深知自己已陷入险境，当夜就逃出城去。政宗正盼着她如此。阿义逃到了山形，那里有处于娘家势力下的城池，她就此在山形度过余生。

政宗还精通歌道。

宽永十三年五月，死亡在他七十岁这年悄然造访，不过这位老人在去年三月就已获准上京。他去京都是为了看看都城的樱花。

一日，他在公卿受邀列席的酒宴上咏出了一首和歌。无论是立意抑或技法，政宗所作和歌的调子与那时极为规范化的《古今和歌集》式样的和歌调子并无二致，似乎除了调子，也没什么深意，然而从一定层面上看却又似乎别有寓意。

花自何时开，却自今日落。别时亦有情，教人多思绪。

（《别册文艺春秋》昭和四十三年十二月）

注释：

【1】侍讲：为君主讲学的人。

【2】探题：由幕府派遣至地方，掌管当地政治、军事、审判的地方长官。

重庵之辗转

伊予南部山间，坐落着一座名为深田村的村庄。村子离天很近。

它虽位于伊予国境内，村里的溪流却流向土佐国。从这里去土佐难如登天，俨然一场苦修。沿溪流而行，有时需如猿猴般伏贴栈道，攀爬峭壁。

就在这伊予深田的村落里，有个翻山越岭，自土佐流浪而来的浪人。当地的伊予人称他为“重庵大人”。

“重庵大人看起来很可怕。”

当地的伊予人常在私下如此议论。伊予南部人情和睦，尤其在这座隐于山间的深田村内，即便已是德川初期，世风开化，村民们也仍保持着古人一般单纯闭塞的心境。只身为土佐人一点，便已令村民们心中的重庵形象可怖，犹如鬼怪。出身土佐的山田重庵刚流浪到这个村庄的时候，人们行经他栲树下的小屋前，总会小心翼翼，凝神屏息。

“何须如此，我又不会吃人。”

山田重庵嘲笑当地人胆小怯懦。他出身的土佐原与伊予迥然不同，似乎自古便是如此。据《古事记》记载，土佐有个可怕的别称："土佐是为建依别"。"建"意即勇猛。在世人眼中，土佐人向来剽悍勇猛。而《古事记》中，伊予的别称则是"爱比卖"，意即我见犹怜的闺秀，这似乎是伊予人给予世人的整体感受。两地虽然邻近，住在两地的人却截然不同，这种情况未见于其他各藩。

战国时期，两地间的入侵一方必定是土佐，伊予正合其"闺秀"之名，不断受到土佐的侵扰。长曾我部氏在土佐崛起，统一了土佐，最终征服四国。当长曾我部氏幻想渡海一统天下时，京都兴起织田·丰臣政权，土佐人的幻想便如夏季的积雨云般瞬间坍塌。然而土佐人的热血已经沸腾，进入德川时期仍在汹涌勃发。因军事被禁，他们便将一腔热血投向学问及诸般技艺。

山田重庵是一位医者。

——此人似是长曾我部的遗臣。

深田村村民如此推测。伊予人称"长曾我部"为"chou su ga me[1]"。对曾陷入长曾我部之手的南伊予人而言，chou su ga me之于他们，正如拿破仑之于欧洲小国，是一个令人恐惧的名字。伊予南部的每座村庄都还留存着chou su ga me带来的众多血腥记忆。

"我是个彻头彻尾的医者，与chou su ga me毫无瓜葛。"

重庵一直如此宣称。因为若不这么说，他可能无法融入这村里的邻藩人中去。

重庵年约四十。传言他性喜剖貂腹，吸食鲜血，但这应该只是村民们的揣测。生貂血毕竟味道腥浓，难以下咽。重庵身躯高大，双眼蓄满精气，若是生在百年前的战国乱世，当非寂寂无名之辈。

在后世之人看来，那时的医者并不需造诣精深。德川初期，但凡能识些汉文典籍，便能成个村医。只要读些本草学方面的书与《伤寒论》之类，再掌握几种膏药的配法就已足够。而重庵虽身在乡间却罕见地懂些学问，还具备临床医生必备的素质：天生感觉敏锐。

重庵在法华津游历时，当地有个仗着大寺院的权势狐假虎威，深受众人厌恶的寺院轿夫。一日，烂醉如泥的轿夫在路上缠上了重庵，重庵未与他一般见识，他仔细看了看轿夫的脸和脖颈处的气色，言道："你现在应该去那边，在樟树的树荫里睡一会儿，天黑前让人用门板抬回家，否则你今夜便会死。"男人嘲笑了重庵一番，自然没有照做。重庵叫来几个当地人，把自己的诊断告知给他们。后来，轿夫果然于当夜猝死，死时头垂向膝盖。无疑是因中风暴毙。重庵似乎是通过观察对方皮肤上显现的红色，觉出了对方病情。

有关重庵此人，还有许多与之类似的传闻。他流浪到深田乡间不出两年，名医的称号就在附近村庄传开。重庵就此忙碌起来。他虽身形高大，干起活来竟也十分轻巧。即便要走三四里山路，重庵也总是轻轻巧巧地出诊看病。人们若过意不去，他就会说："哈哈哈，我虽是医者，每天的活动却与山间修行者及樵夫无异，还得攀着岩石，跳过溪流去病人家中。"这话其实并不好笑，重庵在说时却总会大笑。病人一家既有感激，又觉畏惧，总对重庵怀着一种看到活神仙一般的敬畏之情。重庵来的第二年，已经尽数掌握了深田四里八方的民情与生产情况。对他深切关心民生一事，当地人给出了这样一个解释：重庵大人毕竟是土佐人。德川初期，"政治看土佐"的风评已传到江户。这句话似乎是赞扬土佐藩藩主山内家的治理业绩十分出色，然而另一面，它也或多或少包含了土佐人对领地治理很有兴趣的意味。战国时期，伊予自始至终未有统一者出现，而土佐则出了个长曾我部，一举打破土佐人此前的小天地意识，使他们具有了从统一国家的角度进行思考的习惯，这大概也使他们培养起了偏好政治的性格。此外，长曾我部治下的土佐，在末期采取了新的征兵制度，原住民亦须应征入伍，这在天下绝无仅有。后来，长曾我部于关原覆灭，山内氏转而成为德川一派的大名，从远州的挂川移居至此。如今时势虽变，但就在一百年前原住民亦须参与长曾我部的世界，似是这段统一国家的共同体验方孕育出了偏好政治的土佐风土。重庵身上似乎也有这个倾向。

他常毫无遮掩地向病人一家询问民生问题，诸如村中租税多少，去年收成如何，管辖这附近的地方官怎样等等。

——重庵大人莫非是个密探？

眼见重庵对民生异常关注，一些人不禁涌起疑云。村长亦因其他缘由对他心存警惕，疑心重庵企图渗入百姓或是佃农中策划暴动。一日，重庵家中来了个旅者装束的陌生男人，那人让重庵给他瞧瞧肚腹。待他露出上半身，重庵一眼便察觉此人肩部及手臂处的肌肉不似一般百姓，看来应是精通武艺之人。然而，他却对此一言未发，只沉默着等待男人的后招。

看诊结束，男人把手放回袖子时浅笑着说："您调查附近一带的事都已经传到宇和岛城下町了。"此人恐怕是上边派下来试探重庵的。他无疑是想发声威胁一下重庵后，便即返还。未料重庵只是用药碾捣着药，笑着从鼻子里哼了一声，完全没把对方放在眼里。重庵反倒回道："先行言明，对我做这些没用的事儿，大概不会有什么好结果。"男人脸上现出被重庵威严震住的神色。重庵又道："藤六，你可听清楚了？"然而男人并不叫藤六，这是重庵临时给他安上的名号。

此后，这个男人时常造访重庵，与重庵畅谈天下事，而重庵还是一直称他为藤六，及至后来，男人进重庵家门时也会自己通报："藤六来了。"藤六与重庵互不了解对方底细，彼此间的情义却日渐加深。重庵有时会给藤六一大笔钱，让他在宇和岛城下町买点生药带来，有时会向藤六询问土佐政情，有时又会掉过头告知藤六民情，藤六则会欣然提笔记下。

相交期间，藤六透露了一件出乎重庵意料的事：吉田的主公现下身患重病，凶险未卜。令重庵意外的，是藤六之流竟对这桩寻常百姓探听无路的贵胄秘辛了如指掌。那位权贵似乎生出了肿块。在当时，肿块是可令病者毙命的重疾之一。因是新兴大名，患上这种恶性病的吉田藩藩主尚未雇用可以信赖的医者。

藤六窥视重庵双眼，在看清重庵眼中瞬间绽出的异彩后，他由一贯的乡间用语改换成狂言用语，问道："重庵先生意下如何？"近来，兴起于京都的狂言用语扩散到京都之外的乡间，甚至是江户，逐渐成为武士的共同用语。毫无疑问，藤六便是一名武士。然而，大腹便便的重庵与武士毫无关联，自然完全没有跟风。

闻得藤六所言，重庵颔首道："医者只在获得病人的尊敬与信赖后，方可发挥疗效。因此要出行吉田，上殿诊脉，还需你为我事先打点，请你先透出口风，就说我是稀世名医。”重庵此言着实有理。他虽在深田一带广为人知，然而一旦出了深田，便不过一介流浪医者罢了。

“请你从吉田召许多人过来，迎我前去。”

藤六似乎对此颇为惊讶：为迎接区区一介流浪医者，竟要从大名处召许多人前来，此种礼遇是否适宜？重庵却又道：“此亦为治疗方法之一。”或是觉出重庵言之有理，藤六颔首以对，当天便辞别离去，形色之匆匆前所未见，恐怕是为急赶回吉田。

重庵心下了然：原来此人非为宇和岛人氏，而是吉田人氏。

三日过后，前来迎接的人到了。迎接行列有武士一名、徒士两名、足轻四名、杂役十名。此种阵仗已超出俸禄五百石的武士。

重庵亦非孤身一人。他让急召的三个门人带上大大小小的药箱，又让新雇的仆人挑起行李，弄出个正正经经的出行阵仗，离开了家门。此时，重庵心里并没有筹谋什么的野心。像重庵这种野心勃勃的人，原本就不会把眼前的小小利益（比如获得随侍大名的医者地位）放在心上（非为实言）。总之，重庵把这件事视为游玩，还有尽情利用此次良机的闲情逸致。这种心态使得众人眼中的他愈发高深莫测。从吉田过来迎接重庵的士卒无不受到冲击：未料这种山村里竟住着如许人物。

重庵近几日潜心研究治疗方法，形容消瘦。队列行经深田山麓，一座名为大本大明神的古老神社前时，重庵叫停队伍，独自走到神社前，用泉水漱了漱口，祈祷了整整半刻(一小时)。他这么做，应是出自本心。这个古老的神社是南北朝时期，附近的当地豪族竹林院氏修建的祠堂。战国时期竹林院覆灭，此后神社失了土地，仅余老杉遮蔽地面，神殿也朽坏不堪，成了狐狸的住所。祭奉在此的神明是流行于室町时期的爱宕神。

队伍又开始在山间缓行。

重庵心道：天下虽大，不知有无一处能如伊予南部般草木深密。因着过去长曾我部的征伐，土佐人很早便将眼光投向了京都及整个天下，而与其毗邻的伊予南部则仍保留着室町时代的风俗与环境。

伊予领土辽阔，包含今治、松山、道后等城镇。伊予的开化始自上古时代，伊予人也对时势变动感觉敏锐。然而伊予南部受众山阻挡，未能随同发展，与其说是别有一番天地，不如说更似一处世外桃源。自古时起，当地人就把附近一带的山与海统称为“宇和”，战国之前如何称呼便不得而知了。传说在神话时代，曾有地神宇贺彦镇守此地。及至久远之后的战国时期，在京都难以立足的公卿西园寺氏迁居此地，由此此地终略为京都所知。战国末期，西园寺氏覆灭。

外界对此地知之甚少，然而日本六十多个州中，却鲜有哪一处能如此地般适宜人类居住。这里西有宇和海形成静谧如湖泊的海湾，海产丰富。受土佐境内的高山遮挡，秋季不起大风，且因地处南部，气候温暖。大概也因如此，人们性格温和，少有棱角。这里未如土佐一般，出现于当地兴起势力，统一一国的君主，无疑也是因其有着不喜争斗的环境。

然而，大坂冬战落幕未几，当地人闻所未闻的大名之家就来到了这宇和的土地上，这便是伊达家。他们从一个被当地人视为异国之地的奥州迁移至此。即便在大名频繁迁移的江户初期，亦少有此种极端之例。首当其冲的问题就是语言不通，且是完全不通。伊达家自仙台移居至南伊予这片土地时，带来了一些武士、徒士、足轻，还带了些御用商人、甲胄工匠之类的手艺人，这是一次所谓的民族大迁移。以系统划分，南伊予地区的方言从属于京都语圈，而奥州语则保留了东国语的原型。两者从语言表达上就完全不同，它们的发音、音调、词语、表达方式、惯用语基本都是不同的。伊达一家本欲融入当地，将自己的语言同化为当地语言。然而据传其后的将近五十年间，住在宇和岛城下町的城镇，身负翻译重责的人仍须往来奔走，沟通两方。由此可知，这种语言上的不便已经超乎想象。改封领地初期（重庵时期），伊达家的治理尚十分混乱，百姓间亦有不满，然而及至德川中期以后，已有言伊达家的政治治理堪为三百诸侯典范。其领地内租税低廉，武士及庶民和谐共处。幕末时期，作为学问繁盛之藩，此地广为人知。直至明治时期，此地始终未有大乱。

言归正传。

仙台的伊达家盛名远播，却鲜少人知其在宇和岛亦有分支。

仙台伊达家有奥州地方长官的俗称。战国时期，家主政宗征战四方，中兴家业，此为人所熟知。政宗当权之时，因丰臣氏于京都崛起，政宗无奈之下，只能皈依丰臣氏旗下。政宗的长子是庶子，名秀宗，六岁时便被按例送到大坂的秀吉身边，以人质身份在大坂成长。秀吉喜爱秀宗，在其幼童时期就奏请朝廷，封秀宗为远江守，品阶从五位下。关原之战后，德川手握天下，曾经的荣耀反成为灾祸。秀宗之父政宗心道秀宗与丰臣家牵连过深，只能改立次子忠宗，由是立忠宗为仙台伊达家的继承人。

德川氏似乎是体察了政宗思虑，便将伊予宇和岛十万石赐予其长子秀宗，改封秀宗至伊予。这便是这场民族迁移，亦即宇和岛伊达家的由来。直至二十世纪的今日，这场迁移的痕迹仍留存在宇和岛。诸如当地带有奥州风情的鹿舞，视七夕为一年中最大节日之一的习俗等等。此外，虽则同为伊予，唯有这里的方言性质迥异于其他地区，这个地区的方言本从属于京都语圈，其音调却有明显的东国语风格残留。

重庵行进在山道间。随着坡度向下，沿途的樟树渐趋增多。据说从奥州迁来此地的伊达家众人看到生长在温暖地带的樟树时，曾告知他们在故乡仙台的亲族，说樟树“片片树叶如明镜一般”。这种比喻虽不乏夸大成分，但这种常绿树的树叶也确实带有皮革质地的光泽，即便是冬天，这种光泽也不会黯淡。片片樟树叶反射出阳光，风起树叶摇曳时，整棵树都像是在发光，充满南国树木的生机。

再度言归正传。

宇和岛伊达家的第一代家主秀宗膝下有四子。因长子宗实与次子宗时早夭，第三子宗利成为继承人。

秀宗的幼子名为宗纯。现正行在山路上的重庵要去诊治的，便是这位宗纯。

“此子实是可爱。”

宇和岛第一代家主秀宗，因老来得幼子宗纯，便时常如此夸赞宗纯。宗纯的生母是个侧室，深受秀宗宠爱。

秀宗常言愿分割三万石领地与宗纯，扶植宗纯为大名。

自仙台跟随秀宗前来，随侍宗纯身侧的老臣宫崎八郎兵卫熟知此事。江户初期，大名间时兴分割自藩领地，创立分支的做法。如此一来，若藩主膝下无子，便能从分支家族中选出继承者。例如毛利家族就创立有长府毛利家、德山毛利家、厚狭毛利家等分支，广岛大名浅野家则在播州赤穗创立了领地五万石的分支。因着元禄年间的赤穗浪人事件，这家分支也名声大噪。为削减大名势力，幕府亦暗中鼓励此法。宇和岛十万石领地的伊达家分割领地当非坏事。宫崎八郎兵卫为分封一事积极劝谏秀宗。四代将军家纲掌权的明历四年，秀宗病逝。临死之际，八郎兵卫强求病床上的秀宗写下一句话：分三万石的吉田领地与宗纯，以此封住众人之口。自可想见，秀宗死后，分封一事在家中引发骚乱。宇和岛伊达家的领地由此降至七万石，家门品级亦随之降低。宇和岛藩主去江户城谒见时，其所坐席位也发生变化——须移坐到下一级的位置。宇和岛伊达家内对此群情激愤，然而因有秀宗的亲笔遗信在前，他们无计可施。不仅如此，宫崎八郎兵卫的手段还高明在，早在秀宗生前，他就预先呈报幕府，请求幕府承认“吉田三万石大名”这个身份。他甚至拿到了幕府批示的朱印信，以作获准依据。如此一来，新任宇和岛藩主伊达宗利与家中老臣便无计可施。且就在秀宗病逝当日，引起这场骚乱的主谋宫崎八郎兵卫亦自杀殉主。毫无疑问，宫崎八郎兵卫意在通过自己的死堵住悠悠众人之口。

宇和岛伊达家的分支——吉田伊达家就此诞生，成为宇和岛名下的支藩。

那里便是重庵要去的地方。

话头转至吉田此地。宇和岛藩城下的宇和岛面临海湾，是一片风景胜地。吉田地处北部，与宇和岛隔了个海角，面临风景秀丽的君浦海湾。就在数年前，吉田还是一个充满了海腥味的渔村，人称吉田浦。受封后，吉田伊达家在渔村里大兴土木工事，建起了街道。吉田浦的高山直逼海岸，土地狭小，原本没有余地可用来修建街道。而这项土木工事，就是把吉田背靠着的高山削去一大片，用以填海造陆。为此，靠近海岸的犬尾山与名城山，从山顶到山麓都要拉起网，吊上有滑轮的畚箕，把山上的土堆到畚箕中，然后一个个地滑到山脚下来。仅凭这项流程，工事的规模之大已可想见。现在去到吉田町，我们会发现周围临海的山体无不险峻非常，像是被削过一般，这应该就是当年的工事留下的痕迹。

吉田伊达家的三万石领地与城下町就是如此得来的，此事令本家宇和岛藩极为不快。宇和岛藩减至七万石，而藩士户数却仍与从前基本无异。吉田建分支藩地时，作为家臣随行过去的主要是原宇和岛藩藩主的次子及幼子，因此主家必须以七万石的收成供应十万石规模的家臣俸禄。自此，宇和岛藩时常陷入财政困境。

宇和岛的重臣无不心怀取消支系的想法，不只心中作想，为达成这个目标，他们绞尽脑汁。

甚至有人提议，盗取幕府批示的朱印信，到手后将之焚毁，主家便可据此再次呈报幕府，请求取消支系，收回三万石领地。这个方法实际上也施行过，然而最后还是以失败告终。

另一个方法，就是在吉田藩内策动农民起义。主家派细作潜入吉田领地（八十一座村）内，挑拨离间，引起民众不满，然后煽动情绪，组织反动势力，令吉田藩疲于应对（吉田藩内尽是经验尚浅的新官吏，大概会对此有心无力），借此主家可呈报幕府，宣称吉田藩治理不善，应收归主家，幕府定然不会怀疑。宇和岛藩怀着极大的耐性，依计而行。

重庵心下了然，吉田领地内混入的来历不明的商贩，定与此事脱不开关系。不过，重庵并不认为藤六是细作之一。藤六是吉田藩人，他的职责必定是行走在领地的八十一个村内，将主家派来的细作驱逐出境，有时还会神不知鬼不觉地在山间杀死细作，弃尸当场。他那时时四下扫视的双眼血色暗沉，仿若鞣皮处理过似的皮肤，只会出现在一个有过杀人经验的人身上。然而，重庵对这种事也不以为意。对重庵而言，现下首要之事便是救回吉田第一代藩主伊达宗纯的性命。

救治一事原就包含重大的政治意义。宗纯虽受封领地，成为吉田藩藩主，却因年纪尚轻，并无子嗣。没有子嗣的大名之家或会毁于幕府之手，而在主家的积极行动下，宗纯名下的三万石领地便会重归宇和岛。宇和岛一方应该正盼着宗纯死，而吉田一方必定一心祈祷宗纯痊愈。藤六便是为此而来。

跨越重重高山，重庵终于来到了断崖上，入眼可见大海。崖下就是吉田的村庄。严格说来，这里并不算是城池——三万石规模的领地是不能有城池的。因此藩主的居住地是阵屋，当地人称它为御殿。御殿坐北朝南，三面环山，东面与南面围着护城河，南面的护城河上有座拱桥，是通往大门（栅栏门）的入口。

藤六行过拱桥。正面一排白色墙壁的房屋立刻映入眼内，这些房屋与大殿的屋顶全盖着瓦片，吉田伊达家对此引以为豪。重庵经过几道门，终于上得大殿，进了伊达宗纯的病室隔壁。及至此时，即便冷静如重庵，似乎也还是紧张得面色发青。

获准晋见后，重庵来到病榻前，首先望诊宗纯的面色。宗纯长相秀美，宛若少女，看着重庵的眼里有些恳求之色。看见这双眼，重庵回复到平素的庄重，他放缓了动作，犹如上演一出仕舞[2]，此举令宗纯对他更为信赖。重庵请近侍让他看看宗纯的皮肤。患处在后背，恰好对着心脏附近，那里化了脓，长出个紫红色的肿块。汉字写作“痈”。

重庵凝神看着。

——推散还是聚拢？

在重庵所处的这个时期，肿块的治疗方法唯此二者而已。其发病症状分初期至第四期，医者须根据症状决定治疗方法。此前为宗纯诊治的医者都采用了推散的治疗方针，用药也都是推散、按压的药。听藤六说起宗纯病情时，重庵反认为须采用聚拢的方法治疗。他当时对着深田的大本大明神祈祷，便是为了求得神明相助，令自己的方法奏效。

重庵稍行一礼，退回隔壁室内。没过多久，重庵便会同其他医师，开始调配治疗肿块的药物。他将面粉与水混合熬制，又倒入野猪脂肪上提炼出的油，加入黄色的郁金，熬制成膏药。一切完成后，重庵再次进入宗纯病室，在宗纯的患处大面积抹上膏药。

“如此脓水便会流出。肿块会因此变大，无须惊慌。”

他对宗纯身边的近侍如此说道，借此亦让宗纯知晓详情。重庵回到了自己房内。正当他为离开作准备时，近侍慌忙进入房内，对重庵道：“事关宗纯大人的性命，还请您暂居此处，直至大人痊愈。”重庵一开始便已预料到此事，他得到了宗纯的信赖。此后，重庵夜间三次前去宗纯房内，观察宗纯的病情。近侍都惊叹不已，感慨重庵没时间歇息。不久后，肿块化脓，患处渐渐平了下去。之后的治疗更是困难。重庵从陶器上细心地刮下少量非晶质，与量稍多些的石灰混合，又加入铅烧过后的粉末，一并放进药碾磨碎，制成可使肿块裂口的药物。重庵将药物涂在宗纯患处，见效很快，只过了一夜，肿块就开了个口，流出少许脓水。

“现在要从外部治疗了。”

重庵系紧袖子，将烧得通红的针刺入宗纯患处。宗纯痛吟出声。

“忍住!”

重庵大喝一声。宗纯似是惊得止住了呼吸。他自出生以来，还未曾被谁如此呵斥过，甚至未曾有人敢对自己大声说话。宗纯竭力忍受痛苦。重庵接下来做的事令身侧众人及其他医师目瞪口呆。他将脸贴向宗纯患处，厚厚的嘴唇一口气吸出带血的脓水。宗纯似乎实在疼得厉害，他的后颈大力后扬，都快把骨头给仰折了，然而却没有出声，大概是重庵的呵斥起了作用。吸了满口脓血后，重庵稍停了停，似是通过口中感觉来判断脓血的情形，随后很快拿过身旁的漱盥，默默地将脓血吐了出来，开始手术后的收尾工作。重庵拿出在烧酒中浸透了的布巾，擦拭宗纯患处，最后把布卷好。

在重庵的这种疗法下，仅用一月，宗纯的恶性肿块就完全好转，其后只等新肉长出即可。众人皆啧啧称奇。

重庵就此晋升吉田伊达家的御用医者，两年后又剃了月代发式，摇身一变成为武士，位至家老。重庵的仕途发展初期，亦即机缘来临之初就是一段孕育了奇迹的神话，而他则是活在神话中的人。

重庵在伊达家做了两年医者。就在他的医者身份固存在所有人心中时，春意将尽的一天，他却又有了另一个身份。

其时，伊予松山一带出了个声名大噪，无人可敌的武士。武士修习体舍流，名为山根将监，据说是从九州的丰后流浪过来的。将监放言四方，称伊予无人可与其匹敌，他在松山收了数百名门人。伊予此地确实不尚武力，未有声名在外的刀剑好手。将监似是有志称霸伊予，他率领七十门人，昼夜兼程，翻山越岭，准备经由法华津抵达宇和岛城。他们中途将行经吉田。吉田受封未几，兵力薄弱，七十剑客即往吉田而来一事令当地大为震动，特于法华津山北麓设立临时关卡，配备三组步枪兵卒，宣称严禁结党入境，至多准许三人同行。前行受阻，山根将监只得依言行事。他选出两名身强体壮的门人随行，进入了吉田。入得吉田，山根将监很快提出御前比试的请求，吉田伊达家无法回绝。若因回绝而被冠以畏怯之名，将有损武家声威。

吉田伊达家将此事交由武术师傅伊尾宇八郎。首场比试由宇八郎的两名门人对战将监的两名门人，结果伊尾一方毫无还击之力，落败收场，之后宇八郎出战，总算胜了将监的两名门人。然而，在随后与山根将监的对战中，宇八郎被山根挑逗似的攻势逼得无路可走，十分狼狈。他很快招架不住。趁着宇八郎攻势减弱之时，将监飞身贴近，举剑过顶，狠狠劈向宇八郎右肩，击碎了宇八郎右肩的骨头。遭此一击，宇八郎今后怕是再也无法习武了。将监的不择手段令在场众人心内一紧。

宇八郎昏厥过去，倒在了地上。几个足轻跑上前，把他抬离了场中央。此时，身为医师的重庵本该为其救治，然而因身负御医一职，救治家臣须得宗纯首肯。宗纯口中连呼重庵数次，却没能道出具体指示。重庵起身，从座席上径直走到场地中央。令众人惊异的是，重庵并未着手诊治宇八郎，而是拾起宇八郎的木刀，持刀向下，与将监相对。

之后，重庵的动作便如神出鬼没，快速敏捷。他先是忽左忽右，时前时后，晃得将监眼花缭乱，不久后停下花招，直直跳起下押，木刀狠狠劈上将监的右肩，劲道足以震碎锁骨、肩胛骨。将监的骨头也确实被打碎了，碎的地方与宇八郎如出一辙。重庵飞身退下，向宗纯行了个礼，随后立刻走向场外，为躺着的宇八郎诊治。

重庵的出场实在绝妙。宗纯忘情地拍打膝头，如同一个单纯少年。

然而，在场众人却都另有反应：重庵此人实在可怕。这一点可谓出乎意料。按理说，重庵当场为宇八郎报仇，挽回了伊达家名誉，本应获众口称赞。然而，自重庵以御医身份随侍宗纯以来，宗纯对重臣们的态度大有改变。从前的宗纯缺乏主见，无君主之实，内政全由荻野七郎兵卫、铃村赖母、尾田喜兵卫、松田六右卫门四位重臣掌管。四人祖籍仙台，都是从主藩宇和岛迁移过来的。重庵成为御医后，宗纯便时常向他询问领地内的情形，请教政治上的不足，今后如何建立吉田家等等，开始亲身接触政治。

——重庵拥有不必要的智慧，他将危及吉田伊达家的未来。

这个论断潜移默化间慢慢渗透到家中各个角落，然而，对重庵为何会陷家族于险境一点，无人言明缘由，亦无人知晓缘由。总之，一切只是出于人的主观感情。重庵是一个外人，因着长曾我部的入侵，在南伊予人眼中，他同时还是个危险至极的土佐人。南伊予人可以毫无芥蒂地接受仙台人，但对与其毗邻的土佐人，他们却不会轻易放松警惕，这种感情与古代中国的汉民族对塞外游牧民族的顾忌有些相似。不必说，吉田伊达家的一众家臣中，有一定身份的大抵都是仙台人。不过，迁移此地后，为在这片新土地上融入当地民众，吉田伊达家都是在当地雇用下级武士与足轻、仆役之类。对占去了吉田伊达家大半人数的低层阶级而言，仅身为土佐人一点就能充分激起他们的警戒心。出身仙台的上层武士集团，尤其是先前提到的四大老臣，去年就已言道不可小觑重庵其人。有此论断在前，新出现的这个论断自然便很快渗透进对土佐人尤为警惕的下层阶级中。四大老臣忌惮重庵，是因为重庵的存在严重威胁到了他们的地位。吉田伊达家创立之初就财政困难，这种困难并非常言所说的一般困难，而是作为经济体的吉田藩存在的根本不足：当下的制度能否维持吉田藩运转。向宗纯指出这点的，就是医师重庵。

“吉田藩总身家不过三万石，旧臣的俸禄却多得惊人。”

重庵认为，三万石规模的大名之家内，家老俸禄至多三五百石足矣。

他进而对宗纯道：“然而实际情况却与此大相径庭。首席家老井上家的俸禄是一千三百石，次位的尾川家是一千石，七百石俸禄的有两家，五百石五家，四百石八家，三百石八家，共二十五家分割吉田藩身家，如此财政拮据，军费不足。过去土佐的长曾我部氏曾任用大量俸禄微薄的武士，成功扭转财政困境。为增添军费，吉田伊达家亦须效仿此法。望您当机立断。”

吉田伊达家规模狭小，这件事很快走漏风声，传到了重臣们的耳中。他们自然十分震惊，私下聚众商议，视重庵为奸猾之辈。但宗纯十分信任重庵，他们无计可施，只能煽动家中的下层阶级，把重庵描述成不忠小人，引发下层阶级的公愤。在这个时代，各个大名家中都是骚动频发。要毫无缘由地陷害出头人[3]，将其打造为不忠之人有一套固有方法。吉田伊达家的老臣们实行的政治煽动便与其性质相似。

老臣们放出风声：山田重庵正请求主公将庶出的女儿嫁与自己的儿子，企图让自己儿子和小姐生出的孩子继承吉田伊达家。

这显然非为事实。然而在情感当前，事实与否并无意义。既然下层阶级的众人对土佐人心怀忌惮，那么这件事无疑最能触发他们这种共同的忌惮之心。在下层阶级眼中，重庵已成为一个油光满面的大恶人。“那个叫重庵的，在隆重的御前比试中洗刷了伊达家的耻辱，一击打败山根将监。”这其实并非赞赏，反而令重庵的形象更加可怖，众人自然也对重庵生起畏惧。

那次比试过后，重庵行了元服之礼。他改换发式，剃了月代头，被宗纯封为武士，成了宗纯的侧用人[4]。身份虽不及家老，却能掌控宗纯，因而权力大大凌驾于家老之上。此时距重庵下山前来吉田，仅过去两年零几个月。

时值江户初期，乡间虽仍多少残留着战国时代崇尚胆魄的风气，世道毕竟已进入四代将军时期，天下秩序稳定，太平无事。若要在安定时期幸福地过日常生活，就只有采取明哲保身的处世方法。若是生在武士之家，便须温顺平庸。最大的不幸就是生而怀才。人一旦有些能耐，就会伺机发挥才智，缔造新的事物，而这种行为必定会超出秩序的界限，最终将人引向毁灭。

重庵更名为仲左卫门。不过本文还是从一而终，姑且仍称他为重庵。重庵心有郁结。夜晚时分，他思及吉田藩未来，常常感到义愤与不安，难以入眠。

“吉田伊达家今后该当如何?”

唯有重庵怀揣着家中任何家老都没有的危机感，每日向宗纯进言。重庵或许是这个时代的异人。吉田藩到底哪里有危机呢?若顺其自然发展下去，三万石的吉田伊达家该会平安无事。然而重庵时常幻想出危机，并相信自己的幻想，害怕危机出现，他的这种状态也因而得以保持。重庵的性格便是如此，若生在乱世，他或许会成为英雄豪杰；生在危机时代，他或许会成为先觉者。然而当今时势下，世道秩序井然，吉田这个小藩不可能存在什么危机，若真存在危险，那这个危险就该是重庵本人。重庵是个只要活着就必须预想危机的人，他希望藩主宗纯也怀有同他一样的幻想，于是不断向宗纯进言，直至君主在这一点上与他一心同体。

——若岛原之乱之类的事情再度发生，幕府下达命令，吉田藩必须出战，其时该当如何？吉田伊达家人丁单薄，无法发起轰轰烈烈的战斗。如此，吉田藩将在其他大名面前出丑露怯。

能言善辩的重庵耐心劝诫宗纯，不断讲些诸如此类的话语，宗纯最终听进了重庵所言。更该说是成为了重庵的信徒。

为筹措将来的军费，重庵着手开发新田，削山填海。此举收获了好评，当时立间村等地流传下的捣米歌中有一句是“没想到出现新田，新田上建起仓库”。笔者认为这首歌应该是重庵着手开发新田时流传下来的，不知众位读者有何见解。

相较于开发新田，重庵同时进行的另一项事业则更为重要。他借着宗纯的力量，不容分说便没收了数名占据重要地位的家老的家业。如此动荡的人事变革未曾见于其他任何一藩的藩政历史。与其说人事，此举更像是借助了政治名义的暴戾、暴虐，必得有相当大的对正义的激情，唯有人——这里是指重庵——方能如此行事。危机主义者通常坚信正义，而具体到重庵此人，思及正义之时，他的一切幻想得以变成主观中的现实，令他如同神前的巫女般激动战栗。若是生在其他历史时期，重庵的名字或许会流传后世。要一举摧毁重要家老的家业，须得找出一众家老言行上的污点瑕疵，这件事并不难办。重庵有着高度卓绝的正义信念，在他看来，家老们皆是无能渎职之辈。世道太平之时，无能不作为不失为一种聪明的处事方式，然而重庵认为这便是作恶。细想来，若穷极探察重庵的正义深处，便该知晓重庵原就憎恶对无能之辈来说宛如天堂的太平世道。宗纯在表御殿亲政后，重庵就以位次高低为序，借机没收了重要家老的俸禄，将其驱逐流放。

一千三百石　井上五郎兵卫

延宝元年　于江户离任

一千石　尾川孙左卫门

延宝五年　于吉田离任

七百石　岩口三左卫门

延宝元年　于吉田离任

其后，重庵想再流放十人，宗纯却似是终于觉出了此事的可怖之处。身份高的家老一旦被流放，不止其家人，便连家中的侍从和走卒都会流浪街头。这种惨状自然传到了宗纯耳中，遭流放的家老们也并未忍气吞声。他们赶回主藩宇和岛伊达家，请求主藩出面调解。主藩无法坐视不理，派来使者听取详情，了解到这项举措与当初宗纯自重庵处听得的构想、野心其实大相径庭，已经成为了令藩主宗纯不堪忍受的烦心事。因此，宗纯最终言明："就到此结束吧。"重庵却絮絮叨叨："此种进展尚未达成我构想的十分之一，主公欲行千里，却在刚刚出发，走了一丁之地后便想折回。"宗纯以恳求般的口吻对重庵道："一丁于我已足矣。"重庵又道："我欲助主公成为流芳百世的明君，如若就此停手，恐怕心愿难以实现。"宗纯犹如悲鸣般说道："我可以不作明君。"既已言明至此，重庵也不得不作出让步。然而他在最后关头仍尽力争取，请求再流放一人。

重庵点出要流放的对象："位列第五的甲斐织部。"

甲斐是第五位次的家老，俸禄五百石。重庵与甲斐织部之间并无恩怨，他流放此人的唯一理由，就是削去此人士籍可为吉田藩留出五百石。

宗纯无奈接受了重庵请求，对重庵道："就如此吧。流放甲斐织部一事，此后借机而为。"但便是此事自此埋下了祸根。

一系列人事整顿结束后，重庵成为了吉田伊达家的首席家老，这件事招致了人们的谴责。不过重庵遵循自己的一贯主张，只领五百石俸禄。宗纯钦佩重庵的言行一致，然而已将重庵视为奸人的世人却并未因此改变对他的评价。

及至重庵住进在他的一手策划下遭到流放的首席家老井上五郎兵卫的闲置宅邸时，他的风评又再度恶化。井上家的宅邸位于正殿前，占地约两千坪，长屋门上盖着瓦片。在土地狭小的吉田，这座宅邸的规格蔚为壮观。赶人的住进被赶人的壮观宅邸，众人无法从感情上接受这件事情。

重庵搬家前夕，久未谋面的藤六前来造访，劝告重庵道："此事不妥。"藤六是吉田藩的下级武士，名为渡边中。重庵得掌权力之时，原有意提拔藤六为组头，藤六却予以拒绝。当时藤六对重庵如此言道："我只想明哲保身。如在这个小藩中遭人嫉妒，即便飞黄腾达，难免仍会遭人暗算。"藤六是土生土长的南伊予人。

"还是住进俸禄二百石之人应住的小宅为宜。"藤六道。重庵笑道："不过是有才干的人得到了需要才干的地位罢了，原无须顾忌他人看法。"在重庵的一番努力下，家臣人数也确实增多了。重庵又道："领俸禄的上级武士有四十一骑，中级武士六十五骑，下级武士一百七十二人，足轻四百六十五人，总计约七百五十人，以三万石的大名为多。且当下正推进新田开发一事，吉田藩恐怕不久后便会家计殷实。吉田伊达家得以维系离不开我的功劳，人们应该也乐见如此。"

（何人敢违逆我。）

重庵有时会登上正殿北角的瞭望台。在无权修建城池的吉田伊达家的营地内，那里是视野最为开阔的地方，眼下便是曾经的首席家老的宅邸，现在成了重庵自己的居所。远眺街景，樱之马场、上组、本町、里之町、下组、御藏前等武家住的街道连着城镇，城镇的热闹繁华仿佛近在眼前。再远处，大海时白时蓝，闪耀辉光。

“此处城镇的繁荣或许更甚于宇和岛城下町。”重庵暗道。

在重庵看来，自己的治理业绩宛如奇迹。然而他没有发现，人们并未注意到这个令城镇繁荣的奇迹，他们只看到了重庵飞黄腾达的奇迹。重庵来自外藩，既非仙台人，亦非南伊予人。在人们心中，仅外来人这一点已是缺陷，更遑论他以浪人之身，区区数年就跻身首席家老，这实在令人难以接受。

人们暗地里激愤谴责：仲左（重庵）每日登临瞭望台，真像是要图谋藩主之位。

“有藩主作派”的谴责声音加大了重庵请求宗纯，把小姐（龙姬）嫁与自己儿子这段传闻的真实性。

更有一群人分为几队，上至武家，下至御用商人，一家家地灌输这个传闻。他们的这种举动极其癫狂。传言早晚将遭流放的家老甲斐织部与其家臣，恐与甲斐遭遇同样命运的家老荻野七郎兵卫，此外还有番头久德平左伟门等人去了主藩宇和岛，四处散播传言。他们自称忠义组。便连在城镇卖鱼的小贩都说，忠义组的各位似乎已决心赴死。然而唯有重庵一无所知。当然，本该向他通报的藤六也从未在他的居所现身。藤六大概也预料到潜藏在吉田伊达家内部的机密总会爆发，因而规避接近重庵带来的危险。

这一时期，主藩宇和岛的重臣们熟知近来吉田藩的形势。甲斐织部的陈情自不必说，他们更派密探潜入吉田详细探查。据宇和岛藩推测，吉田应是已经起了内乱，宇和岛藩早盼着如此。内乱无疑是天大的一个好消息，宇和岛藩可借机以政治不稳定为王牌，请求幕府将支藩归于主藩。为此，宇和岛藩期盼重庵的政策能够更加极端，藩内不断煽动甲斐织部等人，同时却采取袖手旁观的态度。

重庵对此仍是一无所知。

这并非是因他头脑迟钝，而是因他身为外地人，藩内既无亲族，又无友人。无一人向他提出忠告，亦无一人向他道出此事。在吉田，唯重庵一人不知道自己已身陷险境。

重庵知晓此事是因着之后，被尊称为“八位大人”且在当地被作为神灵祭奉的八位足轻。

这八人都没有姓氏。吉田藩的足轻等同于平民，未被赐予姓氏。八人都是自当地雇用的，非是仙台出身。吉田城镇背面有个“八人社”祠堂，那里立有墓碑。刻在墓碑上的名字分别是长兵卫、德兵卫、览右卫门、四右卫门、五右卫门、三助、四平、久助，他们都未曾婚娶，从属杂役组。

据传，怂恿八人行动的是甲斐织部，其实非然。对杂役组的足轻来说，甲斐便如同云端之上的人。煽动八人的似乎是甲斐家的某个家臣，不过那位煽动者的名字已不可考。无论煽动者为何人，这八个南伊予人的极度忠诚才是整起事件发生的关键。他们为何如此死心塌地呢？对伊达家来说，他们并非谱代，甚至算不得什么重要人物。宗纯受封来到吉田浦时，从平民中选取身强力壮的人为足轻。对他们来说，这种从众多平民子弟中得到赏识的感动与自负，在某些情况下使得他们比谱代厚禄的上级武士更为忠诚，进而采取一些出于忠诚之心的行动。总之，八人互下决心，歃血为盟，约定共同替天行道。当然，奸臣山田仲左卫门就是他们要替天行道的对象。

八人定下了行动日期。当天清晨，他们潜伏在正殿前的松林里，等待重庵入城谒见，以伺机刺杀。此前一行人其实共有九人，然而等在松林里的只有八人，一人在行动前夕心生畏惧，已向上头告密。余下八人不知此事。结果出现在他们眼前的并非重庵，而是捕吏。

八人自然被处以死刑。不过他们的气概得到称许，因而未施以斩首，而是特予以武士待遇，命他们切腹自尽。给予他们如此礼遇的正是重庵。重庵热爱武道，常言武士、兵卒都该保留战国时代的气魄，而八人此次的行动正符合他最为欣赏的武道。重庵尤其欣赏四平。四平是宗纯的男仆，十分得宗纯喜爱。宗纯想救下四平，便命人赶到四平处，把自己的意思转达给他。切腹仪式在大工町普门院寺内进行。四平谢过宗纯好意，对传话人道："我实在没脸背弃同伴，独自残活。请转告主公，就说四平已死。"说完便切腹自尽。

经由此次事件，重庵方知自己风评恶劣。然而他不以为意，只将保证人以下的一家之主集结到殿内，傲然断言："愚众便是如此，不懂何为正义。你们个个皆乃愚众。"将遭流放的甲斐织部也位列其中。甲斐若有那八个足轻的勇气，恐怕此刻便会飞扑上前刺死重庵。然而，若他真敢如此行事，届时不只甲斐自己会死，甲斐家亦将毁于一旦，家人将居无定所。甲斐虽没有这样的勇气，却有推行计划的行动力。

"仲左，走着瞧吧。"

甲斐并未就此放弃。不久后宗纯将要去江户供职。若宇和岛伊达家无法依靠，就只能仰仗仙台的伊达家了。仙台是伊达家的大本营。

甲斐织部下定了决心。视正义为一切的重庵未曾料到，为保住顶多五百石的身家，一个人竟能做到如此地步。

藩主从伊予吉田出发，直至大坂都须走水路。有六十座红漆船楼的大船旁，仅有四艘船随行。抵达大坂最快也要十天，因风力不足，一行人走了二十天。其间，甲斐织部始终默默无言。

过了大坂便是陆路。抵达江户尚需十二日。吉田伊达家在江户的宅邸位于八丁堀，一行人刚穿过正门，甲斐织部就不见了踪影。不只甲斐，荻野七郎兵卫、久德平左卫门、尾田喜兵卫三人亦同样消失不见。

他们四人前去拜谒仙台伊达家在江户的宅邸，在当值的家老柴田内藏面前尽数申诉山田仲左卫门的恶行。

仙台伊达家进退维谷。

“一群无事生非的人。”

据说柴田内藏曾私下向同僚如此抱怨。仙台家若随意插手此事，可能反令己方陷入责难；然而若弃置不顾，一旦被幕府知晓又十分难办。

最后，仙台家联络了宇和岛与吉田两家，与两家商谈，决定把祸首重庵叫到江户。

信函下达到伊予吉田已是一月之后。重庵看信后感到万分不解：“为何让我去江户？”他派人去叫藤六。藤六并未即刻前来，而是于深夜悄悄造访。在这场动乱中，藤六无意站向任何一方，因此才避人耳目。

藤六并未多言，只道："政治向来如此恐怖。"藤六与重庵是故交，深知重庵其人。他应该知道，伊予一国无人及得上重庵的善良，然而他同时还知道，政治上极端的善其实等同于极端的恶，因而才对重庵说出了这简短的一句话。

这是重庵自出生以来的首次渡海。离开吉田浦后，他换乘了好几次便船，终于到了大坂，此时夏天已经过去。

待得抵达江户，时已仲秋。重庵在八丁堀的宅邸解下行装，拜见了宗纯。宗纯对重庵的理解有多深不得而知，不过当时的宗纯并未谈及此次事件。重庵事后回想，发现宗纯谈的都是些与政治完全无关的内容。

"我从未忘记你的救命之恩。"宗纯对重庵言道。

他似乎未将重庵看作首席家老山田仲左卫门，而仍是认定他是一名医师。宗纯或许是个出人意料的聪明人。

不久，仙台伊达家传唤重庵前去。重庵过去后，等在家中的仙台家当值家老柴田内藏把重庵叫到另一个房间，给他看了甲斐等人的诉状，要求重庵解释。重庵巧妙地一一言明，又阐述了吉田藩的内部情形，自己的政策方针，甚至还提到了自己的政治哲学。

一旁仙台家的书记官尽数记下重庵所言，又在册子之外记下重庵的政治哲学。据说这本记载了重庵政治哲学思想的手写本后来成为仙台伊达家藩主的必读书目，不过未能流传下来。

“看来你才是有理的一方。”

重庵供述过后，柴田内藏似是对他心生好感，压低声音如此说道。然而柴田同时又道出：“但你现在处境不妙。理由无关是非善恶，只怪你生得太迟或是太早。”

双方间进行了对决。被告是重庵一人，原告是甲斐织部等四人。甲斐等人厉声咒骂，重庵却平静地阐述道理，指出甲斐等人所言无凭无据。无论由谁裁定，重庵都该是胜利的一方。

然而，重庵未在这日启程回伊予，这件事为他招致了不幸。

“辅佐家政不力，应当切腹。”

这是当时平定此种骚乱最为常见的做法。当然，罢免另一方的甲斐织部也是惯常做法。因此之后不久甲斐便被贬为平民，而对重庵的处置却略有不同。

重庵的主公，吉田藩主伊达宗纯给仙台家的柴田内藏送来一封信。

——望令山田仲左卫门重做回医师重庵。

言下之意便是令重庵回归原来的“重庵”，只做重庵，而非家老山田仲左卫门。山田仲左卫门此人既已湮灭，从此便再无任何罪行。宗纯写给柴田内藏的信中还详细提及请求内容，甚至包括让重庵剃头，回归医师发式。信中还写道，其后请将重庵交由仙台中将（伊达纲村）处置。

如此，正如宗纯先前对重庵的一番暗示，他救了重庵一命，以此报答重庵对自己的救命之恩。

重庵被移交至仙台藩。

其后，重庵迁居仙台，在仙台行医至晚年。重庵生于土佐，曾在南伊予的深山里行医，后因治愈藩主的肿块，命运脱离了预期，几经辗转，最终在奥州的仙台渡过余生。当年的他大概未曾料到其后的一切。据说，晚年的重庵从不谈及政治。

此处谈下我写这个故事的动机。几年前的夏天，我曾去到仙台，当时列车上与我邻座的是一位老人，他主动与我攀谈起来。老人先问我是不是牙科医生，我答不是后又问我有没有当牙医的亲戚，我回答说亲人里也没有当牙医的。老人于是安心地点点头，道出自己的职业："其实我是给人装假牙的。"老人一时便谈论起牙科医生与义齿技工间的经济、身份差距，看来很是悲哀。他无非就是在批判牙科医生，但说话语调也并没到批判的程度。他的声音、面容始终透露出悲哀，其实就是在发牢骚。然而要说牢骚，他说的话却十分连贯，不似一般的絮絮叨叨。我当时想，他可能是个执念很深的人。

老人话题一转，开始夸耀起来：“我是仙台人。祖辈三百年前就在仙台定居。”他又说起仙台的好，之后又是一转：“我的祖先原本是土佐人，之后在伊予住过，是从伊予来到仙台的。”老人又说：“伊予就是吉田那块，我一直想去吉田看看，但是现在这个年纪，实在经不起长途旅行了。”之后，我曾去过老人所说的伊予吉田的城镇。当时天气炎热，阳光刺眼，我就去杂货店买了顶渔夫戴的稻草帽。买帽子的时候，我忽然想起那位仙台的老人，想着他或许就是山田重庵的子孙。在这段回想中，我提笔写下了这个故事。写作时我尽可能遵循了残留下来的各种史料，唯有主人公的名字改了个字。历史中确实存在的山田重庵，其原名应为山田文庵。写完这个故事后，我对那位老人的记忆愈加鲜明，更回想起了老人临别之际说的一句话。

“你确实不是牙医，对吧？”

如果我是牙医，我或许会讨厌别人说牙医的坏话。老人与祖先（？）重庵不同，活着的时候总是多有顾忌。

（《全读物》昭和四十五年五月号）

注释：

【1】chou su ga me："长曾我部"在当地的读音。

【2】仕舞：能乐演出中，主角在伴唱下的独舞。

【3】出头人：随侍主君身侧，参与政务的人。

【4】侧用人：官职名。侍奉将军身侧，负责在将军与家老中间传话，汇报意见。

城内怪奇

女人名叫义以。

元和之战结束后，难波的水渠一带，多少有些人认识她。她从不轻易让人看见自己的容颜。

义以头上的布巾几乎遮住眼睛，整个人总是垂头朝下。她以卖锅为生。

——这锅真不错。

买锅的客人即便高着嗓子称赞，义以也仍是垂着头，微微颔首。客人蹲下看锅时会顺势看一眼义以，一看就会屏住呼吸——义以实在是太美了。

义以有了个绰号——卖锅西施。顺带一提，此时的锅通常是由男人来买的。客人们通常会敲敲锅底，看锅是否有裂开，再用两只手抱着锅，看看锅的重量，最后问产地在哪里。义以的锅是罕见的备前锅。与堺市造的锅相比，备前造的锅锅耳突出，外观并不好看。然而不管摔多少次，它都毫发无伤。男人们试着摔锅时，总会盯着义以的脸瞧，她实在是太美了。

坊间渐有流言，说义以还陪男人睡觉。有人说这是谣言，也有人说她不与町人相好，但对方如果是身强体壮的徒士或足轻，她偶尔便会委身。

有一人对这种传言一无所知，他偶然遇到义以，便在她这里买锅，结果遭遇了无力抵御的命运。这人便是大须贺万左卫门。

此人名字虽十分庄重，年纪却不过二十。大须贺万左卫门出身三河的平民之家，既无氏族亦无门第，年幼时流浪到关东，在鹿岛学习古代武艺。他不只修习刀术，同时还兼修格斗术，最终练就下总一带无人能及的高超技艺。此时西边的大坂城陷落，元和元年的夏战结束，世间太平，没了战争。大须贺万左卫门没能赶上时势，不禁万分不甘，却也无可奈何。他想离开大坂，攀上门路，当个足轻头领，于是远道上京。数日前，他抵达难波。

这里不愧是天下大都。元和元年的那场战乱后，城镇虽还有些焚烧痕迹，但因着主战场在河内平野与本丸、二之丸所在的上町台地，商业地段的船场并未受到太大波及。不过据城里的人所言，丰臣家土崩瓦解后人心惶惶，从前的人声鼎沸已成旧日故梦。

为去看一眼城池，大须贺万左卫门一直行到京桥口。环绕着城池的石墙烧得黢黑，瞭望楼也零零散散地坍在四处，曾经豪华壮丽，人称唐国、天竺都未可见的五层天守阁也已消散。

自然，城主也已改换。

攻下这座城的是家康的外孙，今年三十二岁的松平忠明。那场动荡过后，松平忠明获得十万石赏赐，成为大坂城城主。其后忠明又立刻被转封至大和郡山数年，后又转封播州姬路。万左卫门前来的这个时期，忠明正全力整顿遭焚烧的城池，致力战后的城镇复兴。忠明是其外祖父家康为交托战后复兴的重担而千挑万选出来，据守大坂的大名。他品性良好，判断精准，坊间风评也不错。

不过大须贺万左卫门并不关心这些。

他来到这座城，只寻思着在此地觅个熟人。这也是有理可循。松平忠明曾经在母家奥平氏的发迹地三河作手村居住过，而那里就是万左卫门的出生地。作手村是位于三河深处三十六座山村的总称，万左卫门的故乡就是其中之一的山村——布里。他前来大坂松平家，本就是料想松平家中或许有出身作手村的武士，若是真有，自己就得和他搭上关系，抓住机会。然而，万左卫门是个浪人，难以接近城池。这几日，他一直为此焦虑。万左卫门在女人的草席前蹲下，摸摸锅底，物色着适合的锅。一圈下来，他嘀咕道："这些锅太大了。"

“我四处游历，独自过活。你这里有没有小一点的锅？”

他无意间看向卖锅的人，女人鼻梁上闪着的白光深深映入他眼中，他只觉周遭迸裂出鲜亮的色彩。

向来大大咧咧的万左卫门方才意识到，卖锅人是个女人。他再次睁大被阳光暴晒的眼睑，仰视着女人的面颊。看着看着，他竟感到令他畏惧的不幸阴影，这是为何。万左卫门心道：她该不会是个疯女人吧。

“你……”万左卫门仓皇地说道。心道女人长得那样美——他哑着喉咙：“为何要在集市上卖锅。你的亲人呢？”正欲接着问是否无亲无故，义以已快速摇了摇头。“你没有亲人啊，真是可怜。长得这么美……世上无人看顾。”万左卫门道，但他转念一想，自己与这个女人也没什么两样。空有一身好本领，却只能做个浪人，不也是为世道所累？

“还有小点的锅吗？”万左卫门问道。

女人表情微动，回道：“并无。”她说的是武家用语，这一点令人惊讶。女人又道：“您可否再等十日？小锅只能等备前的新货运到才有，因此还需十日。”

“十日。”万左卫门心道，怎可能等上十日？万左卫门宿在新护城河（不久后便被称作道顿堀川）旁的一间茅舍中。茅舍便是其后旅馆的雏形，当时只为客人提供遮风挡雨的处所，并不供应饭食，住客须自己烧菜做饭。“还得等上十日啊。”既如此，万左卫门便决定去看看堺市出产的锅。他刚站起身，女人竟出乎意料地似想做成这笔生意，又或许她原本就是这种性格，她急急断言：“备前的锅方称得上好锅。请您再等十日，我一定会带来令您满意的小锅。”万左卫门像是着了魔一般，应承了下来。

等待的十日中，大须贺万左卫门与人起了场无聊纷争。不，在旁人看来，这场纷争或许无聊，但对万左卫门而言，它却是意义重大，他为此押上了自己的性命。大坂城内有两条南北流向的运河，分别是东横堀川与西横堀川，长堀川从东西方向连接两条运河。一个叫安井道顿的奇人想在长堀川南面再挖掘一条连接东西的运河，秀吉尚在世时，他便开始挖掘，然而冬夏战役爆发，工事尚未竣工时，道顿就为报秀吉眷顾，以平民之身入城，战死沙场。战事终结后，与德川家处于敌对立场的松平忠明怜惜道顿志向，便施以援助，命道顿同族的市政官吏安井久兵卫继续当年遗留下的工事。

大须贺万左卫门抵达大坂之时，挖掘工事附近除了搬运工住的小屋，茅舍外再无其他房屋，干壕周围，挖出的青色黏土堆积成山，十分显眼。工作着的搬运工足有两千人。

搬运工的小屋内从早到晚都开着赌场，不只搬运工，松平忠明的仆役们也会聚在一块，去小屋里纵情赌博。这日傍晚，小屋内起了争斗。

一方是松平的仆役，另一方是搬运工。双方呼朋引伴，争斗很快加剧。搬运工一方足有百人，而松平家那边不过二十人，仆役们拼死抵挡，终究难掩败势。

附近的万左卫门顺手夺过一根棍棒，向着一帮人跑去，心里暗道：机会来了。他准备助阵此次争斗，顺势结识那些仆役，以此进入松平家。因为最开始就抱着这样的打算，冲入搬运工中间的万左卫门形容可怖，毫不留情地打伤了最先看到的人。

万左卫门在黏土堆上跑上跑下，棍棒起落间，搬运工一个接一个惨叫倒地。搬运工们因为这个意外出现的人阵势大乱，然而他们并不傻，不久便远远将仆役们围在中间，开始往圈里扔石头，其间又叫来一些同伴。人数很快达到三百，不多久又到了五百。他们停止投掷石块，重新整顿了一番，不多久便手里挥着运土的棍棒反击过来。这时，即便武艺高超如大须贺万左卫门，也实在无力顶住他们的攻击，尤为糟糕的是，松平家的仆役们已然乱作一团。万左卫门也准备逃离。他在一片混乱中大喊着："别后退！别后退！你们算什么武家中人？"置身乱象中，万左卫门隐隐有些醺醺然，仿若自己成了带领这群人的大将。然而他自己最终也撒腿逃离当场。他从高津上坡，跟着一群人跑入临近城池玉造口的长排房屋里，当夜便混在一帮仆役中入睡。仆役们无人识得万左卫门。

翌日清晨，仆役们入城做工。之后万左卫门起身，他脸也不洗，只呆坐在木地板上。这时沉重的大门“吱”地一声打开，一只猫踱了进来，接着又进来个人。昨夜有两名仆役与这人同行，一路上对他点头哈腰。这人将衣服下摆扎在裤腰里，身上佩着两把刀，面目厚朴，看去应有二十七八岁，手里还拿着根笛子。他走到万左卫门身边，自报家门道：“我是统管仆役的小头领，名为松藏。”松藏的身份是足轻，似乎是为统领粗莽的仆役而特意挑出的人选。他看上去十分强壮，一对狭长的双眼带着威压。松藏为前夜之事向万左卫门致谢。

万左卫门也自报家门。他特意强调了自己的出生地，对方却毫无反应。

“晚上再过来吧，我会买好酒等你。”松藏道，说完便如赶人一般让万左卫门离开了。他说买酒无疑是为了表示谢意。

顺着西边走下城池高地就到了闹市。万左卫门漫无目的地四处闲逛，忽然想起要买小锅的事，于是便向南走，一直走到街市尽头的公告牌处，再往南就是农田了。告示牌一旁是架临时搭建起的桥。这座桥在数年后得以大修，被命名为日本桥，这时却不过是干壕上拼在一起的几块踏板罢了。

义以在壕沟旁铺上草席，如往常一般坐在那里，身周是十个倒扣着的锅。

万左卫门蹲下身："我是那个要买小锅的人。"

义以手戴白色的手背套，腿缠白色绑腿。她动了动手，从背后拿出个小锅放在面前。

——就是这个？

万左卫门拿过小锅，抚了下锅身的圆弧，又轻轻敲了敲，听敲击出的声音，以此判断锅身有无裂痕。这当真是口好锅。万左卫门道："这锅我买了。"

价钱也正合适。万左卫门付过钱后，忽然意识到两人就此再无交集，不免有些怅然。

非同寻常的是，这一瞬间女人似乎也有同感。她歪着头望向万左卫门，说了句"傍晚的争斗"。看来媚态横生，至少万左卫门是这么觉得的。

"你看见了？"万左卫门不由得精神一振，声音也透出股兴奋激动，"哈哈，被你瞧见我的不良品性了。"

顿了一顿，又道："你觉得我的技艺如何？"

"'如何'是指什么？"

"空有一身武艺，却是个浪人之身，实在可惜。我一路走来，自己便有此感受。你是如何想的？"

“您是让我说吗?”

女人眼中透露出十足的不怀好意。她略作思索，不久后像是下定决心一般，低声缓缓说道：“您实在可悲。那终归只是下人间的一场争斗，您却索性以骑马征战比拟，请恕我难以苟同。”

万左卫门十分不快，他一句回应也无，抱着锅就走了。然而走出两三丁[1]后，女人的话渐渐使他心生畏惧。

(这个女人，似乎看透了我的本心。)

万左卫门心想。她从我四处奔走的双腿，从我挥舞的手臂上看出了我显露在外，渴求出仕的卑劣心思，她那双眼睛实在可怕。

(……索性……)

万左卫门匆忙折回，重又回到告示牌那儿。女人已经收起摊位，把锅堆上小车，正准备离开。

万左卫门握住车辕，默默无言地向前拉。女人也任由万左卫门帮她拉车。“是往东走吗?”女人闻言点点头。走到十字路口，女人又用手指了指方向。两人最后到了“乞丐街”长町。田间道路上排开长长的一列房屋，上千个乞丐、游方艺人、小摊贩各色人等便住在此处，义以的小屋也在其中。义以先去附近人家打了个招呼，不久后回了屋里。此时天色已暗，该点灯火了。

“你一个女人住这里，难道不害怕吗？”

万左卫门一边打亮火石点灯一边问道。女人没有理会他，不过却备下两人份的晚饭，看来她对万左卫门也并非冷漠。

饭食既毕，一种已非外人的惬意自在感化开了万左卫门紧绷的面容与内心。

“一个人住在这种小屋，你不害怕吗？”万左卫门道，“一定害怕吧。若我现在突生恶念，要抢你的钱财，应该并非难事。”

女人道：“这事你可办不到。”女子又言，这附近二十家住户皆备前民众，整个地方便如备前城镇。大家都是做些炊具活计的摊贩，但究其根源，他们都是在关原战败，甚而又在大坂之战中战败的宇喜多一族的残部。大坂之战时，他们从属浪人大将明石全登，曾想过若一切顺利，还有东山再起之机，未料美梦终究幻灭，城池陷落后，这些人也就失去了武士身份。大家由是带着炊具等，自故土备前而来，聚在一处过活。

“聚在一处？”万左卫门惊叹道。

（这条街原是如此而来。）

他又问女人：“失了城池的旧部势力定居在大坂城内，岂不是对德川家造成了威胁，城主松平忠明竟未发一言吗？”

“守官大人是一位贤明的主君。他虽然知晓却沉默以对，放过了此事。天下政治必得如此。”

女人悠悠道出充满智慧的话语，这副姿态实难令人视其为等闲之辈。万左卫门渐感低微，对女人生起敬佩之情。

（——想来……）

万左卫门转念又想，与女人同住这一带的备前人想必皆是器量宽宏，长于作战之辈，且定已经由关原、大坂之战那场大乱往来沙场，久经生死。若连这帮人都出仕无门，沦为附近一带的小小摊贩，那当今天下恐更无万左卫门之流的立身之地了。这么一想，他便忧心起自己的将来，连带着脸色也黯淡下去，情绪变得低落。

“我该当如何呢。”

万左卫门叹息一声，躺倒在了草席上。恰在此时，铺着木板的房顶上传来雨打的声音。

（——下雨了啊。）

万左卫门心绪消沉。灯火已灭，狭小的屋内一片暗淡。空气湿热，不知是因为下雨，还是方才抱作一处的两人身上发出的热气。铺在草席下的厚稻草舒服得直令人骨肉发软。男人恋慕女人，大概不是只爱她的眉眼、唇、腰，而是眷恋女人营造出的住处的惬意。总之，万左卫门大概是被这个女人住处的惬意打动，便连声音都似带上了哭腔。

“我……”

他正准备将方才的话重复一次，这时女人冷不防出声道：“我听说城里的火绳仓库那片草地上有人影出没。”女人说的话总如此出人意料。

“人？”

“不，听说是鬼魂。元和之乱时死于非命的淀殿[2]啦，右大臣（秀赖）啦，还有大野修理大人、女官、侍童都围坐在一起饮酒作乐，雨夜之时，他们的笑闹声还在云间回荡。”

“在什么地方？”

“我刚刚才说过，还得再说一次吗？”

（——这家伙）

真是个不讨喜的女人，万左卫门心道。然而他并未感到不快。

“也就是说，那是鬼魂？”

万左卫门并非头脑机敏之人。义以烦躁地说道：“我早就说过是鬼魂了。”

（——原来如此，看来秀赖大人与淀殿的怨恨尚滞留在人间。）

万左卫门心内大悟，义以却似是要推翻他这好不容易才有的领悟般开口道：“或许也并非鬼魂。”

义以似是在嘲讽这个头脑愚钝的男人：“也有传言说那

不是鬼魂。据说自古以来，公家或许恨意不灭，武家却不会如此。”

言下之意便是，世间即便有公家幽灵，也绝不会存在武家幽灵。义以接着又言道，公家的菅原道真无辜流放太宰府，死在了流放地，因而恨意难消。他的魂灵在都城作祟，引发各种怪象。天满社的出现便是为了镇压怨灵。然而有此一事是因道真属于公家，公家向来看不透生死。你看源氏一众武者中可有幽灵？武家原就以胜负定生死，即便战败赴死，他们也干脆利落。世间虽流传平家幽灵的传言，但究其根源，平家其实也是公家身份。据义以所言，秀赖是以武力一统天下的武家之子，淀殿则是近江小谷城城主浅井长政之女，这两位成为鬼魂，在夜间出没，实在有辱武家体面。

“这种事绝不可能存在，也不该存在。”义以道。万左卫门心绪混乱，十分困窘，他微感气愤：“如果不是鬼魂，那究竟是什么？”他想，怨恨也好，怨灵也罢，又有何关系？

“你觉得是什么？”

“狐狸。”

定是如此，城中少数有见地的人也是这么认为的。

万左卫门想，或许就是“狐狸”罢。狐狸诓人的恶把戏厉害得很，都传到了乡间。据说在京都与大坂的市区，每条街都有只狐狸，更何况大坂城曾遭焚毁，光景没落，大半地方都长着齐人深的荒草，树木枝叶杂乱，有些地方已与密林无异，俨然便是狐狸的好住处。每到夜晚，大概那些狐狸就会仿照曾经风光无限的丰臣家，举办酒宴，肆意欢歌笑语。

“此言有理。”

义以话里的清晰敏锐令万左卫门惭愧。

“万左卫门大人。”义以话锋一转，“我不知小卒该当如何，但若是骑马征战之人，即便只是率领一队步枪、大弓或是长枪足轻的武士，亦须对事机敏。你既已得知火绳仓库附近的怪象，难道就毫无想法吗？”

“此言何解？”

“前去驱除怪象如何？”

翌日黄昏前，大须贺万左卫门行过本町桥，不久就上了坡道。途中，他还在思索着自昨夜起便一直在想的事情。

（那女人说武家需有头脑，应如她所言。）

义以告诉万左卫门，若以自身武艺驱除火绳仓库附近的怪象，那万左卫门这个武名便会就此传开，受天下赞颂，松平家也会立刻前来延请。万左卫门自己也有同样想法，不过对手终归非为善类。

（狐狸没什么可怕的，但貉、狸之类据说可迷惑人心。佩带佛珠的修行者尚且不论，却不知我们武者会否在这上面着道。流派里也没教过什么对付狐狸的法子。)

当然，这日傍晚万左卫门要去的并非狐狸出没的那处，而是松平家仆役居住的长屋。那个叫松藏的小头领应该已买好酒等他前来了。距约定之日虽晚了一天，应该还不打紧。

(比起驱除狐狸，从松藏那边入手更为稳妥。)

与其把出仕的梦想寄托在缥缈的驱除狐狸一事上，倒不如与实实在在的松藏这个人处好关系，打开门路。

万左卫门上到坡顶，到达长排房屋前，只见道上散了一地草屑，大概是卸过什么货物。仆役们正在做清扫，松藏也在其中。

松藏挺着胸脯，正在督促仆役干活，随身的大小刀水平绑在腰间，正是时兴的佩带法。他将短袴高高挽起，露出里面的兜裆布，袒露出像黑松树干一般宽厚的双脚，整个人看上去力气十足，能镇住一帮仆役。若生逢其时，这个人该不会安于现下，只做个小小的仆役头领。

松藏没有理会万左卫门的寒暄，既不出言问候，亦未点头致意，仍旧勒令仆役们干活。万左卫门其后方知缘由。原来这日傍晚，主公松平忠明参拜完四天王寺，于归途中突生一念，经由这条道回了城池。他提醒家老，说是道路上散着草屑，家老便叫来兵头责骂一番。之后，兵头又把长枪交由奴仆，自己策马赶到长屋，骑在马上唤出松藏，令他当街下跪。兵头的怒骂声有如雷鸣，他将松藏大力训斥了一番。兵头走后，松藏绑了七八个仆役，狠狠暴打一通，然后勒令他们清扫道路。万左卫门来得正不凑巧，松藏这时心里很不痛快。

“万左。”松藏直呼其名道，“你可还算得上武士？”

“嗯？”

“你为何未如先前所言，于当日傍晚前来？一个连口头约定都不遵守，只一身装束似是武士的人也算得上武士吗？”

万左卫门怒上心头，然而他不屑以谎言搪塞，于是据实以告：“是因为女人。那个女人愿意陪我过夜，这是我的幸运，怎可拒绝。我最后便去了那女人住的小屋。”松藏沉默了，此种情境下，沉默寡言反而更显强势。

“松藏。”万左卫门亦直呼其名，“酒还在吗？”万左卫门最终放低了姿态，言辞有些讨好之意。他对松藏露出笑脸，松藏沉默地点点头，把万左卫门让进屋内。

一室的饮酒作乐就此开始。酒液清亮，映出杯底，该是只供有钱人、大名享用的美酒，而更令万左卫门惊讶的是，在这个长屋的世界里，足轻身份的仆役头领——松藏，俨然成了一位王者。

松藏只需出口说句“下酒菜”，粗莽的仆役（俨然跟班）们立刻犹如忠犬般跑向别处，不久后便带来干鱼等物。说是带，也不知是在街上敲诈还是偷盗而来。

“酒温得如何了？”

松藏心情转好。室内角落，有仆役正在生起的火上烫酒。不久后松藏挥手，像赶苍蝇一般遣散众人，一众仆役便缩起身子，恭谨退下。

（真了不得。）

万左卫门心有感触：这或许也是权势使然。他开口叹道：“你这作派真如大名一般。”

“倒是有些相似。”松藏道。据松藏所说，正如大名要给武士分配几百石土地与几人份禄米一般，他也要依据自己的裁夺，把从兵头那儿拿到的米粮与工钱分给下边的仆役，得其赏识的会多给一些，有时松藏还会抽些银钱攒起来，借给赌输的仆役，如此又能得些利息。

“可见让下头人不服出声的人是没法当好头领的。做头领必得有些手腕，要能镇住下面一帮人。”

“你这个人很豪气。”

万左卫门的这句称赞是为谢松藏请他饮酒，未料松藏冷眼纠缠：“什么是豪气？”他微有些醉意。

“世道颠倒混乱，豪气又能如何？”

（颠倒混乱？）

万左卫门不得甚解，然而闻得松藏其后的申论，他亦感忧心。原本各个武家内，上下皆从武，足轻亦属兵员。身为杂役夫的松藏，战时须运送行李、粮草，平时则处理一应杂务。现下元和之战已过去数年，武士们的腿骨早已羸弱，心性消沉，与此相对，仆役们却依旧强壮矫健。

“因为我们仍在赌博。”松藏道。

战乱时武士们喜好赌博，上了战场也要赌，没了赌注就去下一个战场攫取。他们总是囊中空空，身无金银，平时的生活也是一穷二白。在武士眼中，人之一生不过胜败、赌博，恍如泡影，他们因而能够活得潇洒，了无牵挂。而现在世道平定，武士开始讲求风仪，爱惜身家，他们不再豪赌，而仆役还在日复一日地赌博。赌博自是有输有赢，输赢不定锻造了仆役的胆魄。若战乱再起，那时却不知武士与仆役孰强孰弱。

“战事会再起吗？”万左卫门试图转换话题。

“起或不起无关紧要，即便再有战事，我也还是个仆役头领，做不成什么事。”

松藏面上现出沉醉之色。

“即便有战争，我终归也无法上战场。这世道早已混乱无常，我有时想到这，就想一把火烧了这座城。”

“既说到大坂城……”

万左卫门竭力转换话题，想要探听女人所言的怪象是否属实。在火绳仓库那片草地上是否真有鬼魂出没。

“确有此事。”松藏大声应道，声音震落了墙上的尘土。他调了调坐姿，脸色一阵青白，像是变了个人，样子实在好笑。

（竟是如此胆小之人）

当然，万左卫门自己心中也有畏惧。据说怨灵也会降罪于闲言碎语的人，如果那真是秀赖的怨灵，松藏此时悄悄调整坐姿，大概就是为了免于被怨灵缠上。万左卫门忘却了自己的恐惧，先在心里看低了松藏，认为他不是什么了不得的人物。此时松藏开口道：“我……”说完又沉默了一阵，脸上仍是没有血色，不久后松藏接着又道：“我见过那东西。”

听闻此言，万左卫门不由得一阵狼狈。

“是吗，你见过？”

万左卫门压低声音，把脸凑近松藏，他不由得也觉出恐惧，不久后却又重归平常。他认为松藏是在虚张声势。

“我啊，”万左卫门放下酒杯，“我有心驱除怪象。一切应该是狐狸所为，我会以一身武艺逼它现出原形，然后将它斩作两段，把我的威名传到天下。此事……”

他突然顿住。激昂之情退却后，清冷的醉意突然袭来，万左卫门感到一阵悲凉，他接着道：“此事便是我唯一能做的事了。”说完垂头哭泣起来。这个生不逢时的武者知道，这便是自己崭露头角的唯一路途了。

“求你了。”万左卫门道，“求你帮我个忙，放我进入城池内吧。”

“你要入城啊。”松藏道，他脸上现出凝重之色，之后便是一片静默。松藏兼任着八町目宫门的守门一职，每三日轮值一次。当值时，他仍是一众守门人的头领，有放人进门的权力。然而事情一旦败露，“咔嚓”，松藏出声道，同时拿手比了比脖子。万左卫门武艺高强不假，但若为帮他丢了项上人头，那也实在太不值当。

“不，松藏大人，你想错了。你先前说这世间颠倒，现今的武道不见于武士，而见于仆役。你的话打动了我，因而我才邀你一同前去。”

“嗯？你邀我一同前去？”

“这是自然。试想看看，仆役头领和浪人挥起武士刀，斩杀怪物原形，双双武名大盛，震惊松平家的一众武士。如此一来，你将立时获得提拔。”

“获得提拔……”

松藏喃喃自语，苦苦思索。万左卫门所言非虚，然而放浪人入城毕竟存在一定风险。要去火绳仓库，沿途不只经由松藏守着的八町目一个城门，前方还得再过一道门，到时该如何通行呢？即便顺利过了那道门，又赶走了狐妖，自己还是确确实实犯了事，到时说不定就会被砍头。然而虽是如此，万左卫门的这个提议却实在难以舍弃。

“容我考虑一番，你三日后再过来。”

为岔开话题，松藏用手指了指万左卫门身后，那里放着个圆圆的包裹：“我刚才就看到它了，里面包的是头盔吗？”听到松藏说头盔，万左卫门笑了起来，他有心从刚才不能见光的话题转向明面可谈的话题，于是开口道：“哈哈，里面是口锅，是我从先前提起的女人那儿买来的。”他说完拿过包裹，打开给松藏看。

松藏拿过那口锅，放在膝上细细端详。那虽是口小锅，锅底却深如杂贺出产的钵。“这锅的重量、手感都不错，铸件接得也很好，不像是普通的锅。万左卫门，这可是产自备前？”

“你眼光不错，真叫你说中了。”

“那就是说……”

松藏的眼色俄然严峻起来。

“你说的那个女人，莫不是在道顿所挖的沟壕旁摆摊卖锅的女人？”

“你猜得没错。”

万左卫门愉快地回道。

“我知道了。”

松藏再未多言。

雨仍在下着。

第二日傍晚。松藏头顶草席，跃过一个个水洼，在路上奔跑。在这个时代，伞只在贵族和僧人的仪礼上方会用到，松藏自然是没有伞的。他将草席边卷在刀柄上，和服便装的后襟掖进腰里，刻意露出里面的兜裆布。

“你觉得那个勇武的男人如何?”

游历的年老武士伫立在安堂寺桥畔，朝身边的年轻武士问道。这句话也传入了奔跑着的松藏耳中，但他未有停留，径自跑了过去。松藏跑开后，年老武士道:“由他的动作便可见其资质，若是在过去，此人该是最好的长枪高手。”然而松藏并未听到这句话。即便他使得一手好枪法也是无用，当下四海平定，既无骚乱亦无外敌，被后世赞为“元和偃武”。松藏奔在平静的街道上，要去到女人那里。他心中怒意翻腾，脚下打了个滑。此时恰正行到宗右卫门町一带，这里正在进行开挖沟渠的工事，挖出的泥土堆积成山。松藏从泥土山上一路滑进了空沟，他站起身来，就着水洼里的水洗了洗衣服和兜裆布，顺便又掬水泼向沾满泥土的股间，稍加清洗了一番。

(义以这浑蛋)

松藏又想起了义以，他一直深信义以是自己的女人。然而没想到，那个关东来的邋遢男人也得到义以青睐，还与她共度一夜。松藏洗完股间，重新穿上拧干的兜裆布，用草席包起衣裳与大小武士刀，再度奔跑起来。义以居住的长町就在现今的日本桥六丁目一带。抵达长町时天色已黑，该点灯了。松藏毫不费力地找到义以居住的小屋，大力拍着门，简直要把门拍碎。

——谁呀。

义以的脸迎头出现在门边。松藏强拉开门，上前就是一拳，打在了义以的小脸上。义以跌到地上，却没有叫嚷。她的眼里亮着光。

松藏仍旧立在原地，紧盯着义以双眼。这个处事巧妙的男人忽地喘了口气，转过身慢悠悠地脱下兜裆布。义以心有憎恨，却慑于他的气势，不敢言语。

为防邻人听到，义以刻意压低声音，冲着松藏身后叫道："你给我出去。"松藏故意哼着歌，抬起双手，把脱下的兜裆布挂到门闩上。

"我只是来晾兜裆布的。"

"在它晾干前，你又要做什么？"

义以问了句愚蠢的话。松藏转身笑道："外边在下雨呢。"现下正是五月，屋内也带着潮气。

“等它干还得一夜，晾两夜也没关系。”

义以被迫给松藏做了饭，又陪他就寝。虽是同床共枕了，她心中的怒火却还未平息。义以狠狠咬了松藏的左臂，牙齿嵌入肉里，鲜血渗出。松藏却浑不在意，继续动作。最后义以也被他带动，嘶声呼喊：“我可不再是我了。”她的防线终于崩溃，就在那一瞬间，义以似是显露出了原本心性，她埋在松藏身下，像只小猫般使劲擦脸，不断哭叫“情人儿，情人儿”。

松藏轻蔑道：“嗯，你原就该这样。”

义以好几次觉得自己快要死了。一切结束后，松藏抽身离开。迷乱的义以扭转身子，伸手恳求道：“你别走了。”

松藏平静说道：“我必须走了。”他起身下地，拿起门闩开门，走了出去。雨水击打在屋顶，房檐上滴落的雨滴连成线，宛如瀑布一般。松藏弄湿头发，蹲下身来，用雨水冲洗胯间。不远的暗处传来声响。

（——是狗吗。）

松藏仍旧蹲着，眼光投向潮湿的暗影处，他感到隐在那里的并非狗，应该是个人。松藏感觉敏锐，胜过其后住在这一带的人。他断定暗处应该藏了个人，于是向着屋里大声喊道：“义以，给我拿盏灯过来。”不久后，不知其意的义以提了盏灯出来。松藏接过灯盏，照向自己雨滴飞溅的胯部。

——让你看看。

松藏故意向着暗处展示胯部，他认定对方必是垂涎义以的男人，便用这个方法宣示自己的主权。松藏出声笑道：“别再过来了。”

边说边进了屋内，松藏用脚趾夹起门闩，踢着关上门，问义以道：“义以，你可看见了？”

“那人可能就是大须贺万左卫门。即便不是他，也不会再有别的男人靠近这里了。”

义以暗道松藏自作主张，她已经清醒过来，回复了往常本性（却不知哪个才是真正的她）。义以心道松藏太过自以为是，与谁相好该由自己决定，没道理要受松平家仆役头领的阻挠。

“你是娼妓吗？”

“啪”的一声，义以出掌给了松藏一耳光。松藏苦笑起来，有些无奈。松藏自己也知道，义以从未为钱财出卖身体。

（——索性便嫁了这人）

义以心想。她之前也多次这么想过，却又觉得松藏缺乏男子气概，自己的丈夫应该正在某处，一步步朝自己走来（她也曾想过，那人会否便是大须贺万左卫门），有了对未来的这种期待，她便痛恨起爱慕松藏的自己。但现在除了嫁给松藏，她已别无出路。方才在檐下，松藏已向着暗处（就是向着全天下），以那种方式宣告了对自己的所有权。附近众人大概已知晓此事，万左卫门应该也已知晓。

“只能如此了。”一头长发的权谋家小声说道。

志得意满的松藏问她：“你说什么？”

“说你呢。你给那人看了那处，我现如今只能嫁给你了，否则难有立足之地。”

“你不愿意？”义以用上臂缠住松藏脖颈，同时却又想，要是这个眼里只有我的粗俗男人说了愿意，我又该当如何呢？诚然，这个男人膂力过人，也有些胆气，但他的豪放终归只到足轻层次，再怎么变，他将来还是没有晋升武士的可能。

万左卫门应该还有机会。万左卫门虽为人笨拙，不够机敏，做什么事都稍有滞涩，但比起松藏，他性格更加沉稳，气度更高，这种人往往更能碰上获提拔的好运。义以陷入思索，掉进了全然空虚的旋涡，她觉得两人均非良配。自己这样的女人，若要舍弃卖锅的营生嫁作人妇，那就必得嫁个与自己真正相配的人。万左卫门也好，松藏也罢，两人都还衬不上自己。

义以开口道：“刚刚的话只是玩笑。”然而她终归感到有些不甘，于是绞紧了围在松藏脖子上的胳膊，将唇贴近松藏，咬着他硬如骨头的耳垂低喃："我喜欢你。"就这么几个简单的动作，对她服服帖帖的松藏瞬间情欲高涨。松藏气息大乱，如同风箱般大力呼吸，他再一次按倒义以，对她说道："我也同你一样，做我妻子吧。"

"容后再谈。"义以冷静地说道。

"容后是什么时候？"

"我先前说过了，你必须晋升为武士，在那之后，我便……"

"我便做你的妻子。"义以犹豫着说道。松藏当即回道："此事实是强人所难。"现下这个世道，获得提拔的希望十分渺茫，松藏几乎已对此断念。义以的声音冷了一些："强人所难？我看非也。"她回到了平素所用的武家用语，"你觉得强人所难，才会认为此事无望。只因你并无实际行动。"

"有什么方法呢？"

若把建有城池的上町高地比作一头蹲伏的牛，那么大坂城就位于牛头，牛臀附近是四天王寺，连接两头的牛脊就是道路，道路北方的尽头是八町目城门，松藏便在那当值小屋里。

这日午后，大须贺万左卫门走在路上。路东边是一家小小的修行寺院，从属于京都的圣护院。在那里交纳合适的钱财，便能成为最下级的山修僧人。若言明自己要去京都的爱宕、贵船或是大和的大峰、吉野山拜谒，则在俗的信徒亦可当即入寺修行。

三日前，松藏接受了万左卫门的提议。那一日，万左卫门如约再度造访，松藏面色红润，说话声也劲头十足："啊，万左卫门大人，可叫我好等。"他拿出酒来，热情款待万左卫门："我已下定了决心。咱们共同杀了那狐狸，弘扬武名吧。"其后，两人商定了行事方案，其中包括要让万左卫门作修行者装扮。依松藏所言，放浪人入城是无可辩驳的重罪，而如果是为制服鬼怪放进了修行者，上面的人即便认为他擅作主张，也还是能容忍以对。虽则仍是有罪，但可算作情有可原。

万左卫门朝城池走去，沿途仰望着晴朗的北方天空。他想，雨季里这罕见的晴朗天气，应该也预示了自己的前途。他感到意外，自己竟没有丝毫不安。

不安的人是松藏。他在城门边的轮值小屋里坐立不安，看到一身修行僧装扮的万左卫门从路边走过来时，松藏心道这人真的来了。他生起一股悔意，像是饮酒过量后做了个不经思考的决定。虽然心事重重，松藏还是先让万左卫门进了城。万左卫门走在城内，松藏自然也与他同行。到火绳仓库所在的高地还须再过一道门，两人登上几级石阶，到了另一个城门。万左卫门向守门头领施了一礼，拿出按了印记的木牌，还出示了松平家管理库房的田代喜左卫门亲笔所写的信件，信中请他前来祈祷驱怪。自然，印记与信件都是松藏伪造的。若之后事态恶化，仅这两项罪就足以让松藏难逃斩首刑罚。

“您辛苦了。”

守门的头领回以一礼，同行的松藏见此未觉心安，只觉得自己已没了回头路，他的心绪愈发沉重。万左卫门却一派怡然，他登着石阶开口道：“烧得真厉害啊，连石头都破败了。”万左卫门四处张望着这个由日本人建造起来的最大堡垒，更觉其破败随意。两人最终爬上火绳仓库所在的高地。

高地上是一片宽广的草地，站在草地边缘，不止城下的街道，便连北方遥远的北摄山都入目可见，向东能看到生驹、信贵的绵延山峰，向南能看到二上、金刚的层叠山峦。

火绳仓库似是废弃已久，墙皮脱落露出毛坯，瓦上野草横生，唯有大门庄重森严，门锁锈迹斑斑。

“在这里等到晚上吧。”松藏道，“离天黑还有很久，你可以先在草丛或什么地方睡一觉。我先去守门了，晚上再悄悄过来。”

“那就这么办吧。”

独自一人置身草丛中，万左卫门多少有些不安，然而却只得忍耐。

松藏离去了。

说是要睡一觉，等松藏前来，然而昨夜下的雨打湿了地面和草叶，连坐着都成问题。想去火绳仓库的房檐下小憩，房檐却短小逼仄，檐头的瓦片又早已坍塌，檐下亦是一片湿润。万左卫门伫立在草丛中，头顶远远有老鹰盘旋。离日落大概还有五个小时，这么长的时间，他就一直站着，什么也没做。万左卫门与流逝的时间斗争，疲劳愈重，却还是一直站着，这么做的最终目的是要驱除鬼怪。在人类的一切举动中，这种举动或许最为愚蠢，然而万左卫门却不这么认为，他在这件事上押上了自己的命运转机。

日暮时分，万左卫门发现了海的踪迹。西面升起雾气，映射出白光，万左卫门初时以为发光的就是雾气，等到夕阳映照雾气上方，他定眼望去，方知发光的是海。此时的万左卫门疲惫不堪，他撇开顾虑，直接坐上草丛，屁股湿了一大片，疲惫却仍未退散。没过多久，万左卫门伏上膝头，进入梦乡。睡着之后，他的姿势也渐渐放开，一时横卧，一时则又仰躺。

不知过了多久，一阵湿意爬上面颊，万左卫门醒转起身。四周一片漆黑，没有一丝星光，天上开始下起雨来。

万左卫门身体发冷，冷过一阵后又出了身热气。他全身绵软，好容易才站起身，伸手摸索着前行，不久便走到仓库墙边。“找到了。”万左卫门心道。仓库自然原本便在那里，心里虽清楚，万左卫门还是要确认一番，以求安心。因为他觉得若是没有这个仓库，鬼怪就不会现身。万左卫门摸了摸门锁，或许是因为手掌太热，铁锈的凉意竟令他一阵舒畅。松藏没有出现。

鬼怪也没有现身。

一身山间修行僧装扮的万左卫门茫然立在雨中，似乎站在这里才是他此行的目的。许是太过疲惫，他的头脑也变得迟钝，认定松藏不会失信于他。

万左卫门心想，那人并非宵小奸猾之辈。自然，那个雨夜，亦即松藏蹲在义以的小屋门外，宣示自己对义以所有权的那个雨夜，万左卫门并未去到长町，自然也无从知晓松藏与义以之间的事情。相较义以对万左卫门所持的百般思绪，万左卫门对义以并未多想。他只将义以看作自己人生道路上的一位贤者。义以为站在十字路口，思绪迷乱的万左卫门指出了人生方向。这所谓的方向，自然就是驱除出没于火绳仓库那片草丛的鬼怪一事。

（松藏真会磨蹭。）

万左卫门身体开始打战，这不是因为恐惧，而是一直淋雨使他体内的温度渐渐升高。万左卫门感到寒冷，下巴直打战，连牙根都合不上了。

时间一分一秒地过去。从日暮时分算起，万左卫门等了应有六个小时。渐渐地，他意识模糊起来，仍旧失魂落魄地立着。现下妖怪现不现身倒无甚紧要，万左卫门自己就成了个妖怪。

在这个男人意识不清的大脑里，秀赖的怨灵早已现身，蜡烛的暗淡光线也映照出了淀殿的身影，她身穿鲜艳的金银丝线织成的衣裳，从方才起就数次出声与万左卫门交谈。丰臣家的管家大野修理也在，其母大藏卿局，弟弟主马也都出现了。一众女官也在，其中还有义以。

然而，或是因反应已经迟缓下来，万左卫门虽想着要驱除一众怨灵，心里却没有半点干劲。他仍旧站在雨中，没有理会那些鬼怪，意识里只记着与松藏的约定。

松藏没来前不能斩杀他们，我应与松藏并肩作战，共同弘扬武名。万左卫门正这么想着，眼前无尽的黑暗突然被一个声音撕破，现出扫帚尖般细小的一点灯火。灯火渐渐近了。

“是我。”松藏的声音从雨中传来。他身上披了件蓑衣。松藏平常的举动往往也是心怀恶意，然而他还是没有想到等候在原地的万左卫门，看起来竟如此悲惨。事实上，他这时也仍然没有注意到这一点。松藏只想着各道城门都会关闭，因而须在落日前让万左卫门混进城内。仅从这一点上讲，松藏认为一切都在按照计划进行，进展情况也十分顺利。而万左卫门自己却没那么顺利。

“如何，鬼怪现身过了吗?”松藏凑上前来低声问道。

万左卫门微微颔首回道:“刚才就现身了。”现身在他自己的脑内。

万左卫门的回答令松藏心生恐惧。松藏虽为人豪放，却似是生来便不乏丰富的想象力，他十分畏惧鬼怪，在这一点上完全不及万左卫门。松藏贴近万左卫门，用难以辨听的细小声音道:“它们现在还在吗? 在哪儿?”万左卫门叙说起详情。

他一副确有其事的样子说起，那屋子有一百叠那么大，无数盏烛灯散发光芒，托盘外的那层漆上闪着螺钿的光。秀赖坐在面积十叠的上首，旁边是淀殿。

“好，现在修理大人站起身了，他开始跳舞了。”万左卫门大声说道。

松藏惊得跳了起来，万左卫门的样子实在可疑，看来作祟的应该不是鬼魂，而是狐狸。“我可不会上当，你们别过来，别过来!”松藏不断转向暗处的各个方向，竭力大声呼喊，想要以此威慑作祟的族群。松藏还大声叱责同伴万左卫门。万左卫门茫然起身，实在太冷了。

“万左，你到底在干什么？你忘了武士刀吗，怎么不拔出来？”

“我倒真给忘了。”

听到松藏的叱责，万左卫门恢复神志，煌煌闪耀的一片烛灯瞬间消失，秀赖、淀殿、大野修理也都不见了踪影。万左卫门持刀砍向修理方才跳舞的地方。受他的勇猛鼓舞，松藏亦横生勇气，大声喊道：“万左，它们是在那儿吗？”松藏又跳又叫，十分吵闹。就他这个吵嚷的架势，即便真有群狐狸住在仓库底下，此刻怕也定难忍受喧哗，逃向了别处。

雨势转小。

没过多久，雨停了。

雨停本是极常见的气候现象，此刻却与高地上两人的命运紧密联系起来。

从火绳仓库所在的高地下十五级石阶就是道路，道路拐了个弯，又有二十五级石阶。下了台阶，附近是一道城门与一排守门人住的小屋，小屋的屋顶铺着木板，不久前还因为雨滴敲打，陷在一片雨音中。雨停后，附近一片寂静。守着这道门的小头领叫服部治平，带着三个手下。

"喂。"治平看着另外三人，压低声音道，"你们听到了吗，上面有声响。"治平为人十分沉稳，"你们听到响动了吗?"

三个守门人各个脸色发青，狠狠点头道："听到了，简直都传到天上去了。"三人回想街头小巷的传闻，都觉得那个传言应该属实，服部治平自然也这么想。不过，他毕竟是个头领，与另外三人还是有些不同。

"总之，应该就只是狐、狸之类弄出的声响。"

治平此言意在安定人心。不仅如此，他还有意一探究竟，让服部治平这个名字引发松平家众人的关注。

治平平静地下达指令。他让一人跑到下个城门，四处奔走告知，另一人留守原地，最后一人则随他前去，一旦自己有个万一，也好将消息知会众人。

吩咐完一应事宜后，治平即刻从木板墙上拿出三间产的长枪，又在腰间挂上提灯，"大家听好了，各人做好各人的事，不许出岔子。"说完就策马向着暗处而去，一个人立刻跟上了他。治平登上石阶，伴随而来的声响有时像是从云端掉落而来，有时又隐去，未能入耳。雨总算停了。云团的一角似乎是包住了月亮，被染成了黄色。

治平终于上了高地。他隐匿进草丛中，准备先作一番观察。没过多久，月亮出来了。两个在草地上跑来跑去的男人落入治平眼中，但这两人是何人，在此地又意欲何为，他却完全不能理解，只确定他们不是妖怪。从治平的立场出发来说，二人入侵了城堡，作为守卫城门的人，他必须将其抓捕，或是当即杀掉。

治平细细叮嘱跟过来的手下，让他赶快叫帮手来。此时，治平若考虑到自己的安危，就该静待帮手到来，然而如此一来，自己却也失了立功的机会。

治平鼓足勇气，在草丛中站起了身。他摆好手中长枪，用尽气力连呼数声："来者何人？"声音若不够响亮，则气势亦会随之衰败。然而此举或许反令治平陷入了危境。大须贺万左卫门是一名武者，多年经受与敌对战的训练，由此全身皆带反射能力，宛如弹簧一般。治平的大喝激起了万左卫门的反射。

万左卫门举起武士刀，向前跃开数步，两招后便瞅准时机，弓腰大力砍向治平，口中唤了声"狐狸"。治平左肩受创，昏倒在地上，其后还是保住了一条性命，但当时的松藏却以为他已死亡。

服部治平出现之时，松藏已经清醒过来。治平与他同为松平家仆役头领，松藏心想，事情有些棘手。

松藏想起了义以。如果斩杀狐狸，弘扬武名一事未能成功，自己便会因助万左卫门潜入城中而遭受斩首刑罚，丢掉性命。

当时义以直言松藏愚蠢：“有了替死的背面骰子，如果正面还不能出人头地，那就算不得一场有价值的赌博，你再考虑周全些吧。”松藏当时也曾求教义以，如何方可保万无一失，而义以却似是到底觉出了可怕，之后就缄口不言了。其后松藏便自己思索，时至此刻，松藏终于发觉，当下就有一个绝佳的万全之策。

——杀掉万左卫门。

行至此地步，松藏再度思考起自己先前考虑的问题。这个叫大须贺万左卫门的蠢人已经搞砸了斩杀鬼怪一事，计划夭折，晋升机会永久不再。此时的松藏回到了看守松平家八町目城门的仆役小头领身份上，出于警备城门的职责，松藏必须斩杀潜入松平家内的万左卫门。若是杀了万左卫门，非但自己的职务得以保全，自己的名头也会就此传开，还会一跃成为武士。松藏由此为今夜之事作了第二手准备，现在也该进入第二个阶段了，同僚服部治平已死，自此更无后顾之忧。

“大须贺万左卫门！”

松藏再度怒吼起来：“你私自潜入城内，意图盗取财物，真是胆大妄为。我职责所在，必要将你斩杀！”松藏怒吼着，突然又想到自己需要证人。这个突如其来的考量令他暂缓了动作。松藏需要证人，以证明自己尽忠职守，斩杀了窃贼。

“有贼闯入，速来捉拿！”

松藏奔走在高地边缘，向着下方呼号，奔走时还不忘架好刀刃，以防万左卫门发难。

起初，万左卫门尚未领会这个出乎意料的转变，只呆愣地看着状如癫狂的松藏，然而随着石阶附近的嘈杂声渐近，他终于回过神来，明白自己遭到了松藏的背叛。

然而奇怪的是，万左卫门并未因此怒意翻腾，他实在是太疲倦了，身上冷得厉害，身心像是皆已脱离了控制。便在这时，高台上聚起许多人来。

松藏激愤难当。

他向着众人大声开口，先是自报姓名，随后简单叙述了一下事情经过，讲完后，他转而大步走到万左卫门身前。

万左卫门得杀。

两人挥刀展开厮杀，不懂武技的松藏胡乱挥舞着武士刀，而万左卫门虽已力竭，身体却还能循本性而动。“叮叮当当”地打过两个回合，万左卫门上前一步，一刀砍在松藏肩上。

万左卫门心里涌出欢喜，觉得自己的武艺在这一刻得到了彰显。

“各位都看到了吧。”

他向着组起枪阵，将自己团团围住的众人高声夸耀道。

“我乃三州浪人大须贺万左卫门。”

万左卫门报了三次姓名，而后挥刀冲入枪阵，想要破开包围。他手中有感，应是砍倒了两三个人，然而他自己却也负了伤。万左卫门挥着长枪大喊：“即便负了伤，我大须贺万左卫门也还是日本第一高手。”他穿梭在刀光剑影中，不断转变方位。突然，变故陡生。

万左卫门感到身体一轻。

他整个人飞了起来，速度迅捷，不由便觉得自己似要一直飞到云间的月亮上去，不过这或许是万左卫门留在人世间的最后一个错觉。他从石墙上一路跌落，狠狠摔在内护城河水畔，引起一阵巨大水声。万左卫门成了具空壳，开始静静下沉。仍徜徉在虚空中的意识则愉快地想着，忙碌挣扎的生活终于要结束了，过去活在人世的自己竟能如此苦苦挣扎，实在是不可思议。

第二日是久违的晴天。

义以照旧坐在沟渠的挖掘工事附近，将锅在草席上排开。

她用手巾遮住面颊，略略低头的样子也与往常无异。

消息灵通的男人叫住一帮挖渠的帮工，告诉他们一则传闻：“听说了吗？今天早晨，护城河里漂上来一具浪人的尸体。”义以姿势未变。

万左卫门站在草席前。

不久，万左卫门蹲下身，似是说了句想要什么样的锅。他随手拿起一只锅，摸了摸锅底，陷入苦思。

自然，义以是看不见他的。

义以身边的是万左卫门的意识，他的身体正躺在距此十几丁之外的护城河边，上面盖了张草席。

“义以。”

万左卫门最后开口道：“有没有小一点的锅？”

（《小说新潮》昭和四十四年四月号）

注释：

【1】丁：区划单位。

【2】淀殿：本名浅井茶茶，秀赖生母。

貂皮

播州宍粟郡山间，三条溪流汇集形成揖保川。揖保川水流湍急，浪头不断奔涌，一直延伸到有播州平野之称的龙野。

晨昏时分，龙野常生起浓重的河雾。此地出产挂面，旧时亦曾为五万一千石的胁坂氏城池所在，因而广为人知。时至今日，城池已不复存在，料想旧日光景，当是白墙掩映的大好风光。

胁坂氏是丰臣一派的大名，德川时代仍幸存下来，一直延续到维新时期。然而，他们未曾推动历史，无疑也并无推动历史的想法。

十一代将军家齐之时，江户风传一则打油诗："和尚吓一跳，貂皮又来了。"说的便是当时的胁坂氏家主，淡路守官胁坂安董。此人年仅二十三即出任寺社奉行。当其时，寺院腐败，僧房淫靡之名盛行，这个能官于是调查实情，尽数揭露处置，震慑了整个日本的僧侣。及至后来，他再度担任寺社奉行，便是"貂皮又来了"，僧侣们战栗不安。诗中讽刺的正是这个现象。

何谓“貂皮”，此间有个因由。胁坂家家主的仪仗行列前常立两杆长枪，右边那杆长枪的枪套是公貂毛皮，左边则是母貂毛皮，毛色澄黄，鲜亮非常，便连江户与东海道一带的百姓亦晓其毛皮之美，“貂皮”由是成了胁坂氏的代名词。貂皮枪套始自初代家主胁坂安治，其后沿袭传承至今。此处顺带一提，貂这种动物从属鼬科，体型远超黄鼠狼。夏天，它们的毛呈黄色，其后会渐渐转为暗褐色。貂擅捕老鼠，它们捕鼠时悄无声息，只紧盯猎物，老鼠便如同被施了定身咒般，动弹不得。

以貂为家族象征的胁坂氏，在丰臣、德川旗下的众大名中极不起眼。这个家族处处也与貂一般，向来不露锋芒。

第二代家主胁坂安元，号八雪轩，活跃于关原之战至大坂之战、德川初期年间，是当时罕有的擅作和歌之人。三代将军家光掌权的宽永年间，幕府发起大规模调查，为众大名与旗本编纂宗谱，这确似太平年间方有余暇可为的事业。德川一派的大名家系着实可疑，其祖先几乎都是借着战国风云迅速崛起的底层平民，然而大名之家断不可有此等过往。他们便将宗谱适当改动一番，而后上报幕府。因着幕府的此项举措，宽永至宽政年间，编写宗谱一事大为盛行，不只大名，士农工商尽皆编纂起宗谱。现今日本人的家谱内，凡记载祖先为源氏或藤原氏的，九成以上都不属实，这些家谱大多便出自这个时代。胁坂也须编制家谱，为其代笔的是幕府学问所的大学头[1]林氏。大学头在江户城内叫住胁坂，预先探知其意："敢问您家祖先是源氏，还是平氏、藤原氏？"

八雪轩答道："我家远祖似是出自藤原氏。"

他只说"似乎"，而非断言"先祖乃藤原氏"。由此可窥其性格。不过藤原氏这个公卿大族，早在很久前就分为了北家和南家。大学头就不得不再度询问胁坂氏是北家还是南家。

"我写给你看吧。"

八雪轩拿过纸，即兴写下一首和歌。

"北南两分家，未知归何处。缘该有迹循，藤原后世孙。"

这便是说自己不知出自南北哪家，只是因缘所在，自称藤原后世罢了，望林氏能行个方便。

八雪轩的父亲是胁坂安治，人称甚内。胁坂甚内正是借着战国风云，挣下了一份微薄家业。藤原北家也好，南家也罢，所谓血统不过是闲人茶余饭后的谈资。血统平凡的甚内浴血奋战，建立起了胁坂家。至于血统，青年时期的甚内曾自称源氏后人。

甚内声称自己出身近江。

——吾之故里乃近江浅井郡胁坂庄。

然而，近江如今已没了胁坂庄一地。令人惊讶的是，明治以前也未有胁坂庄这个地名。更甚者，战国时期或许也无此地。所谓“胁坂”，可能是村民随口所言的名称，只在那个村内通用。不管实际情况如何，近江境内没有一座村庄有相关传言，说自己村是胁坂中务少辅安治的故里。可见尚在近江时，甚内身份是如何低微。

据说甚内原为六角氏（佐佐木氏）家臣。六角氏与京极氏同为近江的室町大名，血统纯正。后有织田信长于尾张崛起，侵占近邻，不久后他为控制京都，意欲攫取通往京都沿途的近江。信长率大军包围了六角氏所在的观音寺城，发起猛烈攻击。其时，甚内的父亲倒戈相向，改投攻打一方的织田军旗下。然而他的倒戈并未引起任何话题，亦无人声讨其行，可见其身份之低微。甚内的父亲应是乡间武士，名为外介，于攻打观音寺之时战死。

当时的甚内仅十四岁。

“今后的天下当属织田氏。”

亡父的同僚如此告知于他。然而甚内不可能成为织田信长的贴身侍从，他因此投入信长部将明智光秀麾下，身份非为家臣，而是“临阵兵”，就是以浪人身份寄靠，只在有战事时才被派去战场的士卒，简言之亦即在野武士。甚内由是带着亡父雇用的十名武士，辗转各个战场。

“我看你的家徽是桔梗，是从祖辈那儿传下来的吗？”一日，大将光秀在战场上看到甚内衣服上的家徽，感到十分震惊，于是特意出口问道。天下皆知，桔梗图纹乃是美浓的土岐源氏所用家徽。出身土岐氏分支——明智氏的光秀自然也是这种家徽，明智的军旗上染的便是浅蓝色桔梗。

“是的，这是自先祖代代传下来的。”少年甚内答道。

他的回答自是可疑。然而光秀没有深想，之后便记住了这个少年。

不过甚内终究只是个在野武士，两人的交往也就仅止于此。

没有战事时，甚内就回近江修补铠甲。他身材虽矮小，力气却超过成人，行动也十分敏捷，与敌对战毫不畏怯。人常言，优秀的战士须自少时起上战场历练，甚内就是如此。自然而然地，他具备了老鼠般的谨慎与黄鼬般的凶猛，战场上的敏锐嗅觉成为他终生本色，他对敌我强弱的洞察力更是卓尔不群。不过，因成长于在野武士群体，他唯一缺乏的，就是一颗忠诚的心。

来回往返间，甚内掌握了近江一地的动态。

近江中部以北的领主，小谷城浅井氏与织田氏断交，战争爆发。

然而，光秀的战场不在这边，信长命他攻打丹波。负责攻打近江北部的是当时还叫木下藤吉郎的秀吉。

而甚内却召集起同伴说道：“我们去那边吧。”

他有此决断，自然不是因为洞察到木下藤吉郎这个织田家部将的未来。他所想的，不过是近江人在近江战场上更加占据地利优势罢了。虽则想法简单，人的运数变化却不可预测。甚内若在此时继续追随光秀，历史上便不会存在胁坂氏这个大名之家了。

甚内投靠了秀吉。秀吉与光秀不同，为人十分豁达，他没再让甚内继续当临阵兵。秀吉对甚内说：“我十分欣赏近江人，你便留在我身边做事吧。”秀吉意图在敌方领地上笼络人心。身为入侵者的织田家大将赏识近江人，还来者不拒，尽皆纳入麾下。这个名头一旦传开，人心就会脱离近江当地的大名浅井氏，转投向秀吉。秀吉更不问投奔者的门第出身。顺带一提，虽则同为织田家大将，光秀却多少有些在意门第之别。光秀自己虽曾在壮年时期漂泊无依，终归却还是出身美浓的名门之家，在他的众多部下中，美浓一派最是强势专横。相较光秀那方，秀吉的出身则来历不明，因而便连本家子弟都没有。秀吉希望拥有本家势力。

“你还是个孩童啊。既是孩童，便与我分食俸禄吧。”秀吉道。

在此顺带一提，秀吉虽调遣着三五万大军，但大军都是自织田家下拨而来，他们与秀吉在身份上诚然高低有别，但从同为织田家武士这一点上看，秀吉与他们其实是同僚关系。秀吉希望有属于自己的家臣，但在眼下这个阶段，包括秀吉在内，织田家诸将都是没有领地的。没有领地就无法招揽家臣。

“分食俸禄”是秀吉尽力给出的最好待遇。秀吉招揽了大量与甚内相同的少年，称他们为“马扎随从”，培养作亲卫队。于甚内前后，得享“分食俸禄”待遇的众多少年中，还有出身尾张的加藤清正、福岛正则，出身近江的石田三成等人。

近江战乱平息后，秀吉自信长处获封近江北部三郡。他在长浜筑城，终成大名，更名羽柴秀吉。秀吉身边的少年们也随即被封地方领主，成为羽柴家家臣。

在位于琵琶湖畔的安土，信长融合南洋特色的城池建造思想，设计出一座巨城。为了建造石坝，信长命手下大名四处寻找适宜石材。大名们为此四处奔走，竞相寻访。及得如此形势，办事周全的秀吉又占据了地利。其时，秀吉以姬路城为前线基地，治理自播州到中国的一片地区，该片地区的海岸处有家岛群岛，能切割下优质的花岗岩。秀吉在战争之余，稍有闲暇就去采运大块优质石料，源源不断地送往安土。

石料经由海路运输，在摄津西宫的海岸卸货，然后移交给奉命修建城池的丹羽长秀的部下。丹羽家的人心想："怎能让那筑前（秀吉）独占功劳?"于是偷换货签，将进贡人改为丹羽长秀，继续运输石料。他们抵达沿山崎大道的水无濑一带时，受秀吉差遣，自姬路前去安土的胁坂甚内追上了运送石头的货队。

甚内觉得那些石头十分眼熟。为慎重起见，他上前查看了刻印，结果发现刻印已被凿去。这下事情就毫无疑问了。甚内跳起大闹。

他给自己鼓劲：把事情闹大一些。大道上，织田家的武士、飞脚、行脚僧、商贩等来来往往，事情一闹起来，他们就会聚过来围观。甚内之后还需要他们当证人。

此外，如果只是出口抗议，对方也只会口头回应，对事情发展起不到任何作用。甚内决定先发制人。他拔出剑一跃而起，砍断捆缚石头的网，石头纷纷滚落。此举需要勇气。甚内随身只带了一名仆从，而运石头的那方有一名武士，十名足轻，搬运工更是多达百人。

对方自然大怒，一个个手舞圆木逼将过来。然而孩童时期就见惯了战场的甚内，在这种时候根本无须思索如何应对，一种本能驱动了他。甚内跑上前，冷不防抱住领头的武士，他扣住武士脖颈，剑尖对准武士胸口说道：“别乱动，否则我就杀了你们的头领。”若仅是如此，那他的举动也算不上什么，这件事基本人人都能做到。然而甚内却一直挟持武士回到了姬路。回姬路的路途并不算近，需花费两日光景。甚内始终未放下剑，一路带回了武士，其执拗实为常人无法想象。若不把武士带回姬路，在秀吉面前决出是非黑白，那这次的争端只会变成单纯的私斗。一旦真相大白，坐实了对方的盗石之名，甚内就会立下捉拿贼人归案的大功。甚内是个追求功名的人。在乱世摸爬滚打的人，都对功名一事十分执着。

被抓的武士平庸无奇，在连走了七里路后出声哀叹道：“甚内，你放开我吧，我不会跑的。”乱世当道，这种人最终会被湮没。

“我也不好受。”甚内答道。他绝不可能松开手中获取功名的希望。然而架着个活人赶路，甚内腿脚也开始不听使唤，疲乏愈重。

——索性带着人头上路。

只带人头应会轻松许多，甚内低喃道。他并非借此言故意恐吓对方，而是真正在考虑这个问题。因一时拿不定主意，甚内不断喃喃自语。闻得甚内的低语，武士战栗起来：“甚内，你可别做糊涂事。我承认偷了石头，准备觐见备前主君当面致歉。你若是杀了我，备前主君与我的主公之间就会生起纠纷，千万不要草率行事。”

确有其理，甚内心想。

若是引发纠纷，我便失了功劳，甚内心下了悟。立功是他一切考虑的前提。

甚内长了张形如栗子的脸。

同僚称他“栗子甚内”。甚内连肤色都是栗色，他身材虽然矮小，手脚却如栗树般坚实，双眼常常一刻不停地转来转去，小心谨慎。两天的不眠不休后，甚内终于赶回了姬路。自然，被抓住的武士也同样没有歇息。

“做得好。”

秀吉的这句称赞，不是为甚内拿回了被偷的石料，而是为甚内在汇报完事情的前因后果后，又言与丹羽主君发生纠纷非为妙事，因而向秀吉提出请求：“请您不要降罪此人。若您赦免了他，我将再度带此人前去安土，觐见丹羽大人，请他轻判。”如此一来，丹羽长秀也不会对秀吉心怀怨恨。甚内已考虑到了如此地步。

秀吉其后曾言，甚内有大将之才。秀吉认为，甚内此人非但好胜敢拼，更兼有深谋远虑。

向来即时行赏的秀吉，给当时统领一百石土地的甚内加增了五十石领土。

落入甚内手中的武士虽保住了一条性命，前前后后却吃尽了苦头。甚内在姬路未有一日逗留，事了后即刻启程前往安土觐见丹羽长秀。当然，他还带上了武士。那武士多番辗转，精疲力竭。甚内一路不眠不休，抵达安土后，他去觐见长秀，恳请长秀赦免武士之罪。长秀一脸不痛快地说道："我看他像是受过惩罚了。"坐在门口的武士疲惫不堪，奄奄一息。

甚内还是个踊跃出头的人。

秀吉以切断粮道为策攻打播州三木城时，因城池久攻不下，将士们的士气开始松动。秀吉必须找出一个人，予其非同常人的武士装备，煽起士卒的竞争心理。然而敌城固若金汤，贸然趋近则会陷入生命危险。一日，秀吉拿出鲜红的母衣[2]来说道："大家看这件母衣如何？"只见母衣上是圆轮相扣的图案，以拔染技术印染而成。在织田家，受领母衣是一种认可，相当于进入了另一个更高的阶级，唯强者方得入选。

秀吉道："有人想要这件母衣吗？我现下便可赐予此人。"

想要母衣，首先须得承诺与其相称的军功。军功固然是好，但在攻城之际欲立军功，则反而会丢掉性命。并且秀吉此举另有深意。武士着母衣上战场，其实就意味着作好了随时赴死的准备。这已经成为一种约定俗成。如此，秀吉的暗示便是“可有人愿身着母衣，抛开生死奔赴战场。”

众人到底畏怯。此时胁坂甚内却先是拍膝引起众人关注，随后膝行上前，在秀吉面前叩首，两手伸开。

“是甚内啊。如何，你要受领这母衣吗?”

甚内有此打算。少年武士出身的他心知，在战场上，活着获得母衣固然彰显武士之道，但有时也必须赌上性命换取好运。第二日起，甚内命足轻们冲到城墙附近，在那里搭上防弹用的竹把，朝着城内大骂，不断挑衅。及得第三日，终有一骑武士出城而来。甚内与他激战一番，最终将其诛杀，回了营地。

此间，负责攻打丹波的明智光秀进展滞缓，超出了信长预计的时间。丹波的山寨豪族联合起来，共同奉波多野氏为国主，与擅长平地作战的织田氏展开了颇有成效的山地战。丹波豪族中势力最大的是在船井郡、冰上郡等地坐拥数座城寨的赤井直正。直正诨名恶右卫门，便在尾张也有些名头，然而此时的他年事已高，后背还患上了被称为痈的恶性肿块，指挥战事时多有不便。

“恶右卫门应该会死吧?”

这则风闻传到了于临近丹波的播州作战的秀吉军营中。

丹波方面的进展迟滞令信长心烦气躁，最后，他派使者去到秀吉处，命他自播州对丹波展开侧攻。简言之，就是要他增援光秀。

“甚内，此事便交由你了。”秀吉道。

对秀吉而言，这显然是一场最无趣的战斗。秀吉自己尚在播州忙得不可开交，且不说没有余力派兵增援，就算增援了光秀，丹波战事顺利，那也是光秀的功劳。最后，秀吉分给甚内三百左右兵力，让他带人去丹波。

“甚内，我授你一计。”

秀吉帮甚内剖析赤井恶右卫门其人，“你须劝告恶右卫门，抵抗毫无意义。他现下身患绝症，心内应多有牵挂。你以保其子孙无虞为条件，或许能令他开城归降。”

然而，甚内为此就不得不闯入恶右卫门坚守的城池。他十之八九会因此丧命。

“甚内，你可愿意？”秀吉问道。

甚内却沉默以对。主动向敌人献上首级实在没有道理。“甚内，”秀吉用仅够两人听清的声音低语道，“你想拥有自己的城池吗？想的话就按我说的做吧。人之一生，必得有一两次踩刀尖而过的经历，方可成为英雄人物。你要相信自己的好运。我一路也是这么过来的。”

甚内于是应承下来。

他带着人出发了。

甚内箭传书信至恶右卫门的守城黑居山。信上写道："羽柴筑前守家臣胁坂甚内请求谒见，白日未时，吾将着便装前来正门。"

恶右卫门未予回音。

然而，甚内依旧如期出发。此时，他衣服上的花纹不再是曾经的桔梗纹，而是拔染在母衣上的圆轮相扣纹样，它后来成为胁坂家的家徽。

甚内翻山越岭，终于抵达城门前。只见城楼上的枪洞里探出枪口，一致瞄向甚内，不过并没有射击。甚内叩响城门。

"我乃甚内，请开城门。"

音量过低会泄露声音里的颤抖，甚内于是扯起嗓子大喊。城内的恶右卫门似乎是欣赏甚内的胆魄，他让人开了城门，又让随从领着甚内进入自己内城的居室，与甚内会面。

——此人颇具才能。

一见之下，甚内便对恶右卫门有了如此看法。甚内见恶右卫门五官粗犷，皮肤发红，眉色浓厚，两眼却如妇人般温和，缓缓眨动。甚内直到晚年仍言，自己侍奉秀吉，也知晓秀吉的主公信长其人，后来更与家康关系亲密，然而相貌诚具英雄神韵的，唯有丹波深山里的豪族赤井恶右卫门一人。

时值盛夏，蝉鸣喧扰。恭敬问候过后，甚内赞叹起对方的好气色：“您看来不像是身体抱恙。”恶右卫门平静地说：“你是说我的脸色吗？这是被热气熏的。我现在满背都溃烂了，恐怕命不久矣。”他对敌方使者毫无顾忌，坦诚相告，倒令甚内措手不及。

顺带一提，丹波的赤井家始自源平时期，于近几代占据了船井郡，在国中地区被尊称为“赤井政所”。恶右卫门少时诛灭岳父荻野氏，夺了荻野的城池，因此有了恶人之名，然而“恶”字又含强悍之意，这个本名右卫门的男人于是自称恶右卫门。甚内对此亦有耳闻，他被对方的气质吸引，不禁开口道：“我原本还在想您是什么样的人，现在看来真是出乎意料。”

恶右卫门也微微一笑。似乎很欣赏甚内这个毛头小子的淳朴无心。

“你来此似是有言相告。”

(有言相告……)

甚内至此不得不出口劝降了，然而单刀直入实在不好，还需慢慢道来。之后，甚内脱口说出从未想过的话。

“鄙人年纪尚轻。”

这句话来得十分突然。

“不知万事深浅。今日得遇大人，甚为庆幸。您讲的武道与旧事等等，令我获益匪浅。”

话音落毕，甚内深感自己言语有失，悔得直欲大叫。此举固然像是巴结敌方，但甚内认为，要摆脱恶右卫门的威压，要么便杀了对方，要么便干脆抛下一切，巴结奉承，除此别无他法。甚内选择了后者。恶右卫门并未视其为刻意讨好。

——这个少年深得我心。

恶右卫门暗道。的确如此。闯入敌城，听取敌将的人生教训，古来无一人具备此等胆识。

甚内此举恰正贴合这一时期恶右卫门的心境。

恶右卫门年已五十。他虽曾受波多野氏委托，管辖丹波三郡，时至如今，他却已知自己运数将尽，兼之痈又是必死的病症。却不知是死亡在前，还是失城在前，而无论哪一个在前，这两者总会先后到来。恶右卫门每日如此思索着。

“五十年很短，太短了，有如弹指一瞬。”恶右卫门道。

这个男人正值气数与寿命将尽之时，他有心向人倾诉自己的一生。他倾诉的对象非为自己的亲人与家臣，而是敌人，这一点尤为奇异。然而细细想来，唯有敌对的胁坂甚内才是合适的倾听者。恶右卫门的同伴终究会覆灭在这丹羽的深山里。若是诉与敌方，恶右卫门所言就会存活于世间，继续流传下去。现在，恶右卫门与世间联系的唯一窗口，就是这个独身闯入的胁坂甚内。

“回想起来，我的一生有些奇特。这五十年间，我只在丹波一地的山间活动，从未想过攫取天下。非但天下，便连灭掉波多野氏，自己做丹波国主的想法也从未有过。”

确实有些奇怪。这个强悍的男人已有恶人之名，且又生在乱世，竟从未有过野心，这又是为什么呢。

“原因只有一个。”恶右卫门道，“人所希求的无非富贵，他们为得富贵，发迹立身而奋力拼杀。然而不幸的是，富贵与名誉都是生来就有的。赤井家虽只是山间不起眼的大名，至今却已存续了四百年，冰上郡与船井郡一带，各处无不尊崇赤井家族。时逢乱世，赤井家的根基也开始松动。我有一位兄长，唤作兵卫大夫家清，一直体弱多病。我便襄助兄长，为保住家中领地，又自少时起就上了战场，至今已战过一百二十次。兄长临死前，把他的儿子忠家托付与我。忠家便是现任家主。忠家年纪尚幼，把我视作天地间仅有的庇护者，对我十分依赖。不觉中，我已护着他走到今天。说起来，我的一生便如那乡间神乐的狂舞。”

恶右卫门话锋一转，看着甚内的家徽问道：“甚内，你这家徽看来是圆轮相扣的纹样，你家先祖是藤原北家、南家，还是秀乡一门呢？”甚内不过是把从秀吉那里得到的母衣上的纹样用作自己的家徽罢了，他实在无法回答这个问题。眼见甚内沉默无言，恶右卫门再度问道：“你是什么出身?”甚内吸了口气，下定了决心，他红着脸说道：“我是在野武士出身。”恶右卫门频频颔首道：“那很好。有一定家世的人手脚和内心都被出身束缚，无法大施拳脚。织田大人的兵力之强，既是由于他自己出身不好，也是由于手下众人均为山野村夫出身，全凭实力发迹立身。而受困于家世的丹波各族，似乎也如赤井一族般，到了不得不消亡的时候。”

甚内劝恶右卫门开城投降：“攻打丹波的大将是明智日向守，我们这方只是侧翼兵力，但深得织田大人信任的吾主羽柴筑前守明言，愿一力担保您的安全，即便以自身功劳为交换也在所不惜，万望您早下决断。”恶右卫门此时方笑言：“我与你们不同。”说这话时，他的嗓音都变得清朗，像是换了个人。恶右卫门所说的不同，就是指自己与山野村夫的出身不同。山野村夫只需顾及自身，因而可背叛，亦可倒戈，世间众人也不会对此过多言语。然而，赤井恶右卫门背负着存续了四百年的武士之家——赤井家的声誉，因此不可任意进退，以免辱没祖先的在天之灵。恶右卫门突然正色，高声说道：“在此明言，无论如何利诱，我赤井恶右卫门都不会倒戈，更不会因爱惜羽毛而向敌人乞求活命。这是如甚内你这般，不背负家名的人所无法理解的。”

甚内心下叹道，真是高傲，然而不可思议的是，他并未因此感到不快。甚内再次说道：“虽则赤井家确为清和源氏分支源赖季一脉的名家，但您真要因此便为了一时清白，断绝累代血脉吗?”

“真叫我为难。”

恶右卫门突然抬起头。

“你真能帮我吗?”

“我自己的性命倒无关紧要，你可否帮我保住兄长之子忠家的性命？要是他将来能在羽柴大人身边立起门户，我会感激不尽。”

“鄙人自当倾力相助。”甚内颔首道。

恶右卫门端正坐姿，向着甚内低下头颅。然而，他并没有提到紧要的开城一事。恶右卫门站起身，把什么东西放上了供盘，随后他又回到座上，“这是谢礼。”端到甚内身前的，正是赤井家名震天下的貂皮军标。

恶右卫门讲起它的由来。

足利尊氏时期，赤井家家主乃是刑部少辅景忠。自尊氏于丹波筱村的八幡宫起兵以来，景忠一直追随左右，在各地立下军功。一次，景忠在丹波的大江山狩猎，放烟熏了一个洞窟，结果洞内跑出只珍奇异兽。景忠向来眼明手快，他迅速将那兽类抓到手中，当即拧断脖子，杀了那只异兽，随后又窜出一只母兽，景忠以同样手法将其捕杀。无人知晓那是何种兽类。景忠料想可能是灵兽，就在城内的西北角建了座兽头冢，用以祭奠。那异兽的皮被制成毛皮，变成细长的袋状。赤井家便拿它来装武士刀，其后数代，家中出现各种各样的瑞兆。众人都说“这貂皮莫非是赤井家武运的守护神”，由是，貂皮作为代代相传的宝物得到敬奉，后来继承家业的人，都被神化为神灵替身，代代相传。到了恶右卫门一代，他首次以胞弟身份，自兄长处继受了貂皮。恶右卫门十分高兴，上战场时总会带上它，用作指令标。

“我这五十年的人生中，最开心的事莫过于自兄长处继承了貂皮这个传家宝。你可别笑话我。”恶右卫门道。

而在甚内看来，这貂皮充其量只是乡间豪族的家传宝物罢了。不过是以胞弟身份继承貂皮而已，值得如此高兴吗？未背负家业的甚内无法理解恶右卫门的这种感情。然而，恶右卫门一生的舞台都仅限在丹波，细想来，即便是在丹波，恶右卫门也不过只在赤井家一族活动而已，由此看来，貂皮于他而言，应该就相当于源家家传的铠甲“源太之襁褓”。如此便能理解恶右卫门为何如此开心了。

这就是传说中的貂皮啊。

供盘上，貂皮叠放得整整齐齐。甚内得到恶右卫门许可，把它铺开在膝上端详。貂皮比想象中要大些，算进尾部的话，长度至少有四尺。带了金毛的毛皮色泽鲜亮如初，手掌抚上去，毛皮荡开细波，手感十分柔软，就像是在轻搔家雀的绒毛。手上能感到些微暖意，随着抚摸不停，暖意更甚，竟让人生出错觉，仿佛那貂仍是个活物。

“这貂确实有灵气，还很是灵验。我一直都这么觉得。”

恶右卫门道。

“赤井家的武运已走到尽头，但这并不意味着貂的灵力衰弱了。气运一旦衰竭，即便有貂的神力，也难以扭转乾坤。”

“这貂皮若在城池陷落后火化成灰，就实在是太可惜了，因此我将它转赠于你，你也定能借着它的神力获武运眷顾。”

然而，甚内却对此心存疑虑。

“这是母貂的皮吧。”

“是的。”

“那公貂的皮呢？”

雌雄一对，方可称得上是赤井家的至宝。若只有母貂毛皮，则应该不会灵验。这么想着，甚内就鼓起勇气说道：“索性便把公貂毛皮也给我吧。”闻得此言，恶右卫门沉默下来。他暂时闭了闭眼，不久后开口说道：“我想让公貂的貂皮再护佑我片刻。你若想要，便于明日卯时持枪来取吧。”甚内思考一番。

——明日，上午六时，持枪。

这句话意义深重。恶右卫门不打算投降示弱，他定将开城出击，轰轰烈烈地战死沙场。恶右卫门甚至明确告知以时刻——明日拂晓卯时。甚内只需在那时来到战壕旁，等待，战斗，随后诛杀恶右卫门，夺到公貂的貂皮，顺带取走他的首级。

甚内向恶右卫门致谢，随后离开城池。夜色将明时，恶右卫门兄长之子忠家从城内逃出，甚内谨慎应对，派护卫把他送到播州的秀吉身边。之后，忠家自秀吉处获封播磨一千石的美囊郡，担任马回役一职，其家系以江户的旗本身份传承了下去。

翌日清晨，卯时，甚内领三百兵力来到战壕旁，跪守在用于防弹的竹束暗处静待。一段时间过后，城墙上枪洞鸣动，枪声响起，等到城门开成“八”字形时，五百丹波兵出城迎敌。

——糟糕！

甚内手脚大乱。因事前未与明智联系，己方兵力仅有甚内率领的三百人。敌军人数却多达五百，与先前的预想大不相同。对方下至足轻，无一不是作好了决一死战的准备。面对浑身似冒黑烟，以死相拼的敌兵，己方的区区三百人无论如何也无力阻击。

甚内的兵阵转眼间被冲垮。

“别后退！别后退！”正当甚内策马来回，大嚷痛斥，奔走于乱军之中时，幸得明智兵力赶来增援。趁着赤井军心生畏怯之际，战场经历丰富的甚内当即持枪猛冲，来到恶右卫门近旁。

恶右卫门身披白呢绒质地，上绘云龙图案的阵羽织，背后是貂皮军标，许是背部的肿块疼痛难当，他正骑着马缓缓转悠。

“啊，是甚内啊。”

恶右卫门一见甚内，立刻提枪奔来。甚内也踢了下马腹，策马疾驰，并很快探出手中长枪。恶右卫门轻巧一击，拨开了甚内的枪头。他敏捷地策马奔来，迫近甚内，抓住了甚内铠甲上的袖子。甚内未察觉被拉近，勉力苦撑。他丢下长枪，抱住了对方。许是因病体力衰弱，在甚内施加自身重量后，恶右卫门便脆弱得如同朽木般翻倒下去，旋即坠落马下。甚内坠马在他之后，因而得以顺势制住恶右卫门。恶右卫门呈大字形躺倒在地。

“甚内，速速取走。”

恶右卫门要甚内“取走”的，是自己的首级。然而，此时的他毫不反抗，却令甚内心生畏怯。如此一来，甚内的行为就算不上讨伐，而是杀人。

恶右卫门觉出甚内的畏怯。

“黄毛小儿！你可是在同情我恶右卫门？”恶右卫门大

嚷道。

从神情看来，恶右卫门确实十分生气。自己竟被甚内此等小儿同情，这实在令他难以忍受。在这个时代，上战场的人全凭声誉存活。恶右卫门改变了主意。

“不。”恶右卫门道。

他不打算将自己的首级授予甚内了。恶右卫门应确实改了主意。他话音刚落，就以一股惊人的力量推飞甚内。倒在一旁的甚内形容狼狈，眼前一片空白。在大片大片的空茫中，恶右卫门的脸出现在甚内上方。他锁住甚内的护颈。准备将甚内掐死。现下，恶右卫门宣告道：“杀一匹夫，焉需刀剑。”

甚内意识渐远，进入了假死状态。

然而，所谓运数，常常随意无稽。甚内活了下来。

起身时，他从脸到脖子全是鲜血。看起来似乎不是出自甚内。那是恶右卫门的血。恶右卫门倒在甚内脚边。

恶右卫门尸体一旁，甚内的随从左平（甚内同乡的年轻人，在甚内获封大名后随之成为家老）蹲在地上，正专注地挠着头。毫无疑问，救了甚内的，正是这个出身农户，沉默寡言的年轻人。

甚内突觉掌中一片柔软。他不知于何时攥住了貂皮，毛皮上的尾巴拖在地上。其后据左平所言，甚内一直都把貂皮攥在手心里，与恶右卫门对战时也紧紧攥着。自然，甚内是记不得了，他也不相信自己会做出这种蠢事。然而，如果此事属实，那么令他捡回性命，又助他斩获丹波头号大将赤井恶右卫门首级的，可能就都是附在貂皮之上的运数。如此，自此刻起，貂皮的力量离开恶右卫门，转移到了甚内身上。

其后，胁坂甚内又转战各地，然而他武艺平平，并不出众，饶是如此，却也未有败绩。其主公秀吉曾笑言："甚内就像是去干农活的长工。"武士的战绩本具有极高的投机性，而甚内却始终平淡、耿直、一成不变，就像长工，无论晴雨总要去农田里锄锄地。因才能有限，甚内从未率领过军队。他就这么由一个战场转向另一个战场，在战场流转中年纪渐长。

甚内三十岁了。

即便长了这许多年纪，他却仍然是秀吉身侧的杂役。同僚加藤虎之助（清正）、福岛市松（正则）都二十出头，在甚内看来就是不懂事的孩童。他们这些孩童则称甚内为"甚叔"，这个称呼也不知是在轻慢他，还是在尊重他。总之，甚内在一众同僚中有些特殊。

天正十一年，贱岳之战爆发。秀吉身侧，人称"七杆枪"的七个杂役被广赞武艺高强一事，便是发生在甚内三十岁这一年。甚内也是七人之一。

《武家事纪》中有关于当时甚内此人的简单描写。

安治（甚内），贱岳七枪中年岁最长，品格亦高，其时深得众人信赖。

信长死后，秀吉与柴田胜家互争织田家的军事权，在这场争夺中，贱岳之战起到了决定性作用，因而意义重大。这场战役发生在近江北部的山中。两军此前一直严峻对峙，后来柴田一方出现动摇，秀吉得知此事，不失时机地命令全军发起突袭。秀吉这时身处贱岳。按理说，大将的亲卫队自有其任务，通常不会参与突袭，但秀吉看到战机，认为应当把亲兵也派出去，他对身侧的杂役们大胆下令："你们也随大军前去，多多立功。"众人便如猎犬般奔出，为杀敌翻山越岭，紧追敌军。福岛市松斩获的首级最多，且诛灭了敌将中有名的拜乡五左卫门。枪术最好的是加藤虎之助，他诛杀了早前便在越前扬名的户波隼人。除此之外，胁坂甚内、片桐助作（且元）、糟屋助右卫门、平野权平、加藤孙六（嘉明）也都有所收获，他们虽不及加藤与福岛，却也立下了可圈可点的功劳。

"在秀吉面前提枪杀敌。"

秀吉在七人的军功状中，无一例外都写入了这句话。当时的战场之上，还有几人与七人有相同表现。其中，七人的同僚石川兵助战死，剩下的樱井左吉、渡边勘兵卫、浅井喜八郎、浅野日向等人因没有直接侍奉秀吉，就没有进入这个行列里。秀吉此举含有深意。此前，世上无人知晓直属于秀吉的家臣之名。世人不知为何，一直笃信秀吉没有直属于自己的亲信，即便有，那些亲信也不是勇者，他们认为，秀吉身边从未出过有名的武士，这便是最好的证明。早在很久之前，秀吉就不乐见这种境况。毋宁说这种境况对秀吉十分不利。有诛杀柴田，获取天下之意的秀吉其人，麾下若没有知名武士，其军事实力就会遭世人质疑。

为此，秀吉想出“七杆枪”的名头，有心向世间宣扬。事实上，在从贱岳之战的战场向各地大名急派使者，知会剿灭柴田一事同时，秀吉就明确记下了这七人的名字，宣扬“七杆枪”的名声。过去，“小豆坡的七杆枪”流传下来，成为传说。秀吉思及此，创出了“贱岳七杆枪”。

秀吉将“胁坂甚内”一名记录在册，然而甚内并未斩获有名武士的首级。为凑够人数，秀吉特意加进了胁坂甚内。

“那就是一段可笑的过往。”

及至后来，七杆枪的领军人物福岛正则曾如此对人言。正则未将七杆枪视作荣誉，每有人触及这个话题，他必定面露不快。福岛正则认为军功为自己所独有。他的军功与清正同等卓著，然而与无甚功勋的“胁坂之流相提并论，则实在可笑。胁坂之流是上面（秀吉）为了凑人数才加进来的，说起来，他该是分割了我的军功”。

然而，实情如何并不重要。

经由秀吉的宣扬，七人上战场时的军标亦引发天下热议。福岛的是刀锋薄如纸的竹刀，加藤虎之助是白纸制成的缨穗，加藤孙六是紫色的母衣，片桐助作是银色的长条旗，平野权平是纸做的短外褂，糟屋助右卫门是金色的角取[3]纸，胁坂甚内则是貂皮。

“貂皮”确有来历，因其在天下间独一无二，世间凡涉武道之人无人不晓。甚内由此一举成名。

秀吉进而想到，自己过去只是从属织田家的官僚，身边没有谱代大名。至少世人是这么看待他的。取得天下之人却无谱代大名，这必将贻笑大方。此战过后，秀吉天下已定，他有必要自此开始培植自己的谱代大名。为大名者须声名在外。为此，对外宣扬也好，其他什么方法也罢，秀吉须在一夜间打造出名士。自然，这些名士们将遵循他的安排，成为大名。

战事刚止，秀吉就封给福岛正则五千石领地，其余六人一律获封三千石领地。此前，众人都有四五百石领地，唯甚内一人领三百石。这些人全成为各自军队的将领，甚内也得到了将领资格。他自秀吉处获拨五百名火枪兵，还有了可随身携带二十骑与力（秀吉的直属武士）的权力。

甚内已跻身部将。

这一切莫非都是应了貂皮的神力?

甚内将一切归结于貂皮护佑。他向来认为自己无甚可取之处，然而他相信，只要有了貂皮，自己与其他同僚就会显著不同。

柴田胜家既灭，秀吉继承织田政权一事似是尘埃落定，然而敌对势力仍有残余。

这势力便是旧主织田的次子——织田信雄。秀吉等信长遗臣均以乳名“三介”称呼信雄。信雄此人虽不机敏，欲望与精力却十分旺盛，初时，秀吉与信雄联合征伐柴田。两人因权谋走到一处，并非真心结盟。信雄有自己的考量。他认为柴田既灭，秀吉就该把织田政权让渡给自己。然而，秀吉只一味对其敬重，并未交给他织田政权。

信雄暗中推动谋划。他派密使去到浜松，有心与浜松的德川家康结盟，扳倒秀吉。

此时，正在大坂筑城的秀吉察觉到三介少主似有叛变之心，然而他忙于建城，无力设防。不过，秀吉手中握有令他心安之物，那便是几位侍奉信雄的家老，秀吉还在一众家老中挟持了一些人质。即便信雄有意叛变，作用重大的家老们也不会坐视不理。

织田信雄有四位家老：冈田重孝、津川义冬、浅井长时、泷川雄利。四人均是信长为次子精挑细选而来。他们擅长谋略，因而处事难免圆滑。四人眼见时势对秀吉有利，自己侍奉的愚主信雄再如何折腾，终究也不会得到天下，由是转向秀吉一方，竟仿佛是为了秀吉利益而监视信雄动态，信雄不能疏忽大意。

与东海的家康缔结密约之际，信雄已有斩杀家老之心。天正十二年三月，距贱岳之战恰好过去一年。信雄终于出手了。当月三日，女儿节。这一日，信雄突然关押了前来伊势长岛城朝贺的三位家老，不由分说便令其切腹。家老中唯泷川雄利例外，他对信雄始终忠心耿耿，秀吉势力崛起后，他仍旧替信雄办事。雄利自然未被诛杀。

泷川雄利其人有“规矩端方”之名，自信长时期就以个性耿直为人称道。他的出生地是伊势木造。得益于织田家不问门第、任人唯贤的行事风格，雄利亦得脱身草莽，发迹成名。雄利最初是个和尚，在木造的源常寺修习，然而心中却对织田家充满向往，不久后他得到机会投身织田家，之后百战成功，信长爱其良才，特令他作了泷川一益的养子，赐名三郎兵卫，让他做随侍信雄的家老。雄利体型劲瘦，无一丝赘肉。面色深青，只有牙齿是白的。信雄只能仰仗雄利一人。

“不过，三郎兵卫，你有人质落在羽柴手上，你准备如何?”信雄问道。

信雄与秀吉断交之时，家老泷川雄利的嫡子奇童丸被秀吉掳走，作了人质。若任其自生自灭，实在于心不忍，且即便作好了嫡子被杀的思想准备，信雄大概还是会心存怀疑。只要人质在秀吉手上，即便雄利再怎么耿直，他仍有可能倒戈相向。对泷川雄利而言，被主公如此怀疑也是可笑至极。

“索性把人质抢回来。”雄利一脸苦思地说道。

信雄十分惊讶。夺回人质，这件事怎么看都是办不到的，之前也从未听说过这方面的成功经历，更何况对方还是头脑聪明的秀吉。

“世上无不可为之事。”泷川雄利断言道，“我生平从未撒谎，世人皆知我耿直，若我说出一生中唯一一个谎言，扰乱对方，恐怕他们不会认为我是在说谎。”

“可是，对方是秀吉啊。”

“非也。秀吉不可能亲自看守人质。他应将人质寄放在家臣那里。那个家臣就是秀吉的随侍出身，现在据守美浓大垣城的胁坂甚内。”

“甚内?”

信雄未曾听过身处陪臣[4]地位的甚内这个名号。然而当泷川雄利说出“贱岳七杆枪”后，似是因秀吉的宣扬已渗透如斯，信雄随即颔首道：“啊，原来是七杆枪之一啊。”

“此人如何。”

“一言难尽。”泷川雄利答道。

简言之，那就是个除行使职责以外，再无任何特点与可取之处的人。

这段对话发生在信雄的居城尾张清洲城。尾张的清洲距美浓的大垣约有七里，若骑马前去，不足三个小时便可抵达。

当日午后，泷川雄利特意穿上略微脏污，散发出汗味的便装，只带一骑随从。他们从笠松出发，过木曾川，行过墨股，进入大垣，向认识的守城人打招呼，一路有如串线般连贯顺利，最后得见胁坂甚内。甚内是守城的头领。

“看您这副样子，是发生什么事了吗？”

甚内看着汗如雨下，面色苍白，累得抽肩呼吸的泷川雄利。为装出一副憔悴的样子，泷川自早晨起就未曾进食。

“发生什么大事了吗？”甚内问道。

顺带一提，伊势长岛城内，织田信雄诛杀与秀吉通气的三位家老这个秘密，或许明日便会传开，但这日午后还未泄露出去。甚内对此一无所知。

“没什么，是我的私事。”

泷川雄利谈起妻子患病一事。

泷川雄利的居城是伊贺上野。妻子日若便住在那处。泷川雄利开口道："日若自上个月起就卧病在床（谎言），现在病入沉疴，不知何时便会去了。病中的妻子说，死前想看看长子奇童丸，哪怕一眼也好。她每日念叨着这个无法实现的愿望，就像是疯魔了一般。若是死前见不到奇童丸，她的怨灵就会留在世上，妨碍转生。奇童丸既已作了人质，再强求这种事情就太过任性了，但她为人母的思儿心情焦急如焚，令她无法释怀。"

泷川所言俱是杜撰，听来却实在质朴，确实符合他耿直的品性。他的话十分朴实，但也正因其朴实，听来方显真实。

哎，真是没想到。

打动甚内的另有其事。他联想到了自己。甚内不久前还只是个食三百石俸禄的武士，在织田家内的等级也并非直参，而是陪臣，身份比织田家直参的普通武士还要低微。然而泷川雄利原本就像是云端上的人。他很早之前就是信长的宠臣之一，担负监护信长次子信雄的重责，且还是拥有城池的一员大将。

自然，两人的身份也并没有逆转。织田信雄仍旧是秀吉的主君，秀吉虽未将天下交于他手，却还是将他视作主君，态度恭敬。当然，泷川雄利的地位也还没有下降，但就是这个泷川雄利，此刻却在甚内面前流泪相对，合掌请求。

我也变成个大人物了。甚内不觉间如此想道。

令甚内改变的，不是他自己的实力，而是仰赖他近身侍奉的主公木下藤吉郎。木下藤吉郎晋升筑前守，又更名羽柴，向着君临天下迈进，甚内便也跟着获益。甚内看着眼前的泷川雄利，不觉间便有了自己晋升大人物的感觉。眼下憔悴不堪的泷川雄利正在恳求自己。雄利忘了羞耻，忘了顾忌风言风语，只把手掌并拢，苦苦哀求。甚内的自得无限膨胀，因而未能静下心来思考，忘了去从政治角度看待此番光景。

“您言之有理。我对您感到同情。”

甚内走到泷川雄利身前，抓住他合在一起的手，流下了可笑的泪水。这泪水与其说是在同情泷川雄利，倒不如说是为自己的伟大而感动。

“我去叫奇童丸过来，就让他留在母亲身边一晚吧。”

“啊，多谢您了。”

泷川雄利叩拜致谢。受到泷川叩拜，甚内霎时手脚大乱。

“只能停留一晚啊。”

“您无须多虑。您的大恩大德，我将生生世世铭记于心。”

之后就只需处理些例行事务了。甚内给家臣饼尾五兵卫拨了些人马，让他们护送奇童丸随泷川雄利归家，甚内自己也目送着他们远去。甚内洋洋自得之下，办了件越权的事情。他并没有放人质归家的权力。

翌日，织田信雄于清洲城揭起反旗。信雄的版图地域辽阔，包括尾张全境、伊势一半领土以及伊贺全境，他又与在东海势力强大的德川家康结成同盟，至此事态已令秀吉困顿。与信雄决裂后，秀吉领地的边界变为木曾川，甚内等人据守的大垣城成为领地最前线的要塞。

秀吉时常从大本营大坂来到这里。一日途中，他收到了信雄叛乱的消息，为之一惊。

糟了。秀吉心道。

在军事方面，信雄此人并不值得畏惧。即便他与德川家康结盟，也并不会令秀吉产生必败之心。真正能够重击秀吉的，是此事将令天下人如何评判秀吉。秀吉实质上确实篡夺了信长的势力，但他表面上却亲近信雄与信长嫡孙三法师，装出一副煞有介事的样子，以此撇开自己篡夺者的形象。旧织田政权内的诸将虽然看穿了秀吉的故作姿态，却为此安下心来，公然帮助秀吉，纷纷集聚到秀吉帐下。他们加入秀吉阵营后，秀吉方在短时间内收获了覆盖天下的强大势力。

然而，最为紧要的织田信雄却与家康缔结盟约，掀起反旗。信雄应会向各国散布打倒秀吉的檄文，檄文中定会明言秀吉是为篡权者。对离一统天下只差最后一步的秀吉而言，织田信雄的此次叛乱应该是最令他头疼的一件事了。织田信雄决意叛乱，定离不开身边家老泷川雄利的帮助。而泷川雄利决意叛乱，定与骗得大垣城胁坂甚内的信任，成功带回人质一事脱不开关系。总而言之，引发此严峻事态的根源，便在于甚内的失误。

“这人究竟是如何办事的!”

秀吉疾驰在近江路上，翻来覆去地说着这句话。不久后，秀吉抵达美浓大垣城。城外的街道旁是前来迎接的守城诸将，胁坂甚内自然也在其中。

“甚内!”

官至从四位下参议，已是公卿身份的秀吉在马上怒声喝道，把马也给吓住了。甚内却没察觉秀吉叫了自己的名字。直到秀吉身侧的人走到甚内身前：“甚内，还不快上前。”甚内此时方回过神。他把头盔交给家臣，整了整仪容，缓步出列。这个男人还未意识到自己的所为引发了震动天下的大事件。以甚内的才干，终归也只能做在战场上厮杀的武士。他似乎实在难以理解，整个世道是由政治所驱动的。

待得甚内来到马前，秀吉扬起马鞭，像是要抽一条狗。“还不跪下!”秀吉怒嚷道，“给我跪下！跪下！你这个东西，就该用鞭子好好抽一顿，我现在不打你，这是主人对你的慈悲，你给我好好记着！”

“你竟敢内通三介少主！”

秀吉开口就是一句极为骇人的话。因着“内通”这个词，以及吐出这个词时秀吉面容的可怖，街道的三丁范围以内，众人全都屏气静息，如深山般沉静下来。确实就是内通。甚内所做之事无论动机为何，从政治上解释就属内通。秀吉平素不对部下进行政治教育。如此一来，他就必须像现在这样，使用内通这种最能准确表达的词，调整说出口时自己的神情，以使对方明白自己的意思。

“内通——”

甚内悲怆出声，哭喊着为自己辩解，秀吉却不听他的言语，只猛力抽着鞭子。甚内最后跳起来，“我现在就赶去上野，带回能证明我清白的证据。”说完就跑开了。

秀吉仍旧沉默。

家臣中亦无人去追甚内。秀吉自然明白甚内并未与三介勾结。

然而甚内却认为自己已被怀疑内通外人。如今且不说各种荣华富贵，便连自己这条命都危在旦夕。这个男人发狂了。

陷入癫狂的甚内率领自己的二十骑武士，一路疾驰而去，扬起阵阵沙尘。

“那个蠢人，就准备以那点兵力攻打伊贺上野的城池吗?”

秀吉俄然回归到温和的神情，对着左右言道。伊贺上野虽为小城，要攻陷它，却也须一万兵马。

秀吉回归了以往的温和，却并未派人追赶甚内，也未下令追加兵力。他准备任甚内自生自灭。信赏必罚是战场的法则。原本他就必须在剥夺甚内士籍，将其流放与问斩甚内之间做一个选择。秀吉最终选择让甚内奔到战场上，借敌军之手杀他。这或许已算十分宽大的处理了。

甚内一路狂奔。

沿途的尾张与伊势都是敌方领地。甚内选取了一条古怪的小道，终于在第三日翻过铃鹿山系的加太山，进入了伊贺盆地。疲劳与兴奋之下，每个人都双颊凹陷，唯有眼睛闪着光亮。自下加太山时起，甚内时时跑前跑后，来回呼喊：“听着，地上的人。”

“我们是天下英雄羽柴主公的先驱者。我们要一口气踏平伊贺上野，想立功名的人可来我马前自荐。大家有劳有得，可立功名，还能立身发迹。”

这一带有无数从事田间劳作的乡士，他们住在山间、原野，但逢附近生起战事，他们就会加入胜算大的一方助力，赚取恩赏。他们平时还做山贼，又或是去别国发挥一技之长，侦察战场敌情。简言之，住在这里的是一帮被另眼看待的伊贺人。甚内是近江的在野武士出身，他熟知该如何驱使这些同类。

人们渐渐从各条道路上聚拢过来，最后连岔道上都挤满了人。有人未戴头盔，着一身简便铠甲；有人只戴了顶头盔，全身近乎赤裸；还有人手里拿了杆不知何时在哪个战场上抢来的长枪，枪杆里揉进了绿贝，看来像是大名所用之物，老老少少多达五百人。众人跟随甚内奔跑。甚内几乎陷入了癫狂。

反正都是死路一条。

这个想法尖锐锋利，似要直刺入甚内盔檐下的双眼。奔跑着，夜幕降临。

伊贺的在野武士们已对当下情况了然于心。甚内没有下达任何命令，他只在围绕着伊贺上野城的三面原野上点起无数火把、篝火，让当地的农民们拿在手上，扮作己方兵力。这是民间武士的常用战法。甚内又让人在城下放出流言：羽柴大人的十万兵马即将逼近。城下转眼间空无一人，甚内在城下放起火来。

城主泷川雄利身经百战，知道城外野地上满是火把的真相，但他却信了流言。理当如此。按常理推断，秀吉理应率十万大军向此地逼近。他不来反而才令人怀疑。

——即便应战，也是徒劳。

泷川雄利作出了如此判断。其后他的行动极其迅速，先是送走家人，然后自己集结亲兵，趁着夜色自城池后门溜走，迂回逃向伊势，最终于翌日清晨，进入了信雄的属城——伊势松岛城。

甚内得到了城池。

简言之，他仅挟二十骑便闯入了伊贺国的首城上野城。甚内在城头立上貂皮马标。

自然，这件事也传入了大垣的秀吉耳中。秀吉偶尔会欣慰地敲一敲手边的手匣，说三次：“到底是我亲手培养的。”他在给甚内的信中也提到了这句话。似乎忘却了自己先前对甚内的高声怒骂。

秀吉还遣使者去上野城的甚内处，命甚内留在上野城内，守备城池，兼司镇抚伊贺国人。

这年年末，秀吉与信雄·家康联合军队间的战事平息。翌年天正十三年三月，秀吉升任内大臣，顺势成为关白。此间，许多秀吉亲手培养的亲信成为大名。甚内也成为大名，获封摄津能势郡一万石领地。

关白的家臣须有官位。甚内由是受封从五位下的中务少辅。他的领地也随之增多，由一万石的摄津能势郡转为两万石的大和高取，后又转封至淡路，成为洲本城城主，领地三万石。这些全都发生在天正十三年的短短一年时间内，世人对甚内的连连晋升震惊之余，未将其晋升视作甚内的才能使然，而是归结于不可思议的神秘力量，猜想其晋升可能是因貂皮的神力应验。然而甚内本人常常心怀不满。因为原本共事的同僚加藤清正获封肥后一半国土，成为熊本城城主，领地二十五万石，福岛正则获得伊予十一万石的大好身家。之后不久，正则被封至尾张，成为清洲城城主，获封侍从官职，统领二十四万石的广阔封地。而甚内的封地却仅有三万石。

“那已经是貂皮神力所能达到的极限了。”

甚内听闻，福岛正则等人曾在大坂的大殿中如此妄言，他却并不气愤。正则所言，当非是以甚内之才，充其量只能得三万石领地。而是貂皮的灵力只能达到予甚内三万石领地的程度。这是因为代代传承貂皮的丹波山国豪族——赤井氏所占封地恰好便是三万石。甚内是从分支的恶右卫门处得到貂皮的，而恶右卫门自己的领地也正好是三万石。

甚内的俸禄确实不高，然而他手中的貂皮却名声在外。此时甚内已将一公一母两只貂的毛皮改制成枪套，套在两杆长枪上，把枪立在出行仪仗的最前端。队伍缓缓行过京都与伏见、大坂的街道。纯黄色的貂皮行在街中，宛如在空中游动。

——看那儿，胁坂大人过来了。

街上众人眼尖地发现貂毛，都涌进檐下，仰望传说中的珍兽毛皮。

这貂皮后来渡海传到了异国。朝鲜之战时，甚内率领水军作战，曾于加德岛的洋面上惨败给韩国将领李舜臣，好容易才乘小舟逃到金海，当时却没有带上貂皮。甚内相信，正因如此，自己才未得貂皮护佑。庆长年间的二度征伐中，甚内在巨济岛、南原城收获累累战果，还在蔚山救援战中立下军功。

便连明军士兵都渐渐知晓，“貂”是倭国胁坂军的指代词。

滞留异国征战时，日本的秀吉逝世。甚内等渡海军队解散队伍，在博多湾登陆。便在此时，日本的主要人物之间已经开始了政治倾轧，它成为后年爆发的关原合战的前兆。而俸禄微薄的甚内——胁坂中务少辅安治等人对此却只是微有耳闻。

在此之后，胁坂安治这个名字仅出现在历史中一次。且是与其他人的名字并在一起提出的。

这个名字出现在关原合战中。描绘了东西两军配备的地图上，每张都写有他的名字。不过字很小，不仔细看就会漏过去。

胁坂安治最后投到败亡的西军石田方麾下。关原此地是一片呈马蹄形的盆地，四周丘陵环绕。西北角的笹尾山处是石田三成，西边的天满山是宇喜多秀家，南边的松尾山处，小早川秀秋三大军团各布己阵。身形小小的大名们在丘陵起伏的峡谷与山脚边建起营帐。松尾山北面斜坡的最下方，藤川、黑血川两条小溪在山脚汇集，被两条小溪包围起来的狭窄土地上，无名的丘陵微微隆起。无名丘上驻扎了四个协同互助的大名，正是小川祐忠、赤座吉家、朽木元纲、胁坂安治四人。

这一日，夜雨随着黎明到来止息，然而浓雾笼罩，连临近营帐的军旗都看不清楚。雾气缓缓流动，雾色变淡时正是早晨八时左右，各处响起枪声，战争缓缓拉开帷幕。到了上午十时，自东向西突进关原中部的东军先锋与西军的大军团宇喜多军展开激战，盆地里溢满枪声，声势几可开天裂地，钲、太鼓、军贝、喊打喊杀声、刀枪交错声混于一处，震荡在各处丘陵，打造出壮烈骇人的声响世界。经历过那场战斗的人谈起当年战场上的残酷可怕，最为心悸的便是声响。

然而，松尾山山脚下的无名丘陵，四个结盟作战的小小大名的阵地上，却听不到一声枪响。

没有人命部下开枪射击。理由十分简单。四人全都心无战意。他们斜视着临近的阵地，心中想的是对方若开枪射击，己方再反击回去。四人有一个共同点，他们都不认为自己所属的石田方会获得战争胜利，然而也并不认为德川一方稳操胜券。战事正酣时，小川祐忠两度派人来问甚内：“胁坂大人有何打算？”四人当中，甚内被其他三人视为“通晓世故之人”。甚内已经老去。他有礼地接待来者，请人饮茶，给出的答案却是“不知”。小川祐忠出身近江，曾追随过柴田家。秀吉因他精通茶道，对他十分厚爱。

赤座吉家也出身近江蒲生郡。朽木元纲亦是近江人，不过与三人不同的是，他出自自室町幕府以来便掌管近江高岛郡朽木谷的名门。四人同为近江人，也算是机缘巧合，然而平时关系却并不亲厚。更该说，正因出自同一地，他们反而彼此轻视。比如，甚内就自负为秀吉亲信，把小川祐忠视作司茶人。祐忠则认为甚内是个出身乡野的民间武士。

对战仍旧激烈。胜负尚无定论，但在正午前，人数众多的西军还是微处优势。等到下午，形势逆转。在松尾山山顶上布阵的西军小早川秀秋骤然倒戈，军旗反指自军，其手下大军尽数出动，奔下山来，闯入了西军阵地。

紧随其后，在松尾山山脚的无名丘陵上布阵的四位大名也倒戈相向。四人同时叛变，不过胁坂甚内的叛变发生得略早一些。正如祐忠所言，甚内“通晓世故”。对甚内而言，战场上追随胜者就是他的原则。他那老练的预感令他在开战前就察觉身后松尾山上的小早川阵地形迹可疑。小早川秀秋若是叛变，甚内背后就会受到攻击。为了避开这个局面，甚内决定追随小早川阵地的动向行动。小早川阵地自清晨起就未发一炮，因而甚内自己的阵地也没有发炮。由是其余三个大名也不好贸然发炮，最终也是未发一炮。

这大概也算功劳之一。甚内得到家康嘉奖，凭借此功被追加两万石封地。不过，与甚内作出同样选择的小川祐忠、赤座吉家却在战后遭家康没收领地，流放异乡。世人觉得疑惑：为何只有貂皮得到了褒奖？

此后，甚内将家主之位传给嫡子安元，自己则获幕府准许，隐居在秀吉时代胁坂家位于京都西洞院的在京住所里。人们每为胁坂家的平安顺遂不得其解时，总会说“应该是貂皮护佑吧”。然而，甚内自己自然知道并非如此。当年的那场战争，甚内只做了那么一件事。关原之战再往前，家康曾为征伐会津的上杉景胜，领兵进了下野的小山。其时甚内与三成同在大坂城。甚内暗中观望，派密使千里迢迢赶往关东拜见家康，声称两军若于今后发生冲突，自己定与德川里应外合。虽则同为叛众，小川与赤座却没有他的这种周密细致。

据说，貂在渡劫后方有骗人能力。

甚内年轻时，也曾在世事变幻中蹉跎岁月，他因此通晓了人情世故，最终如他挂在阵前的貂一般，成了个神秘的老人。

德川初期，丰臣一派的大名遭抄家之时，曾为甚内同僚的福岛正则也就此没落，清正的加藤家亦遭抄封。“七杆枪”一帮人中，大名之家唯有胁坂家得以存续，貂皮随参觐交代平安往返于江户与播州的龙野之间。实为最大的幸事。

（《小说新潮》昭和四十四年六月号）

注释：

【1】大学头：管理学问所的官职名。

【2】母衣：用竹制骨架将布撑作一个大球，战斗时负于身后作装饰，亦可防流矢。

【3】角取：地名。

【4】陪臣：家臣的家臣。

译后记

刚得知有幸翻译这本短篇小说集时，我兴奋而又激动。一方面，这是我翻译小说的首次尝试，自然意义重大；另一方面，“司马辽太郎”这个名字，但凡对日本文化有一定了解的人，都该是耳熟能详的吧。而今，我这个寂寂无名的新人能以自己的笔触再现他的创作，甚而推介给众多读者，真可谓幸甚至哉。

但真正投入其中后，最初的兴奋渐渐退散，我愈来愈多地积聚起一种欲宣之而不得的烦闷感。作者简练的文风，各处转折间的关联，我能感受，能理解，却很难将这种心理完整地诉诸笔端。多番折腾下来，总算给出了不负自己的译文，由是对严复先生“一名之立，旬月踟蹰”的严谨态度更有体会。

说实在话，我读过的历史小说十分有限，且距今已时间久远，只对它们存了些模糊的记忆。司马辽太郎的这部作品，却是又唤起了我对历史小说的一些有限感悟。这部作品读来很有些趣味，细想来，大概是因为作者没有不间断地排列组合起大串史实，而是在多处插入了自己的品评，又对人物的心理活动多有润饰。我从前读过的历史小说也不乏心理描写，想来却总觉得不如司马辽太郎来得细腻自然，文中亦少见作者穿插点评。至少就我而言，司马辽太郎的巧妙之处多体现在这两方面。看完他的文字，我想，他其实也很适合做个说书人。

时势与英雄，向来难分难舍。而在司马辽太郎的书中，我看到的是他对“时势造英雄”的无奈与惋惜。出身小藩，难掀风浪的河井继之助；开场轰轰烈烈，收场平平淡淡的海援队两三队员；空有武艺傍身，仍靠画技扬名的画师草云；少时征战四方，老来不识干戈的伊达政宗；厉行政治改革，惨淡度过余生的山田重庵……这些人年轻时无不是意气风发。然而时势不为人势所移，无论甘或不甘，他们终究还是归于平淡。司马辽太郎笔下的历史其实就是人物史，这些人物在历史中浮沉，最后湮入历史的滚滚洪流。

再看出现在小说中的众位主角，英雄有之，常人有之。司马辽太郎笔下的主角，并非皆为英雄。不过所谓常人，也并不是平淡行过一生的普通人，而是与英雄的命运形成鲜明反衬的历史宠儿。诸如貂皮一章中的胁坂甚内，原本身无长物，才智平庸，却在时势与运势的加持下，一路势如破竹，在激荡岁月中挣下一份稳固家业。由此亦可见司马辽太郎对待时势既有叛逆之心，却又无可奈何。

司马辽太郎欲在小格局中造出大气象，因而笔下真正的英雄人物多以征战、掌权、改革等大格局活动建功立业，着墨笔势又重勇猛而轻谋略。其实仔细想想，存在于普通的现代人与时代英雄间的诸多差异中，最不可逾越的鸿沟反而是天生的性情之差。眼界、学识、谋略种种，我们未必不能看得通透，但在面临诱惑，陷入两难时，多少人能如河井般坚定意志，彻底摒弃浮华享乐呢？身陷遭敌前后夹击的险境时，又有多少人能如伊达政宗一般当下决意拼死相搏，置之死地而后生呢？相较于学识、眼界，他们坚定的心性，舍得一身剐的豪气更令我深感钦佩。我一直渴望一种恣意洒脱的生活方式，然而现实中却往往有一些放不下，不敢舍。愿有一天，我也能够真正果断坚定起来，背该背负的，舍可舍弃的，洒脱一点，轻松一点。与君共勉。

最后，我想向支持我翻译工作的家人和朋友表示衷心的感谢。感谢重庆出版社给予我机会。感谢在翻译过程中始终耐心包容，给予我指点的编辑老师许宁先生和魏雯小姐。

王星星

2015年12月